KB158618

오규원 시의 자연 인식과 현대성의 경험

지은이 **조동범**

1970년 경기도 안양에서 태어나 2002년 문학동네신인상에 「그리운 남극」 등 5편의 시가 당선되어 작품 활동을 시작했다. 시집으로 『심야 배스킨라빈스 살인사건』, 『카니발』이 있으며 평론집 『디아스포라의 고백들』을 펴냈다. 2010년 중앙대학교 대학원 문예창작학과에서 박사학위를 받았으며 현재 중앙대, 한신대, 서울예대, 한서대, 백석대 등에서 시창작과 시론을 강의하고 있다.

오규원 시의 자연 인식과 현대성의 경험

(*The perception of nature and experience of modernity in Oh Gyu-won's poetry*)

1판 1쇄 인쇄_2012년 10월 20일
1판 1쇄 발행_2012년 10월 30일

지은이_조 동 범
펴낸이_양 정 섭

펴낸곳_도서출판 경진
등 록_제2010-000004호
주 소_경기도 광명시 소하동 1272번지 우림필유 101-212
블로그_http://kyungjinmunhwa.tistory.com
이메일_mykorea01@naver.com

공급처_(주)글로벌콘텐츠출판그룹
대 표_홍정표
디자인_김미미
편 집_배소정
기획·마케팅_노경민 배정일
경영지원_안선영
주 소_서울특별시 강동구 길동 349-6 정일빌딩 401호
전 화_02-488-3280
팩 스_02-488-3281
홈페이지_http://www.gcbook.co.kr

값 15,000원
ISBN 978-89-5996-179-5 93810

오규원 시의
자연 인식과 현대성의 경험

The perception of nature and experience of modernity in Oh Gyu-won's poetry

조동범 지음

도서출판 경진

책머리에

◆

이 책은 오규원의 시 세계를 통시적으로 분석한 제1부와 동시집 『나무 속의 자동차』를 분석한 제2부로 이루어져 있다. 제1부 「오규원 시의 자연 인식과 현대성의 경험」에서 나는 모더니즘에 입각한 시적 방법론을 통해 시 세계를 견지하려고 했던 오규원 시의 자연 인식과 현대성을 규명하고자 했다. 주지하듯이 오규원의 시는 현대성을 근간으로 하고 있다. 그러나 오규원은 현대성과 함께 자연에 주목하여, 자연을 중요한 시적 대상물로 삼기도 했다. 오규원은 특히 초기시와 후기시를 통해 깊이 있는 자연 인식을 보여주었다. 오규원에게 자연은 시적 지향점이자 근원이었다. 그가 시적 대상으로 삼은 자연은 일반적으로 인식되는 자연과 본질적으로 다르지 않은 것이었지만, 자연을 이성적 판단에 의해 치밀하게 구조화했다는 점에서 차이점을 드러내기도 한다. 따라서 자연에 대한 오규원의 시쓰기는 자연발생적인 감정을 노출시키거나 일반적인 자연적 서정의 방식을 따르지 않는다. 오규원 시의 자연은 현대성의 원리에 의해 구조화된 세계이다. 오규원은 현대 도시문명으로부터 자연에 이르기까지 전 영역에 걸쳐 시적 방법론을 통해 작품을 조직했다. 그런 점에서 현대성에 대한 오규원의 인식은 단순히 소재주의 차원에서 이루어진 것이 아니라 시적 방법론이라는, 보다 근본적인 지점으로부터 비롯된 것이라고 볼 수 있다.

물론 오규원의 시를 논할 때 대표적으로 논의되는 것은 현대성과 언어의 문제이다. 그만큼 오규원의 시적 여정은 언어에 대한 탐색 과정이었으며, 모더니스트로서 보여준 미적 갱신과 세계에 대한 현대적 인식은 남다른 것이었다. 그의 시는 외재적 측면에서뿐만 아니라 내재적 측면에서도 현대성의 원리에 의해 구조화된다. 그런 만큼 오규원의 시는 현대 문명사회를 재현하는 경우가 많다. 특히 중기시에서 보여준 현대성에 대한 인식과 시적 발화는 현대 문명사회가 전달하는 비극적 세계관을 효과적으로 전달한다.

이 책에서 나는 오규원 시의 현대성과 언어, 그리고 자연 인식의 문제를 시적 변모 양상과 연계하여 연구하고자 했다. 특히 제2장과 제4장에서 자연에 대한 오규원의 시적 인식과 그것의 변모 양상에 특별히 주목했다. 각 장에 대한 내용은 다음과 같다.

제2장은 오규원의 초기시인 『분명한 사건』, 『순례』 등에 나타난 시적 언술의 현대성과 자연 인식에 대한 부분이다. 나는 오규원 시의 시적 언술이 드러내는 세계를 분석함으로써 오규원 시가 지니고 있는 현대성을 밝히고자 했다. 아울러 그간 본격적인 논의의 영역 밖에 있었던 자연에 대한 분석을 통해, 오규원 시가 보여주고 있는 자연 인식을 현대성의 관점에서 논의했다. 오규원 시에 나타난 자연 인식은 오규원 시를 관통하고 있는 중요한 지점임에도 불구하고 그동안 본격적인 논의가 진행되지 않았다. 그간 오규원 시에서 주목을 끌었던 지점은 현대 도시문명 속에 존재하는 모더니스트로서의 모습이었다. 자연에 대한 시인의 호명과 관심이 지속적으로 이루어졌음에도 불구하고 오규원 시의 자연은 즉물적 세계와 그것을 표현하는 시적 방법론의 그늘에 가려져 있었다. 자연 인식에 대한 논의는

식물적 상상력을 중심으로 뜰과 나무, 길과 들의 의미를 통해 분석하였는데, 그것을 통해 그의 또 다른 시적 여정을 탐색하고자 했다.

제3장에서는 시·공간 인식의 변화와 현대적 언어 양상을 통해 중기시를 분석했다. 중기시에 해당하는 시집은 『왕자가 아닌 한 아이에게』, 『이 땅에 씌어지는 서정시』, 『가끔은 주목받는 생이고 싶다』이다. 오규원은 시·공간에 대한 인식 변화를 통해 초기시와 구별되는 중기시의 세계를 구축했다. 오규원 초기시의 시·공간 인식이 내부를 지향했던 데 반해 중기시의 시·공간 인식은 외부를 지향한다. 오규원은 초기 시집인 『순례』의 '길'과 '들'을 통해 중기시에서 본격화되는 외부에 대한 관심을 표면화한다.

현대적 언어 양상에 대한 연구는 반어와 역설, 패러디를 중심으로 논의를 진전시켰다. 오규원은 중기시의 주요한 시적 방법론으로 반어와 역설, 그리고 패러디를 사용하고 있다. 반어와 역설, 패러디는 그것들이 비판적 태도를 견지하고 있다는 점에서 현대 문명사회를 보여주기에 효과적인 표현법이다. 중기시의 중요한 시적 방법론인 반어와 역설, 패러디를 분석함으로써 오규원 시의 현대적 특성을 구체화했다.

제4장은 오규원 자신이 '날이미지시론'을 통해 시적 방법론을 완결시키고자 했던 『사랑의 감옥』, 『길, 골목, 호텔 그리고 강물소리』, 『토마토는 붉다 아니 달콤하다』, 『새와 나무와 새똥 그리고 돌멩이』, 『두두』 등의 후기시를 분석했다. 후기시에 이르러 오규원은 '날이미지시론'을 통해 자신의 시 세계를 확립해 나갔다. 제4장에서는 시적 표현 양상을 '날이미지시론'과 '날이미지시'에 초점을 맞춰 분석했으며, 후기시에 나타난 자연 인식의 변모 양상도 함께 검토했다.

오규원 시의 시·공간 인식의 변화와 자연 인식에 대한 논의는 그동안 본격적으로 다루어지지 않았다. 나는 시·공간 인식의 변화와 자연 인식에 대한 연구를 통해 오규원 시의 새로운 면모를 밝히고자 했다. 이와 같은 연구는 기존의 현대성 연구나 '날이미지시' 연구와도 연계되어 확장된 논의를 진전시킨다. 물론 '날이미지시'를 통해 대상의 본질만을 남기고자 한 오규원의 시적 방법론은 시적 표현의 아름다움과 감흥이라는 측면에서 문제 제기가 있을 수 있다. 그러나 끊임없는 미적 갱신을 통해 새로운 시적 지평을 열었다는 점에서 그의 시는 독자적인 영역과 가치를 지닌다고 할 수 있다.

제2부 「오규원 동시의 '날이미지'적 특성과 자연 인식」은 오규원이 남긴 유일한 동시집 『나무 속의 자동차』에 대한 분석이다. 제2부에서는 오규원의 동시에 나타난 자연 인식과 '날이미지'적 특성에 대해 분석하고자 했다. 오규원은 동시에서도 '날이미지시'에서와 같이 시적 대상의 본질을 바라보고 재현하고자 노력했다. 오규원의 동시는 시인의 시선으로 대상을 판단하고 재단하지 않았을 뿐만 아니라, 계몽적 태도를 취하거나 세계를 해석하지도 않는다.

아울러 오규원은 자연에 대한 관심과 감각을 동시 속에 적극적으로 드러내기도 했다. 물론 동시에서의 자연 인식을 두고 오규원만의 특별한 것이라고 할 수는 없을 것이다. 그러나 오규원이 인간 중심의 자연 인식을 지양했으며, 언제나 자연의 본질을 파악하고자 노력을 기울였다는 점에서, 오규원 동시의 자연은 개성적인 세계를 이룬다고 볼 수 있다.

이 책은 오규원 시인이 남긴 시와 동시를 모두 다룸으로써 그가 남긴 운문 전반을 파악할 수 있도록 했다. 오규원은 끊임없는 미적 갱신을 통해 새로운 문학적 지평을 펼쳐보이고자 노력한 시인이다. 나는 이와 같은 시인의 문학적 여정을 따라가며 한곳에 안주하지 않으려는 시인의 치열함을 느낄 수 있었으며, 이것은 이 책을 쓰면서 얻게 된 또 다른 소중함이다.

◆

오규원 선생님의 영전에 이 책을 바친다.

언제나 엄격했던, 그래서 한없이 어려웠던 스승이었지만 내게 오규원 선생님은 때로는 아버지와 같은 분이기도 했다. 언제나 부끄러운 제자였지만 그래도 기뻐하시리라 믿는다.

아울러 시인으로서 자의식을 갖게 해주신 김혜순 선생님과 최두석 선생님께는 좋은 시로 보답할 것을 다짐해본다. 그리고 아낌없는 조언과 격려를 해주신 전영태 지도교수님과 이승하 교수님께 특별한 감사의 말씀을 드리고 싶다. 두 분이 아니었다면 이 책은 세상에 나오지 못했을지도 모른다. 마지막으로 이 책이 출간될 수 있도록 배려해주신 도서출판 경진과 조언을 아끼지 않은 이원 시인께도 감사의 마음을 전한다.

2012년 가을

조 동 범

목 차

第2部 오규원 동시의 '날이미지'적 특성과 자연 인식
—오규원 동시집 『나무 속의 자동차』를 중심으로

제1부

오규원 시의 자연인식과 현대성의 경험

| 제1장 | 시적 현대성과 '날이미지'의 언어

| 제2장 | 시적 언술의 현대성과 자연 인식

| 제3장 | 시·공간 인식 변화와 현대적 언어 양상

| 제4장 | '날이미지시'의 전개와 대상 재현의 시

| 제5장 | 자연 인식의 변화와 시적 방법론

| 제1장 | 시적 현대성과 '날이미지'의 언어

1. 문제제기 및 연구목적

오규원[1]은 언어에 대한 지속적인 탐구를 통해 시적 영역을 확장하고 시 세계를 확립했던 시인이다. 그는 10권의 시집과 2권의 전집, 1권의 시화집, 1권의 동시집, 1권의 문학선, 5권의 시선집[2]을

1) 오규원(吳圭原)은 1941년 12월 29일(음력) 경상남도 밀양군 삼랑진읍 용전리 636번지에서 아버지 오인호(吳仁鎬)와 어머니 고계준(高癸俊)의 6남매 중 막내로 태어났다. 본명은 규옥(圭沃). 1965년 『현대문학』 7월호에 「겨울 나그네」로 김현승 시인의 초회 추천을 받은 이래, 1967년 「우계의 시」가 2회 추천되었으며 1968년 10월 「몇 개의 현상」으로 추천을 완료하여 시단에 데뷔했다. 1961년 부산사범학교를 졸업하고 잠시 부산의 초등학교에서 교편을 잡는 한편, 동아대학교 법학부를 졸업했다. 1968년 상경하여 출판사를 다니다 1971년부터 1979년까지 태평양화학 홍보실에서 근무했다. 이때 국내 최초의 사외PR지 『향장』을 창간하기도 했다. 태평양화학에 근무하면서 1977년 〈문장사〉라는 출판사를 설립하였으며, 1979년부터 1982년까지는 태평양화학을 그만두고 직접 〈문장사〉를 경영하기도 했다. 1982년부터 서울예술전문대학(현 서울예술대학교) 문예창작과에 출강하기 시작했으며 1983년 임용되어 2002년 퇴임했다. 현대문학상(1982), 연암문학상(1989), 이산문학상(1995), 대한민국문화예술상(2003) 등을 수상했다. 2007년 2월 2일 만성폐기종으로 생을 마감했다.

출간했으며 3권의 시론집과 1권의 창작이론서, 5권의 산문집[3]을 상자했다. 오규원은 기표인 언어를 단순히 기의의 매개체로 생각하지 않았다. 오규원은 관념의 구상화와 언어의 해체, 그리고 '날이미지시론' 등을 통해 기표 자체가 지니고 있는 속성을 적극적으로 탐구하려고 했다. 오규원의 시작(詩作)은 언어에 대한 끊임없는 탐색 과정이었다. 그의 시에 있어서 언어는 매우 중요한 문제이며[4] 그것과 더불어 언어의 변모 역시 그의 시를 이해하는 데 중요한 부분이다. 오규원의 시를 이해하는 데 있어 언어적 특징과 변모는 매우 중요하다. 오규원의 시에서 언어가 차지하는 비중이 높은 만큼 그간의 연구 역시 언어적 특성과 변화에 초점을 맞춘 것이

---

2) 오규원은 시집으로 제1시집 『분명한 사건』(한림출판사, 1971), 제2시집 『순례』(민음사, 1973; 문학동네, 1997(개정판)), 제3시집 『왕자가 아닌 한 아이에게』(문학과지성사, 1978), 제4시집 『이 땅에 씌어지는 서정시』(문학과지성사, 1981), 제5시집 『가끔은 주목받는 생이고 싶다』(문학과지성사, 1987), 제6시집 『사랑의 감옥』(문학과지성사, 1991), 제7시집 『길, 골목, 호텔, 그리고 강물소리』(문학과지성사, 1995), 제8시집 『토마토는 붉다 아니 달콤하다』(문학과지성사, 1999), 제9시집 『새와 나무와 새똥 그리고 돌멩이』(문학과지성사, 2005), 제10시집 『두두』(문학과지성사, 2008) 등을 출간했으며 『오규원 전집』 1, 2(문학과지성사, 2002)와 시화집 『이제는 더 이상 헤매지 말자』(한림출판사, 1975), 동시집 『나무 속의 자동차』(민음사, 1995; 문학과지성사, 2008(개정판)), 문학선 『길 밖의 세상』(나남, 1987), 시선집 『사랑의 기교』(민음사, 1975), 『희망 만들며 살기』(지식산업사, 1985), 『하늘 아래의 생』(문학과비평사, 1989), 『이 시대의 죽음 또는 우화』(미래사, 1991), 『한 잎의 여자』(문학과지성사, 1998)가 있다.

3) 시론집 『현실과 극기』(문학과지성사, 1976), 『언어와 삶』(문학과지성사, 1983), 『날이미지와 시』(문학과지성사, 2005), 창작이론서 『현대시작법』(문학과지성사, 1990), 산문집 『한국 만화의 현실』(열화당, 1981), 『볼펜을 발꾸락에 끼고』(문예출판사, 1981), 『아름다운 것은 지상에 잠시만 머문다』(문학사상사, 1987), 『꽃피는 절망』(진화, 1992), 『가슴이 붉은 딱새』(문학동네, 1996)가 있다.

4) 시적 대상으로서의 소재에 대한 관심보다 언어 자체의 본질과 기법에 관심을 기울여온 시인들도 적지 않다. 그들은 언어와 형식의 실험을 꾸준하게 시도하면서 산업화 시대의 새로운 시의 미학을 확립하고자 했다. 시적 언어와 대상에 대한 인식 문제에 관심을 기울여온 황동규·정현종·김영태·오규원·이승훈 등이 이러한 경향을 보여주는 시인들이며, 1970년대 후반 이후에 활발한 시작 활동을 전개하고 있는 젊은 시인들 가운데에도 이들의 언어적 감수성에 자신의 시적 출발의 근거를 두고 있는 경우가 적지 않다(권영민, 『한국현대문학사』, 민음사, 1993, 253쪽).

많았다. 오규원은 우리 시사에서 모더니즘을 대표하는 시인 중의 한 사람이다. 그의 시는 현대적 시·공간과 의식을 드러낼 뿐만 아니라 언어에 대한 탐구와 변모[5]를 중요하게 다룬다는 점에서 현대성[6]과 밀접한 연관을 맺고 있다.

아울러 오규원의 시는 현대성과 함께 자연에 대한 관심을 지속적으로 드러낸다. 자연물에 대해 깊이 있는 인식을 보여주고 있는 오규원의 시는, 초기시의 비극적 자연 인식으로부터 '날이미지'가 나타나는 후기시에 이르기까지 자연에 대한 관심을 놓지 않는다. 아울러 오규원은 자연에 대한 인식을 드러내는 경우에도 모더니스트로서의 태도를 취한다. 오규원은 초기시부터 후기시에 이르기까지[7] 모더니스트로서의 면모를 견지했는데, 그것은 현대성으로부

5) 오규원은 자신의 시 세계에 대해, 세계를 투명하게 드러내려는 노력(『분명한 사건』), 세계와의 불화, 언어와의 불화를 드러내려는 노력(『순례』), 관념과 현실에 대한 나름의 해체와 재조명(『왕자가 아닌 한 아이에게』, 『이 땅에 씌어지는 서정시』, 『가끔은 주목받는 생이고 싶다』), 시적 사고의 주축인 은유적 사고에 대한 회의와, '의미'적 해석보다 '정황적' 해석의 시 세계로의 변모(『사랑의 감옥』), 현상적 의미의 재발견(『길, 골목, 호텔 그리고 강물소리』) 등으로 분류한 바 있다(오규원·이창기 대담, 「'날이미지'로 시를 살아가는, 한 시인의 현상적 의미의 재발견」, 『동서문학』, 1995년 여름호, 243쪽 요약 정리).

6) 본고에서는 근대와 현대를 구분하지 않았다. 근대를 현대에 포함시켜 현대로 지칭한다.

7) 이연승(「오규원 시의 변모과정과 시쓰기 방식 연구」, 이화여대 박사논문, 2002)은 초기시(『분명한 사건』, 『순례』), 중기시(『왕자가 아닌 한 아이에게』, 『이 땅에 씌어지는 서정시』, 『가끔은 주목받는 생이고 싶다』, 후기시(『사랑의 감옥』, 『길, 골목, 호텔 그리고 강물소리』, 『토마토는 붉다 아니 달콤하다』)로 분류하였으며, 엄정희(「오규원 시 연구: 시와 형이상학의 관계 고찰」, 단국대 박사논문, 2005)는 제1기(『분명한 사건』, 『순례』, 『왕자가 아닌 한 아이에게』), 제2기(『이 땅에 씌어지는 서정시』, 『가끔은 주목받는 생이고 싶다』), 제3기(『사랑의 감옥』, 『길, 골목, 호텔 그리고 강물소리』), 제4기(『토마토는 붉다 아니 달콤하다』)로 분류했다.

위와 같은 분류는 시인의 생전에 이루어진 것이라 일부 시집이 누락되어 있다. 이 책에서는 오규원 자신이 밝힌 분류를 토대로 하여 초기시, 중기시, 후기시로 나누었으며 구체적인 시기별 구분은 다음과 같다. 초기시는 『분명한 사건』(1971), 『순례』(1973)이며 중기시는 『왕자가 아닌 한 아이에게』(1978), 『이 땅에 씌어지는 서정시』(1981), 『가끔은 주목받는 생이고 싶다』(1987)이고 후기시는 『사랑의 감옥』(1991), 『길, 골목, 호텔 그리고 강물소리』(1995), 『토마토는 붉다 아니 달콤하다』(1999), 『새와 나무와 새똥 그리고 돌멩

터 자연물에 이르는 그의 시 전 영역에 걸쳐 일관되게 나타났다. 이와 같은 오규원 시의 특징은 그가 시적 대상과 언어 전반에 대해 모더니스트로서의 태도를 유지했기 때문이다. 따라서 오규원의 현대성을 현대적 시·공간과 해체적 시쓰기에 한정시킬 수는 없다.

시적 대상과 언어를 다루는 그의 태도는 끊임없이 변모했으며, 오규원은 "우리 시사에서 시적 방법론에 대한 가장 첨예한 자의식을 지닌 시인의 하나"[8]였다. 오규원의 시적 방법론은 언어와 깊은 관련을 맺고 있다. 오규원의 언어적 특성은 시의 제작성과도 무관하지 않다. 본인 스스로 언어의 제작성에 대해 직접적으로 언급하고 있지는 않지만, 그에게 언어가 시 세계를 체계화시키고 구조화시키는 대상이었음은 주지의 사실이다. 오규원이 드러내는 시 세계는 구조화된 언어와 의식의 산물이다. 그의 시는 자연발생적인 감정의 산물이 아니다. 그에게 언어와 시적 대상은 치밀하게 계산된 구조물이다. 오규원은 "언어로써 언어를 초월하려는 현대시의 정신을 가장 잘 보여준 시인"[9]이었다.

한국 현대시사에서 시적 방법론과 제작성에 대한 문제 제기는 오래 전부터 있어왔다. 김기림은 객관성을 확보하고자 하는 측면에서 시를 제작된 산물로 이해했고, 윤곤강 역시 방법론의 필요성을 주장했다.[10] 김규동·문덕수·송욱 등도 시의 제작성과 기술적인 측면을 중요하게 생각했으며 김광림은 자연발생적인 이미지의 조형에 관심을 기울였다.[11]

이』(2005), 『두두』(2008)이다. 『사랑의 감옥』의 경우는 중기시의 특성이 남아 있다는 점에서 과도기적 특성을 지니고 있기도 하지만 후기시의 특성이 구체화되기 시작한 시집이라는 점에서 후기시로 분류한다.

8) 오규원·이광호, 「언어 탐구의 궤적」, 『오규원 깊이 읽기』, 문학과지성사, 2002, 37쪽.

9) 이승하, 「산업화시대 시의 모색과 발전」, 『한국 현대시문학사』, 소명출판, 2005, 276쪽.

10) 문혜원, 『한국근현대시론사』, 역락, 2007, 125~148쪽 참조.

시적 방법론과 관련한 오규원의 시적 태도와 모더니스트로서의 면모로 인하여 그의 시는 '날이미지시'와 함께 현대문명을 드러낸 작품이 주목받았다. 그러나 오규원의 시는 초기부터 자연에 대해 천착하고 있다. 이러한 특성은 후기시에 이르러 자연 자체에 더욱 집중하는 양상을 보인다. 오규원은 초기시에서 상처받은 존재로서의 자연을 보여주고 있으며 중기시에서는 현대 도시문명의 비극성을 드러내고 있다. 오규원이 현대 도시문명에 대해 비극적 세계관을 지속적으로 나타내는 것은 그의 시가 본질적으로 자연으로의 회귀를 꿈꾸고 있기 때문이다. 특히 오규원은 후기시에서 '날이미지시론'을 통해 자연의 본질에 더욱 가까이 접근하고자 한다. 현대성과 함께 오규원 시의 자연 인식에 주목한 것도 그것이 오규원 시 전체를 관통하는 중요한 문제이기 때문이다. 아울러 오규원의 현대 도시문명에 대한 비판은 일정 부분 자연 인식의 연장선상에서 바라볼 필요가 있기도 하다.

오규원의 초기시와 후기시에 사용된 시어 중에서 가장 빈번하게 사용된 것은 자연물과 관련된 단어이다. 특히 식물에 대한 시어가 여타의 시어를 압도한다. 동물에 대한 시어가 등장하기는 하지만 절대적인 양이 적을 뿐만 아니라 식물에 반하는, 폭력적 동물성을 동반하지도 않는다. 오규원의 시에 등장하는 동물성은 대체적으로 강함보다는 약함이, 큰 것보다는 작은 것이 주조를 이룬다. 오규원은 자연을 현대 문명사회에서 상처받는 존재로 보았으며, 종국에는 우리가 도달해야 할 지점으로 인식했다. 오규원의 시에 등장하는 동물 이미지는 대체적으로 식물 이미지와 친화력을 보인다. 그것은 다른 자연물에서도 유사한 속성을 보여준다. 오규원은 기본

11) 위의 책, 202~252쪽 참조.

적으로 자연에 많은 관심을 기울이고 있다. 자연에 대한 오규원의 관심은 시 작품뿐만 아니라 산문집을 비롯한 다른 분야의 글에서도 여실히 드러난다.

그러나 모더니즘 계열의 시인으로 알려진 오규원의 시는 도시적 정서를 기반으로 한 작품들이 많은 주목을 받았다. 그의 모더니스트로서의 면모가 새로운 시적 지평을 보여주었기 때문이다. 오규원 중기시의 현대 도시문명에 대한 비극적 인식은 자연으로 상징되는, 삶의 본질과 맞닿아 있는 세계에 대한 갈망으로부터 연유한 것이지만, 오규원은 중기시에서 자연에 대한 시 세계를 구체적으로 진전시키지는 않았다. 그러나 초기시의 자연 인식과 중기시의 현대성은 단절되어 있는 세계가 아니다. 초기시의 세계로부터 중기시의 세계로 이행되는 과정은 필연적인 상관관계를 지니고 있다. 초기시의 자연 인식이 어떤 방식으로 중기시의 현대성의 세계로 나아갔는지를 밝힘으로써 중기시의 현대성에 대한 논의를 심화할 수 있을 것이다.

이 책에서 필자는 오규원의 전 작품을 연구대상으로 삼았다. 그간의 오규원에 대한 연구는 시인의 생전에 이루어진 것들이 많았기 때문에 시 세계 전체를 조망할 수 없었다. 2007년 오규원 시인이 작고함에 따라 물리적인 의미에서의 시 세계가 일단락되었다. 필자는 중기시의 현대성과 함께 초기시와 후기시의 자연 인식을 포괄적으로 논의하고자 했다. 그것은 그의 새로운 시적 면모를 밝히는 데 의미 있는 지점이 될 것이다. 현대성이 오규원 시의 중요한 특징임은 부정할 수 없는 사실이지만, 그동안 본격적인 논의가 이루어지지 않았던 자연 인식 역시 그가 궁극적으로 지향했던 세계였다는 점에서 중요하기 때문이다.

2. 연구사 검토

오규원에 대한 평가는 대체적으로 초기에는 관념의 구상화로, 중기에는 현대 도시문명의 즉물적 세계와 해체적 언어로, 후기에는 '날이미지'의 세계를 중심으로 논의되었다. 특히 오규원의 후기시에 대한 연구는 시인의 시론인 '날이미지시론'을 중심으로 이루어졌는데, '날이미지시'는 중기시의 해체적 세계와 함께 오규원 시에서 가장 많은 논의가 이루어진 부분이다. 오규원의 시는 후기시로 접어들면서 '날이미지시'를 통해 문학적 귀결점을 찾는다. 이때를 기점으로 오규원에 대한 학위논문이 발표되기 시작하는데, 대부분의 학위논문이 이천 년대 이후에 집중적으로 발표되었다. 오규원에 대한 학위논문은 이연승·엄정희·류시원·윤석정·김지선·함종호 등의 논문이 있다. 그중에서 이연승·엄정희·류시원의 논문은 오규원의 시를 통시적 관점에서 연구했다.

이연승은 데포르마시옹 시학의 원리를 통해 초기시의 원리를 밝히고 중기시에 나타난, 현대 문명사회에 대한 시인의 인식과 해체적 시쓰기의 원리를 분석했다. 또한 후기시의 환유적 시쓰기와 현상적 인식, '날이미지시' 등에 대해 논의하고 있다.[12]

엄정희는 시적 인식에 대한 시인의 사유 과정을 드러내고자 했다. 엄정희는 비가시성과 가시성 사이의 사유 과정과 사물과 사물 사이에 이루어지는 사유의 역동성을 통해 오규원의 시의 형이상학에 관한 의견을 개진했다.[13]

류시원은 오규원 시에 나타나는 주체와 대상의 교섭 관계와 그것들이 만들어 내는 풍경의 모습을 시기별로 살펴보았다.[14] 류시

---

12) 이연승, 「오규원 시의 변모과정과 시쓰기 방식 연구」, 이화여대 박사논문, 2002.

13) 엄정희, 「오규원 시 연구: 시와 형이상학의 관계 고찰」, 단국대 박사논문, 2005.

원의 논문은 오규원 시의 시기 구분과 관련하여 『사랑의 감옥』을 중기시의 범주에 넣었다. 『사랑의 감옥』에 중기시의 흔적이 다수 남아 있음을 감안할 때 류시원의 분류법도 타당한 측면이 있지만 오규원 자신을 비롯하여 대부분의 연구자는 『사랑의 감옥』을 후기시의 범주에 넣고 있다. 『사랑의 감옥』은 중기시의 흔적이 남아 있지만, 환유적 인식과 같은 후기시의 특성이 처음 드러난다는 점과, 시인 자신이 자의식을 가지고 의도적으로 후기시의 세계를 드러내고자 했다는 점에서 후기시의 범주에 들어간다.

윤석정은 오규원 시의 언어에 주목하여, 명사를 중심으로 오규원 시의 언어적 특징에 대해 고찰하였으며 오규원 시에 쓰인 시어를 항목별로 분류하였다.[15] 김지선과 함종호는 김춘수·이승훈 등의 시와 연계하여 오규원의 시를 분석하고 있다. 김지선은 김춘수·이승훈의 시와 함께 모더니즘시의 서술기법과 주체 인식을 비교 연구했으며[16] 함종호는 김춘수의 '무의미시'와 오규원의 '날이미지시'를 비교하였다.[17]

학술논문의 경우는 시론과 시적 방법론을 다룬 것[18]과 다른 시인의 시 세계와 비교 분석한 것,[19] 그리고 언어의 측면에서 분석

14) 류시원, 「오규원 시 연구」, 대구가톨릭대 박사논문, 2009.

15) 윤석정, 「오규원 시 연구: 시어(명사)의 변모 양상을 중심으로」, 중앙대 석사논문, 2009.

16) 김지선, 「한국 모더니즘시의 서술기법과 주체 인식 연구: 김춘수, 오규원, 이승훈 시를 중심으로」, 한양대 박사논문, 2009.

17) 함종호, 「김춘수 '무의미시'와 오규원 '날이미지시' 비교 연구: 발생이미지를 중심으로」, 서울시립대 박사논문, 2009.

18) 김홍진, 「오규원의 시적 방법론과 시 세계」, 『한국문예비평연구』 제28권, 한국현대문예비평학회, 2009; 문혜원, 「오규원의 시론 연구」, 『한국문학이론과 비평』 제8권 제4호 제25집, 한국문학이론과 비평학회, 2004; 이연승, 「오규원 초기시의 창작 방법과 이미지 연구」, 『한국시학연구』 제5호, 한국시학회, 2001.

19) 김지선, 「장르 해체적 서술과 자아 반영성: 오규원, 김춘수 시를 중심으로」, 『인문학연구』 제34권 제3호, 충남대학교 인문과학연구소, 2007; 박남희, 「오규원 시의 영향관계 연구:

한 것[20]과 '날이미지'의 관점에서 분석한 것[21] 등이 있다.

오규원의 시는 학위논문이나 학술논문과 같은 학술적인 연구의 대상보다는 상대적으로 현장비평의 대상으로 논의가 활발하게 진행되었다. 오규원은 주요 문예지의 단평,[22] 서평, 평론[23] 등의 글

이상, 김춘수, 김수영 시와의 상호텍스트성을 중심으로」, 『숭실어문』 제19집, 숭실어문학회, 2003; 서진영, 「'시선'의 사유와 탈근대적 시간의식: 정진규와 오규원을 중심으로」, 『한국현대문학연구』 제22집, 한국현대문학회, 2007; 차정식, 「불멸의 이르는 불면: 오규원과 남진우의 '불면'시」, 『기독교사상』 통권593호, 대한기독교서회, 2008.

20) 김진수, 「감각의 사실과 의미: 오규원의 시 세계」, 『현대비평과 이론』 제14권 제2호 통권28호, 한신문화사, 2007; 박선영, 「오규원 시의 아이러니와 실존성의 상관관계 연구」, 『국제어문』 제32권, 국제어문학회, 2004; 송기한, 「오규원 시에서의 "언어"의 현실응전 방식 연구」, 『한국어문학』 제50권, 한민족어문학회, 2007.

21) 강웅식, 「문화산업 시대의 글쓰기와 '날이미지'의 시: 오규원의 시를 중심으로」, 『돈암어문학』 제15호, 돈암어문학회, 2002.

22) 양진건, 「사라짐과 드러남의 변증」, 『현대시학』, 1996. 1; 진순애, 「'과'의 시학」, 『현대시학』, 1997. 10; 최동호, 「시간의 톱니와 비디오 그리고 자연의 나무」, 『문학사상』, 1996. 11; 현희, 「낯설게 만들기와 독자 끌어당기기」, 『현대시』, 2001. 12; 홍신선, 「김종삼 시인학교를 찾아서」, 『현대시학』, 1992. 1.

23) 구모룡, 「두 겹의 삶」, 『현대시세계』, 1991년 가을호; 금동철, 「서정의 아름다움과 위안」, 『시와 시학』, 1999년 가을호; 김대행, 「'보는 자'로서의 시인」, 『한국 현대시 연구』, 민음사, 1989; 김용직, 「노린 바와 드러난 것들」, 『동서문학』, 1991년 가을호; 김은자, 「방법과 무법 사이」, 『문학과 비평』, 1988. 3; 김정란, 「살의 말, 말의 살 또는 여자 찾기」, 『오늘의 시』, 1992년 상반기호; 김주연, 「시와 구원, 혹은 시의 구원」, 『문학과 사회』, 1999년 가을호; 김진수, 「깨어 있음의 의미」, 『문학과 유토피아』, 문학과지성사, 1980; 남진우, 「시원의 빛을 찾아서」, 『올페는 죽을 때 나의 직업은 시라고 하였다』, 열림원, 2000; 박주택, 「대화와 신성, 조화와 생명」, 『현대시학』, 1999. 9; 박철희, 「인식의 갱신과 유추의 자유로움」, 『문학과 비평』, 1989년 겨울호; 송영조, 「죽음을 극복하는 두 길」, 『문예중앙』, 1991년 봄호; 신덕룡, 「생명시의 성격과 시적 상상력」, 『시와 사람』, 1999년 겨울호; 안수환, 「젖은 자의 시」, 『시와 실재』, 문학과지성사, 1983; 이남호, 「현실에 대한 관찰과 존재에 대한 통찰」, 『문학과 사회』, 1991년 가을호; 이유경, 「오규원의 『순례』편」, 『현대시학』, 1974. 1; 이종환, 「한국적 예술가의 초상」, ≪서울신문≫, 1990. 1; 이진우, 「한 현실주의자의 시작법」, 『현대시학』, 1991. 4; 이희중, 「시와 '나'의 기원」, 『창작과 비평』, 1999년 가을호; 임환모, 「삶과 죽음 그리고 존재의 깊이에 대한 시적 형상성」, 『시와 사람』, 2001년 겨울호; 정과리, 「관념 해체의 비극성」, 『문학, 존재의 변증법』, 문학과지성사, 1985; 조남현, 「즉자성에서 대자성으로」, 『월간조선』, 1985. 12; 조태일, 「성찰, 존재, 풍경, 생명을 위하여」, 『창작과 비평』, 1995년 가을호; 진순애, 「방법으로서의 사물놀이, 혹은 타자로서의 길 놀이」, 『시와 반시』, 2007년 가을호; 진형준, 「관념과 언어,

을 통해 한국 현대시사의 중요한 시인으로 집중적으로 주목받았으며 그의 시적 방법론을 정리한 『현대시작법』과 『날이미지와 시』에 대한 평가도 있다.[24] 평론을 비롯하여 위에서 언급한 오규원에 대한 연구는 대체적으로 언어에 대한 것,[25] '날이미지시'와 시론에 관한 것,[26] 현대 문명사회와 관련한 것,[27] 현상과 투명성에 관한 것,[28] 은유와 환유 원리에 관한 것,[29] 시 세계의 변모에 관한 것[30] 등으로 나눌 수 있다.

그 이중의 싸움」, 『깊이의 시학』, 문학과지성사, 1986; 최현식, 「'사실성'의 투시와 견인」, ≪조선일보≫, 1997. 1.

24) 김동원, 「세상에 그가 그득하다」, 『시와 반시』, 2007년 가을호; 김준오, 「대상 인식과 시쓰기 바로잡기」, 『세계의 문학』, 1990년 겨울호.

25) 신범순, 「너무나 가벼운 언어들의 바람」, 『문학정신』, 1991. 12; 정끝별, 「현상시, 형태시, 상형시, 그 언어주의시들의 전략」, 『현대시』, 1996. 11; 권혁웅, 「언어의 로도스 섬에 대한 기록」, 『문예중앙』, 1996년 봄호; 승영조, 「언어의 세계화」, 『작가세계』, 1994년 겨울호; 신범순, 「가벼운 언어의 폭풍 속에서 시적 글쓰기의 검은 구멍과 표류」, 『세계의 문학』, 1991년 가을호; 이광호, 「에이론의 정신과 시쓰기」, 『작가세계』, 1994년 겨울호; 이하석, 「언어, 또는 침묵의 그림자에의 물음」, 『작가세계』, 1994년 겨울호; 정끝별, 「서늘한 패러디스트의 절망과 모색」, ≪동아일보≫, 1994. 1; 정의홍, 「관념의 언어에서 현실의 비평까지」, 『현대시』, 1991. 12.

26) 신종호, 「'날이미지'와 본질 환원」, 『현대시』, 1998. 7; 권혁웅, 「날이미지시는 날이미지로 쓴 시가 아니다」, 『시와 반시』, 2007년 가을호; 김진수, 「'날이미지시'의 의미론적 차원」, 『문학과 사회』, 2005년 가을호; 김홍진, 「부정의 정신과 '날이미지의 시」, 『현대시와 도시 체험의 미적 근대성』, 푸른사상, 2009; 문혜원, 「날이미지시의 특징과 변모 양상」, 『시와 반시』, 2007년 가을호; 오연경, 「날(生) 이미지와 사건의 시학」, ≪동아일보≫, 2009. 1; 이승훈, 「오규원의 시론」, 『한국 현대 시론사』, 고려원, 1993; 이연승, 「해방의 언어, 날(生) 이미지를 찾아가는 시적 여정: 오규원론」, ≪경향신문≫, 2001. 1.

27) 김동원, 「물신 시대에서 살아남기 위하여」, 『문학과 사회』, 1988년 가을호; 박해현, 「물신 시대의 산책」, 『현대시학』, 1990. 3; 오생근, 「일상과 전위성」, 『현실의 논리와 비평』, 문학과지성사, 1994.

28) 문혜원, 「길, 허공, 물물(物物), 그를 따라 떠나는 여행」, 『애지』, 2000년 가을호; 이진홍, 「현상으로 말하는 존재와 존재의 경이로움」, 『시와 반시』, 1995년 가을호; 류신, 「자의식의 투명성으로 돌아오는 새」, 『현대문학』, 2000. 3.

29) 김준오, 「현대시의 자기 반영성과 환유 원리」, 『작가세계』, 1994년 겨울호.

30) 김현, 「오규원 시의 변모」, 『월간문학』, 1972.

각 시기별로 분석한 연구 역시 유형화된 특성을 보여주고 있다. 초기시의 경우는 관념의 구상화[31]를 중심으로 논의가 이루어졌으며 중기시는 현대 문명사회와 언어의 해체의 측면[32]에서 주된 논의가 이루어졌다. 후기시는 주로 시인 자신의 시론인 '날이미지시론'과 투명성을 통해 시 세계를 분석한 경우[33]가 많았다. 평론의 경우에는 서평의 형식을 취하고 있는 경우가 많았는데, 후기시를 분석한 글이 압도적이었다. 통시적 관점에서 오규원의 시 세계를 분석한 경우[34]는 시적 변화와 언어의 변화를 다룬 경우가 많았다. 철학적 관점에서 분석한 글[35]도 있었으며 대담과[36] 문학적 연대기[37] 형식의 글도 있었다. 특히 이원은 1994년 『작가세계』 가을호에 수록한 문학적 연대기를 통해 시인의 삶과 문학을 자세하게 분석한 바 있다. 시집과 시선집의 해설[38]은 각 시기의 시 세계를 파악하는

---

31) 최현식, 「데포르마시옹의 시학과 현실 대응 방식」, 『1960년대 문학 연구』, 깊은샘, 1998.

32) 이남호, 「자유와 부정과 사실에의 충실」, 『문학의 위족』, 민음사, 1990.

33) 강웅식, 「통곡조차 없는 시대와 시의 새로움」, 『문예중앙』, 1999년 가을호; 구모룡, 「새로운 관계를 사는 내적 시선」, 『시와 사상』, 1999년 가을호; 김진석, 「외시로 돌아가는 자연, 자연으로 돌아가는 외시」, 『소외에서 소내로』, 개마고원, 2004; 금동철, 「사소함, 그리고 진실」, 『현대시』, 1995. 12; 금동철, 「사물들 '사이'에 갇힌 단절의 세계」, 『현대시』, 2005. 9; 노혜경, 「물물과 높이, 두두와 그림자」, 『현대시』, 1999. 9; 문혜원, 「두두와 물물, 허공의 부드러운 열림」, 『문학동네』, 1999년 가을호; 이남호, 「날이미지의 의미와 무의미」, 『세계의 문학』, 1995년 가을호; 이만식, 「도시적 감수성 쓰기 또는 읽기」, 『현대시사상』, 1995년 가을호; 전병준, 「침묵과 허공은 서로 잘 스며서 투명하다」, 『시와 반시』, 2007년 가을호; 조강석, 「사물의 양감과 언어의 세계: 오규원의 후기 시를 중심으로」, 『문학과 사회』, 문학과지성사, 2008년 봄호.

34) 김진희, 「출발과 경계로서의 모더니즘」, ≪세계일보≫, 1996. 1.

35) 강신주, 「해탈을 위한 해체론」, 『철학적 시 읽기의 즐거움』, 동녘, 2010.

36) 김승희, 「시는 패배이니 승리는 오해마라」, 『영혼은 외로운 소금밭』, 문학사상사, 1980; 김동원·박혜경, 「타락한 말, 혹은 시대를 헤쳐나가는 해방의 이미지」, 『문학정신』, 1991. 3; 이창기, 「'날이미지'로 시를 살아가는, 한 시인의 현상적 의미의 재발견」, 『동서문학』, 1995년 여름호; 박혜경, 「무릉의 삶, 무릉의 시」, 『작가세계』, 1994년 겨울호; 윤호병, 「시와 시인을 찾아서」, 『시와 시학』, 1995년 가을호.

37) 이원, 「〈분명한 사건〉으로서의 〈날(生)이미지〉를 얻기까지」, 『작가세계』, 1994년 겨울호.

데 유용하며, 오규원 시의 변모를 조망하는 중요한 단서를 제공하기도 한다. 오규원이 출간한 동시집[39]에 대한 해설[40]도 있다.

오규원의 시 세계가 폭넓게 조망된 것은 1994년 『작가세계』 '오규원 특집'을 통해서였다. 이 시기는 오규원이 '날이미지시론'을 통해 자신의 시 세계를 확립해나가던 시기와 맞물려 있기도 한 때이다. 이후에 『오규원 깊이 읽기』가 출간되어 오규원에 대한 논의를 진전시켰고, 오규원 사후에 여러 문예지에서 오규원 특집을 다루었다. 사후에 이루어진 평가 중에서 『시와 반시』가 기획한 오규원 특집이 주목할 만하다. 그중에서 몇몇 논의를 정리하면 다음과 같다.

김준오는 오규원의 시적 방법론을 언급하면서 그가 보여준 메타시적 특성을 밝힌다. 또한 언어 형성의 두 가지 기본 양식을 수사적 개념인 은유와 환유로 설명한 야콥슨의 말을 언급하며 오규원의 은유와 환유 원리를 설명한다. 오규원의 시는 흔히 대상과 비판적 거리를 유지하기 때문에 반서정주의 계열로 분류되는데, 김준오는 이 글에서 오규원 시의 서정적 성격의 특성에 대해 언급한다.[41]

---

38) 김현, 「아픔 그리고 아픔」, 『순례』 해설, 민음사, 1973; 김현, 「무거움과 가벼움」, 『가끔은 주목받는 생이고 싶다』 해설, 문학과지성사, 1987; 김병익, 「물신 시대의 시와 현실」, 『왕자가 아닌 한 아이에게』 해설, 문학과지성사, 1978; 김용직, 「에고, 그리고 그 기법의 논리」, 『사랑의 기교』 해설, 민음사, 1975; 김치수, 「경쾌함 속의 완만함」, 『이 땅에 씌어지는 서정시』 해설, 문학과지성사, 1981; 정과리, 「안에서 안을 부수는 공간」, 『길 밖의 세상』 해설, 나남, 1987; 정과리, 「'어느새'와 '다시' 사이, 존재의 원환적 이행을 위한」, 『새와 나무와 새똥 그리고 돌멩이』 해설, 문학과지성사, 2005; 이광호, 「'길'과 '언어' 밖에서의 시쓰기」, 『사랑의 감옥』 해설, 문학과지성사, 1991; 이광호, 「'두두'의 최소 사건과 최소 언어」, 『두두』 해설, 문학과지성사, 2008; 황현산, 「새는 새벽 하늘로 날아갔다」, 『길, 골목, 호텔 그리고 강물소리』 해설, 문학과지성사, 1995; 최현식, 「시선의 조응과 깊이, 그리고 '몸'의 개방」, 『토마토는 붉다 아니 달콤하다』 해설, 문학과지성사, 1999; 김준오, 「해체주의와 존재론적 은유」, 『순례』 해설, 문학동네, 1997(개정판).

39) 오규원, 『나무 속의 자동차』, 민음사, 1995; 문학과지성사, 2008(개정판).

40) 이남호, 「우주적 친화의 세계」, 『나무 속의 자동차』 해설, 문학과지성사, 2008; 정채봉, 「보이지 않는 길을 걸어간다」, 『나무 속의 자동차』 해설, 민음사, 1995.

41) 김준오, 「현대시의 자기 반영성과 환유 원리」, 『오규원 깊이 읽기』, 문학과지성사, 2002.

문혜원은 '날이미지시'의 특징을 밝히고 그것의 변모 양상을 고찰한다. 그는 '날이미지'에서 실재성이 의미 있는 것이기는 하지만 '언어'가 여전히 중요한 것임을 밝히고 있다. 그리고 오규원이 후기시에서 적극적으로 관심을 표명한 물물의 세계가 '날이미지'의 주체가 개입하여 드러난 존재의 현상임을 말하고 있다.[42)]

이광호는 오규원 중기시의 특징을 아이러니를 통해 분석한다. 이광호는 기대치를 배반할 때 드러나는 아이러니의 '배반'의 문제를 통해 오규원 시가 전달하는 "새로운 언어의 가능성"[43)]을 언급한다. 그는 오규원의 시가 추구하는 것이 "일종의 시적 리얼리즘"[44)]이라고 밝히며, 말과 사물의 관습화된 지점을 배반하는 것이야말로 대상의 본질에 접근할 수 있는 것이라고 말한다. 이광호는 오규원을 기교파라고 정의하며, 이때의 기교파란 "언어의 가능성과 절망을 극한까지 밀고나간다는 측면"[45)]임을 역설한다.

이남호는 『길, 골목, 호텔 그리고 강물소리』를 중심으로 '날이미지'의 특성을 설명한다. 그는 '날이미지'란 의미가 무화된 것이 아니라 의미 이전의 날 것임을 밝히면서 그것이 김춘수의 '무의미'와는 다른 것임을 말한다. 아울러 '날이미지'의 팽팽한 긴장감에도 불구하고 감각적 독서 체험과 감흥의 차원에서의 아쉬움에 대해 언급하기도 한다.[46)]

정끝별은 현대 문명사회에서 패러디라는 인위적 장치를 전략적 방법으로 사용하고 있는 시인으로 오규원을 평가한다. 그는 오규

---

42) 문혜원, 「날이미지시의 특징과 변모 양상」, 『시와 반시』, 2007년 가을호.

43) 이광호, 「에이론의 정신과 시쓰기」, 『오규원 깊이 읽기』, 문학과지성사, 2002, 243쪽.

44) 위의 글, 248쪽.

45) 위의 글, 249쪽.

46) 이남호, 「날이미지의 의미와 무의미」, 『오규원 깊이 읽기』, 문학과지성사, 2002.

원이 사용하고 있는 패러디의 특징과 양상을, 과거 텍스트와의 관계와 동시대의 타 장르와의 관계를 통해 파악한다.47)

그간 오규원 시에 대한 분석은 현대성과 언어의 문제, '날이미지' 등과 같은 몇몇 논리에 의해 고착된 느낌이 없지 않다. 물론 기존의 연구는 오규원 시의 특성을 가장 적확하게 보여주는 것들이기는 하다. 그러나 상대적으로 관심을 기울이지 않았던, '현대성과 언어 이외의 문제'에 대해서도 심도 깊은 논의가 이루어져야 한다. 시인 자신의 시론인 '날이미지시론'에 기대어 분석을 시도한 경우에는 시론에 압도된 경우가 많았다. '날이미지시론'에 한정되지 않는, 다채롭고 폭넓은 논의가 필요하다.

3. 연구범위와 연구방법

오규원의 시는 현대성의 문제와 깊은 관계를 맺고 있다. 오규원이 보여준 현대에 대한 인식은 단순하게 현대문명을 드러내는 것에 그치지 않는다. 오규원은 시를 현대성의 대상으로 보고, 시적 대상에 대한 인식과 시적 방법론 그리고 언어에 대한 논의에 이르기까지 현대성의 관점에서 시를 파악하였다. 현대성은 오규원의 시를 관통하는 주요한 개념이다. 현대를 바라보는 오규원의 시선은 기본적으로 부정적인 것이다. 그것은 현대가 태생적으로 부정적 인식을 동반하고 있기 때문이다. 따라서 현대를 재현하는 오규원의 시는 당연히 부정적 인식의 자장 안에 놓이게 된다. 그러나 오규원의 현대성이 현대에 대한 부정적 인식만을 드러내기 위해

47) 정끝별, 「서늘한 패러디스트의 절망과 모색」, 『오규원 깊이 읽기』, 문학과지성사, 2002.

복무한 것은 아니다. 오규원은 세계에 대한 인식뿐만 아니라 시적 방법론으로서의 현대성을 구현하고자 노력하기도 한다.

오규원의 초기시는 세계에 대한 부정적 인식을 드러낸다. 이때 부정적 인식은 현대문명에 대한 직접적인 발화의 양식을 따른다기보다는 비극적 주체인 자연을 통해 드러난다. 오규원에게 자연은 현대문명과 배치되는 존재이기는 하지만 단순하게 현대문명의 비극을 보여주기 위해서만 기능하는 것은 아니다. 오규원에게 자연은 현대문명의 비극을 표현하기 위한 부차적인 것이 아니라, 현대문명 속에서 비극적일 수밖에 없는 주체로서의 존재이다. 오규원 스스로 밝힌 것처럼 오규원의 초기시는 관념을 하나의 대상물처럼 사용하여 '관념의 구상화'를 이루고자 했다. 관념을 대상화함으로써 모호한 추상적 세계는 실체를 드러내게 된다. 초기시에서 주목해야 하는 것은 '관념의 구상화'로 불리는, 추상을 대상화하는 작업과 비극적 존재로서의 자연 이미지이다.

오규원은 『현대시작법』[48]에서 시적 언술을 묘사와 진술로 나누고, 그중에서 특히 묘사의 중요성에 대해 언급하고 있다. 오규원은 창작이론서인 『현대시작법』에서 언급한 시적 방법론을 자신의 시에 성공적으로 적용시켰다. 묘사를 비롯하여 영상 조립 시점,[49] 심상적 이동 시점,[50] 심상적 회전 시점[51] 등이 바로 그것이다. 필자

---

48) 오규원, 『현대시작법』, 문학과지성사, 1993.

49) 영상 조립 시점은 분절된 두 개 이상의 시적 정황과 구조를 자연스럽게 연결시키는 것이다. 즉 마음에 떠오르는 것들을 함께 묶어 재구성함으로써 가시권 사물과 비가시권 사물이 섞여 있을 수 있다(위의 책, 105쪽 요약 정리).

50) 심상적 이동 시점은 심리적 이동 현상을 연상 작용을 통해 구조화한다. 사실적인 국면으로부터 심리적인 국면으로의 점진적인 이동은 작품 속의 연상 세계를 마치 사실적인 세계처럼 감각하게 하는 효과를 보여준다(위의 책, 109~110쪽 요약 정리).

51) 심상적 회전 시점은 '시적 대상인 나'를, 또 하나의 나인 '시적 화자인 나'가 기록한다. 심상적 이동 시점이 연상 세계의 이동을 통해 드러나는 반면 심상적 회전 시점은 하나의

는『현대시작법』에서 밝힌 시적 방법론을 통해 오규원의 시를 분석하고 자연물이 드러내는 비극성에 대한 연구도 아울러 진행했다.

중기시는 해체적 개성이 특징적으로 나타나는 시기이며 현대문명을 재현함으로써 현대의 비극성을 보여준다. 중기시에 대한 연구는 현대 체험과 시·공간의 인식 변화를 중심으로 살펴보았으며, 해체적 특성이 재현하는 언어적 특징에 대한 논의도 진행했다. 특히 중기시를 분석한 부분에서는 현대문명을 재현하는 데 효과적인 표현법인 반어와 역설, 패러디의 구현 방식을 파악했다. 초기시가 시인의 의식 내부에서 나타난 시적 인식이라면, 중기시는 현대문명이라는 외부를 통해 드러난 시적 인식이다. 따라서 구체적인 현대 체험과 관련한 연구를 진행함과 동시에 비극적 일상으로서의 현대적 삶과 관련된 분석을 시도했다.

후기시는 '날이미지시론'을 통해 자신의 시작(詩作) 태도를 공고히 한 시기이다. 오규원은 자신의 시론을 지향점으로 삼아 '날이미지'의 재현에 힘썼다. 후기에 이르러 오규원은 시적 대상으로 자연에 주목했다. 후기시의 자연은 비극적 인식을 드러냈던 초기시의 자연과는 달리 대상의 투명성이 강조된다. 중기시에서 구체적으로 재현된 현대 도시문명사회를 드러냈던 오규원은 후기시에서 대상의 본질과 투명성을 보여주고자 노력했다. 본질과 투명성을 지향하는 오규원 시의 시적 대상은 '날이미지'를 향한 것일 수밖에 없다. 후기시에 대한 논의는 '날이미지시'를 중심으로 자연물과 형이상학적 세계 인식에 집중했다. 오규원은 후기에 이르러 투명성의 극한까지 나아갔는데, 유고 시집『두두』가 대표적인 예이다. 오규원이 '날이미지'를 통해 드러내려고 했던 것은 날것 그대로의, 이

지점 안에서 연상된 세계를 회전하며 바라봄으로써 나타난다(위의 책, 110쪽 요약 정리).

미지의 단순한 재현이 아니었다. 오규원에게 있어 '날이미지'는 대상의 본질에 접근하고자 하는 노력이자 방법이었다. 그는 대상에 부여된 일체의 관념을 제거함으로써 대상의 본질에 접근하고자 했다. 오규원은 언어를 채움으로써 의미를 확장하려고 하지 않았다. 그는 언어를 비움으로써 대상의 본질에 다가서고자 노력했다. '날이미지시론'은 언어를 비움으로써 날것 그대로의 이미지에 접근하고자 했던 시적 방법론이다. 필자는 '날이미지시'와 자연 인식을 연계하여 오규원 후기시에 대한 분석적 접근을 시도했다.

오규원은 생전에 시단의 주목을 폭넓게 받았던 시인이었고, 현장비평의 대상으로서 많은 논의가 이루어진 시인이다. 그만큼 그는 당대의 논의의 중심에 서 있던 시인이다. 그러나 앞서 밝힌 바와 같이 오규원을 연구한 학위논문과 학술논문은 많지 않다. 이천년대 이후에 학술논문과 학위논문이 집중적으로 발표되었지만 종합적이고 총체적인 연구는 아직 미흡하다. 오규원은 초기시부터 후기시에 이르기까지 확고한 시적 방법론을 통해 자신의 의도를 구조화하고자 했다. 그런 점에서 오규원 시의 언어적 특성과 변모 양상 전반을 통시적으로 연구하는 것은 중요할 수밖에 없다. 필자는 현대성과 자연 인식을 중심으로, 오규원의 시 세계 전반을 통시적으로 조망하고자 했다. 그중에서 초기시와 후기시에 나타난 자연 인식의 특성과 차이점을 새롭게 밝혔으며, 초기시의 자연 인식이 현대성의 세계로 전이된 과정을 통해 현대성과 자연 인식과의 관계를 밝히고자 했다.

| 제2장 | 시적 언술의 현대성과 자연 인식

1. 시적 언술의 특성과 현대성

오규원 초기시의 현대성은 현대 체험과 같은 체험적 경험보다는 언어에 대한 태도로부터 비롯된다. 오규원의 초기시는 현대 체험 등과 같은 현대적 특성을 전면에 내세우지 않는다. 오규원의 초기시에 주로 등장하는 시적 대상은 자연이며 그의 시는 언어를 통해 시적 사물과 국면을 통제하고 제어함으로써 현대성을 드러낸다. 오규원에게 언어는 작품을 표현하기 위한 도구 이상의 의미를 지닌다.[1] 언어에 대한 오규원의 이러한 시적 태도는 작품의 구조와 의

1) 이승훈과 정현종과 오규원은 시적 언어와 기법의 실험을 지속하면서 새로운 시의 세계를 천착해 오고 있는 시인들이다. 이들은 시적 대상을 인식하고 그것을 언어로 표현해 내는 방법에 있어서 서로 다른 태도를 보여주고 있지만, 절제된 정서, 언어적 기지, 난해한 기법 등은 서로 비슷하다. 개인의 내면의식에 집착하는 고립주의적인 성향과 그 기법의 난해성이 더러는 비판의 대상이 되기도 하였지만, 시적 감수성의 변혁을 추구하고 있는 이들의 노력은 인식으로서의 시의 특성을 구현하는 실천적 성과를 거두고 있다고 할 것이다(권영민, 『한국현대문학사』, 민음사, 1993, 257~258쪽).

미를 더욱 공고히 하며, 모더니스트로서의 면모를 강화시키는 요인이기도 한다. 오규원에게 언어는 자연발생적인 감정의 표현이 아니라 이성적인 사유의 체계화된 산물이다. 초기시의 자연은 이러한 특징을 바탕으로 이성적 세계를 마련한다. 또한 초기시와는 다른 태도를 보이고 있기는 하지만 자연에 대한 오규원의 시적 관심은 후기시에 이르러 다시 두드러지게 나타난다.[2)]

오규원이 '날이미지시론'을 확립한 것은 7번째 시집인 『길, 골목, 호텔 그리고 강물 소리』 이후지만,[3)] 그는 '날이미지시론'을 확립하기 이전에도 체계화된 시적 지향점을 가지고 시를 썼다. 그런 점에서 오규원은 "자신의 전작품을 거슬러 복기할 수 있는 거의 유일한 시인"[4)]이라는 평가를 받은 바 있다. 시인이 자신의 시론을 가지고 시를 쓰는 경우가 있기는 하지만 시론이 시를 압도하거나 시가 시론을 따라가지 못하는 경우가 많기 때문에 시와 시론의 관계가 항상 일치한다고 볼 수는 없다. 오규원은 자신의 시작 기간 전체를 통해, 언어에 대한 사유와 고민을 자신의 시에 접목시켰다. 언어에 대한 오규원의 태도는 '날이미지시' 이전에 이미 체계화된 것이다. 초기시의 경우에는 관념의 구상화를 드러내기 위해 일관

---

2) 문혜원은 오규원의 시에 나타난 자연에 대해 다음과 같이 말한다.
"시인은 사물을 분석하지 않고 다만 사물을 따라간다. 오규원은 이것을 '풍경과 의식'을 가지고 보는 것이라고 표현하고 있다. 그것은 풍경에 중심을 놓는다는 것이며, 단순히 자연을 재현하는 것이 아니라 '자연의 한 부분을 시도'하는 것이다. 자연을 소재로 하고 있다는 점에서, 그의 시들은 자연시와 유사한 외양을 가지고 있지만, 정작 자연 친화나 환경 보호와는 거리가 멀다. 자연 친화나 환경 보호는 결국 인본주의적 사고에 근거한, 인간을 위한 캠페인에 지나지 않는다. 자연과 친해짐으로써, 환경을 보호함으로써 인간에게 돌아올 화를 면하자는 것이다. 그러나 오규원의 시에는 자연과 인간의 관계는 없다. 만약 있다면, 풍경과 그 풍경의 일부인 인간이 있을 뿐이다."(문혜원, 「날이미지시의 특징과 변모 양상」, 『시와 반시』, 2007년 가을호, 108쪽)

3) 6번째 시집인 『사랑의 감옥』에 이미 후기시로의 이행이 보이기는 하지만 '날이미지시론'을 공고히 한 것은 7번째 시집인 『길, 골목, 호텔 그리고 강물 소리』에서이다.

4) 황현산, 「새는 새벽하늘로 돌아갔다」, 『오규원 깊이 읽기』, 문학과지성사, 2002, 290쪽.

된 시적 지향점을 보여주었고 중기시의 경우에는 해체적 표현을 통해 언어에 대한 실험과 탐구를 이어갔다. 오규원이 초기시를 통해 구현하려고 했던 세계는 추상적 관념의 세계를 구체화 시키는 것이었다. 오규원은 관념어를 관념이 배제된 다른 시어로 대체하는 방식으로 관념을 구체화 시키지 않았다. 그는 오히려 관념어를 시 안에 적극적으로 사용했다. 관념어를 폐기시키는 대신 관념어 자체를 하나의 대상처럼 사용함으로써 구체성을 획득하고자 했다. 관념을 대상화하여 구체성을 드러내고자 했던 오규원의 언어는 관념과 관념적 언어를 탈거하지 않았기 때문에 형이상학적 세계를 드러낸다고 볼 수 있다. 그러나 초기시의 경우, 관념이 여전히 남아있다는 점에서 후기시의 형이상학과는 달리 추상성을 완전히 극복하지는 못했다.

1) 시적 언술의 특성

오규원의 시적 여정은 언어에 대한 탐구로 대표된다.[5] 시적 언술로서의 언어에 많은 노력을 기울였다는 점에서 기표는 오규원 시의 중요한 시적 장치로서 의미를 갖는다.[6] 물론 기표의 중요성

---

5) 오규원은 언어뿐만 아니라 시 전반에 걸친 모든 요소들을 끊임없이 탐구하며 변화를 추구한다. 그는 "완성된 것, 고정적인 것, 관습화되고 자동화된 것, 이데올로기적으로 경직된 관념 등에 대해서 누구보다 예민하게 거부의 반응을 보인다. 기존의 모든 것을 의심하고 심지어 우리의 상식과 기대지평을 서슴없이 전도시키고 위반하는 해체주의는 「순례」와 같은 초기작들뿐만이 아니라 최근작에 이르기까지 오규원 시를 일관되게 지탱하는 그의 시론이자 세계관이다"(김준오, 『현대시의 해부』, 새미, 2009, 45~46쪽).

6) 오규원의 시는 전 영역에 걸쳐 기표의 중요성이 강조되는데, 특히 중기시의 광고를 통해 첨예하게 나타난다. 오규원의 "광고의 비유적 수사와 감각적 이미지들은 우리의 욕망을 상상 속으로 유도할 만큼 충분히 시적이다. 그러나 오규원의 아이러니는 광고언어에서 기의로부터 완전히 분리된 기표가 우리의 욕망을 조종하는 기만형식을 예민하게 감지"하기 때문에 기표의 중요성이 강조된다(김준오, 『현대시의 환유성과 메타성』, 살림, 1997,

은 오규원의 시에만 적용되는 것은 아니다. 또한 기표가 기의와 더불어 중요한 시적 의미를 유발시키는 것 역시 특별한 것이 아니다. 유종호는 이러한 시의 언어에 대해 "일상언어나 비문학적 산문에 있어서는 기의, 즉 기호내용이 우리의 주의를 끈다. 그러나 문학언어 특히 시의 언어에서는 기의 못지않게 아니 그 이상으로 기표, 즉 기호표현이 각별한 주의를 끈다. 단순화해서 말해본다면 기의 이상으로 기표에 집중되도록 배려된 것이 시언어의 특징"[7]이라고 말한다. 시는 기의를 드러내기 위한 도구로서 기표가 지니는 특징이 중요시되는 장르이다. 시의 기표인 언어는 단순히 의미를 전달하는 매개체로만 기능하지 않는다. 기표가 지니는 언어적 특성은 기의와 긴밀한 관계를 맺으며 의미를 형성한다.

시 장르의 문법적 특성을 드러내는 시의 기표는 당연히 시 속에 감춰진 기의를 드러내기 위한 의미구조로 작용한다. 특히 오규원 시에 드러나는 언어는 한층 더 치밀한 구조적, 의미적 특성을 확보한다. 기표가 강조된 것이 시 언어의 보편적 특성이지만, 오규원의 시는 더욱 적극적으로 시적 기표가 지니는 시 언어의 특성을 작품 안에 도입한다. 보편적으로 시는 일상적인 의미의 전달을 통해 의미를 구현하지 않는다. 시는 상징, 은유, 반어, 역설 등의 다양한 표현법을 통해 의미를 드러낸다. 이때 이러한 표현법을 통해 나타난 기표가 바로 시 언어가 지니는 기호 표현의 특징이다. 오규원은 이와 같은 보편적인 표현법을 통해 시 언어를 구사하는 것은 물론이고, 시인의 시적 의지와 의미를 전달하기 위해 언어를 조율하고 재단하며, 시의 전반적인 구조와 특성까지 제작한다. 제작성은 오규원이 언어에 대해 지니고 있는 태도를 극단적으로 보여주고 있는

198쪽 참조).

7) 유종호, 『시란 무엇인가』, 민음사, 1995, 35쪽.

부분이다. "새로운 예술은 전통적인 예술에서 은폐되어 있던, 만들어지고 제작된 것이라는 계기 자체를 강조함으로써 전통적인 예술과 날카로운 대립을 이룬다. 예술에서 생산 과정이 차지하는 비율이 이제 너무 커진 까닭에 그것을 작품에서 배제하려는 생각은 처음부터 실패할 수밖에 없다고 할 수도 있다".[8] 오규원의 언어는 초기시에서 추구했던 관념의 구상화는 물론이고 중기시의 해체 그리고 후기시의 '날이미지시'와 현상에 대한 탐구에 이르기까지 자연발생적인 감정의 발로가 아니었다. 그만큼 오규원은 시적 방법론에 대해 많은 고민을 했기 "때문에 그의 시 세계를 조망하고 이해하는데 시적 방법의 개념들은 매우 유용하게 작용"[9]하게 된다.

주지하듯이 오규원이 보여준 초기의 시 쓰기는 관념의 구상화로 설명될 수 있다. 오규원의 시는 관념적인 것을 대상화함으로써 비가시적인 것을 가시화한다. 오규원은 가시적으로 드러내는 시적 언술을 중요시한다. 그는 『현대시작법』에서 "시는 묘사되는 것"[10]이라는 파이퍼의 말을 인용하여 가시화의 세계인 묘사의 중요성을 강조한다. 오규원은 『현대시작법』에서 시적 언술을 묘사와 진술로 나누고 있다. 이때 묘사는 가시화된 세계이고 진술은 가청화된 세계이다. 가시화된 세계인 묘사는 지배적인 인상(dominant impression)을 지니고 있는 시적 정황을 드러냄으로써 하나의 인상적인 시적 세계를 보여준다. 이때 묘사된 세계는 지배적인 인상이라는 시적 정황을 가지고 있기 때문에 보여주는 것만으로도 시적 정서를 획득하게 된다. 가청화된 세계인 진술은 흔히 독백의 형태로 드러난

8) 테오도르 W. 아도르노, 홍승용 역, 『미학이론』, 문학과지성사, 1984, 52쪽.

9) 김홍진, 「부정의 정신과 '날이미지'의 시」, 『현대시와 도시체험의 미적 근대성』, 푸른사상, 2009, 87쪽.

10) 오규원, 『현대시작법』, 문학과지성사, 1993, 65쪽.

다. 시적 진술은 가시화된 시각적 이미지인 묘사와 달리 "청각을 통한 설득과 깊은 관련"[11]이 있다. 오규원은 시적 언술의 중요한 요소로 묘사와 진술을 지목한다. 그중에서 특히 묘사의 중요성에 대해 주목하고 있다. 오규원은 진술에서도 묘사가 중요하다는 점에 대해 다음과 같이 말한다. "진술형의 시에도 묘사가 사용된다. 시적 진술을 이끌어나가는 과정에 서경적 요소나 서사적 요소가 필요할 때나 또는 대상을 구체화하여 들려주고 싶을 때는 묘사가 필요하기 때문이다."[12] 오규원의 초기시에 드러나는 관념의 구상화는 이러한 오규원의 시적 언술에 대한 태도와 유사한 맥락에서 설명될 수 있다. 관념은 독백적 성격을 지니고 있기 때문에 가청화된 언술적 특성을 갖는다. 오규원은 가청화된 특성을 지니고 있는 관념적 시어를 구체화시킴으로써, 대상의 구체화를 통해 관념의 선명한 의미 구조를 만들어낸다. 오규원이 추상적인 관념을 구상화하고자 한 것은 시가 "지배적인 인상을 표현하는 데 적절한 묘사를 적극적으로 수용"[13]하는 것과 연관이 있다. 오규원은 묘사의 중요성을 인식하고, 가시화된 세계는 물론이고 가청화된 세계인 관념까지 이미저리를 통해 재현한다. 오규원의 초기시에 드러나는 관념의 구상화는 가시화의 방법을 통해 비가시화의 세계를 드러낸다.

> 나의 음성들이 외롭게 나의 외곽에 떨어지는
> 따스한 겨울날.
> 골격뿐인 서쪽 숲의 나무들이
> 환각에 젖어

---

11) 위의 책, 132쪽.
12) 위의 책, 154쪽.
13) 위의 책, 65쪽.

나무와 나무 사이에 공간이 생기고 있다.
떡갈나무 갈참나무 상수리나무
너도밤나무 모르게
동쪽과 서쪽 사이에 이론이 생기고
어쩌다가 잠 깬 시간이
머리를 갸웃거리곤 했다.
심심한 바람은 공간에 먼지를 쌓고
십칠세기 외투를 입은 산비둘기는
그해의 마지막 획득처럼
차이코프스키 교향곡 몇 소절을 울었다.

—「서쪽 숲의 나무들」(『분명한 사건』) 부분

눈물 속에 산소와 수소가
나란히 걸어가고
원자들이
타협적인 눈을 굴리며
어깨동무를 하고 있다.
강철 속에
5억 5천만 년 전에 죽은
삼엽충의 발바닥과
대장간의 망치에서 떨어진
오물이
정열적인 포옹을 하고 있다.
그 옆에
결론이 놀고 앉아 보고 있다.

—「길」(『분명한 사건』) 부분

「서쪽 숲의 나무들」의 '음성'은 실체를 갖지 않는다는 점에서 관념적 시어와 유사하지만, 대상화를 통해 실제화되기 때문에 다른 감각을 유발시키게 된다. 그러나 '음성'이 실제의 어떤 사물로 대체되지 않고 여전히 '음성'이라 불린다면, 그것이 대상화된 관념이라 할지라도 관념적 특성을 완전히 벗어나지는 못한다. 오규원이 「서쪽 숲의 나무들」에서 드러낸 '음성'은 그런 점에서 '구체화된 대상'이라는 속성을 지니고 있는 시어임과 동시에 여전히 관념적 특성을 지니고 있는 시어이다. 오규원이 '음성'을 통해 표현하려고 했던 것은 이와 같이 대상화된 관념이 주는 이중적 의미이다. '음성'은 대상화되어 하나의 사물처럼 다루어지지만 여전히 '음성'이라는 기표를 지니고 있기 때문에 관념적 특성을 완전히 탈피하지는 못한다.

이때 대상화된 '음성'은 '떨어지는' 행위와 결합함으로써 관념적 특성보다 대상화된 구체적 특성에 더 가까이 다가간다. 오규원은 이와 같이 관념을 철저히 대상화함으로써 그것을 실제화 한다. 이러한 점은 같은 시의 '이론, 시간, 공간, 획득' 등의 시어에서도 찾아볼 수 있다. 그러나 오규원이 이 시에서 보여준 관념의 세계는 다른 언어로 대체되는 것은 아니다. 관념어 자체를 대상화된 것으로 사용했을 뿐 여타의 구체적 실체로 드러나지는 않는다. '음성'은 어떤 대상을 지칭하는 음성인지 알 수 없으며, '이론' 역시 구체적이지 않다. '시간'의 경우도 '잠 깬' 상태가 전제되어 있기는 하지만 그것이 누구의 어떤 시간인지 명확하지 않다. '공간'과 '획득' 역시 마찬가지여서 어떤 '공간'과 어떤 '획득'인지 알 수 없다. 이처럼 오규원이 사용하는 관념적 언어는 그것 자체를 대상화된 사물처럼 이용할 뿐 다른 구체적 사물로 대체되지 않는 특징을 지니고 있다. 그러나 구체화되지 않은 관념들은 구체적 행위와 결합하여 대상화된다. '음성'은 떨어지고 '이론'은 동쪽과 서쪽 사이에 생기며 '시간'

은 머리를 갸웃거린다. '공간' 역시 먼지가 쌓이는 장소로 실제화되고 '획득'은 직유를 통해 "차이코프스키 교향곡 몇 소절"이라는 실체와 관계를 맺는다. 이것은 「길」에 등장하는 '산소, 수소, 원자, 결론' 등의 시어에서도 마찬가지이다. '산소'와 '수소'는 걸어가고 '원자들'은 눈을 굴리며 '결론'은 놀고 앉아 보고 있다.

오규원이 의도한 점은 관념 자체를 다른 사물로 대체하여 구체화시키는데 있지 않다. 오규원이 나타내고자 한 관념의 대상화는 관념을 밝히고 구체화 시키는데 있지 않고 관념이라는 모호한 것은 그대로 둔 상태에서 그것을 대상화하는 것이다. 오규원은 관념을 해체하여 구체적 이미지로 변주한 후에 구체화시키는 것이 아니라 관념 자체를 대상화하고자 한다. 관념의 대상화는 다음의 시를 통해서도 살펴볼 수 있다.

1

언어는 추억에
걸려 있는
18세기형의 모자다.
늘 방황하는 기사
아이반호의
꿈 많은 말발굽쇠다
닳아빠진 인식의
길가
망명 정부의 청사처럼
텅 빈
상상, 언어는
가끔 울리는

퇴직한 외교관댁의
초인종이다.

2
빈 하늘에 걸려
클래식하게
서걱서걱하는 겨울.
음과 절이 뚝뚝 끊어진
시간을
아이들은
공처럼 굴린다.
언어는, 겨울날
서울 시가를 흔들며 가는
아내도 타지 않는 전차다.
추상의
위험한 가지에서
흔들리는, 흔들리는 사랑의
방울 소리다.

3
언어는, 의식의
먼 강변에서
출렁이는 물결 소리로
차츰 확대되는
공간이다.
출렁이는 만큼 설레는.

설레는 강물이다.
신의
안방 문고리를
쥐고 흔드는
건방진 나의 폭력이다.
광장에는 나무들이
외롭기 알맞게 떨어져
서 있다.

—「현상 실험」(『분명한 사건』) 전문

'언어'는 단지 '모자'이고 '말발굽쇠'이고 '초인종'이고 '전차'이고 '방울소리'이며 '공간'이며 '강물'이며 '폭력'이다. 일반적으로 은유는 원관념과 보조관념이라는 두 개의 대상을 통해 드러난 세계이다. 이때 원관념과 보조관념은 구체화된 대상이며 그것들의 관계를 통해 원관념의 세계를 강화한다. 그러나 오규원의 시는 구체화된 대상끼리의 관계가 아니라 관념과 대상의 관계를 통해 원관념의 세계를 강화하고 구체화 한다. 「현상실험」에서도 '언어'라는 관념과 '모자, 말발굽쇠, 초인종, 전차, 방울소리, 공간, 강물, 폭력' 등의 대상이 결합하여 구체화된다. "추억에 걸려 있는 18세기형 모자"인 '언어'는 그래서 지나간 세계가 되고, "퇴직한 외교관댁의 초인종"은 소통이 부재한 대상이 된다. 이때 원관념과 보조관념이 둘 다 구체적 대상일 경우와는 달리, 이 작품에서와 같이 관념과 대상이 결합한 경우에 독자들이 느끼는 시적 인식은 다를 수밖에 없다. 원관념과 보조관념이 둘 다 구체적 대상일 경우에는 그것들의 관계가 숨기고 있는 상징 장치를 구체적 지각을 통해 인지하는 반면, 관념의 대상화일 경우에는 관념적 인식과 구체적 지각이 동시에 일어난다. 그래서 오규원은 대상의 관념화를 통해 묘사에 성공을 거두면서 동시에 형이상학적인 세계 역시 놓치지 않게 된다. 대상화 하기는 했지만 관념어 자체를 폐기한 것은 아니기 때문이다. 구체적 대상으로 전이되었다 하더라도 관념어가 남아있는 시 언어는 형이상학의 세계를 지니기 때문이다.

> 시간의 둔탁한 대문을
> 소란스럽게 열고 들어선
> 밤이
> 으스름과 부딪쳐
> 기둥을 끌어안고
> 누우런 밀밭을 밟고 온
> 그 밤의 신발 밑에서
> 향긋한 보리 냄새가
> 어리둥절한 얼굴로
> 고개를 내밀고 있다.
>
> —「분명한 사건」(『분명한 사건』) 부분 (밑줄 필자. 이하 같음)

> 낱말은 외로운 그 몇 사람처럼
> 아직 날지 못하는 새를 기르며
> 단절된 시간을 한 장씩 넘기고 있다.
> 공간에 의자를 내놓고 책을 읽으며
> 때때로 어린 새의 질량을 느끼며
> 아, 떨리지 않는 건강한 손으로
> 소멸할 하루의 일정을 거두어들인다.
>
> —「현상실험: 별장(別章)」(『분명한 사건』) 부분

언어들이 죽는다.
건강한 언어의
아이들은
어미의 둥지에서
알을 까고
고요한 환상의
출장소
뜰에
새가 되어
내려와 쉰다.
의식의
고장난 수도꼭지에서
쉰다.

—「몇 개의 현상」(『분명한 사건』) 부분

위의 작품에 등장하는 '시간, 낱말, 언어'는 관념적 세계이다. 이러한 관념적 세계는 시적 의미가 모호하게 드러나거나 난해한 경우가 많다. 오규원의 경우에도 관념을 대상화하기는 했지만 기본적으로 드러나는 원관념이 관념에 근간을 두고 있기 때문에 모호한 경우가 많다. 오규원의 초기시가 난해하게 평가받는 이유도 바로 여기에 있다. 대상화라는 측면에서 위 시의 관념은 각각 '밤'과 '하루'와 '새'라는 구체적 대상으로 바뀐다. 그러나 '밤, 하루, 새'는 관념을 대체한 것이 아니라 단지 전이된 대상일 뿐이다. 관념어인 '시간, 낱말, 언어'는 여전히 시적 의미를 형성하는 주체로 남아 있다. 따라서 관념이 구체적 대상으로 전이되는 양상을 드러낸다고 하더라도, 그것은 사실적 인식을 주기보다 형이상학적 인식을 전해주게 된다.

관념을 통해 드러난 형이상학적 인식은 『분명한 사건』의 시적 공간을 현실과 거리를 둔 것으로 만든다. 오규원이 『분명한 사건』에서 보여준 시적 공간은 구체적 배경을 지니고 있는 것이 아니다. 관념을 대상화하기는 했지만 결국 원관념인 관념어를 여전히 사용하고 있기 때문이다. 또한 관념이 대상화된 시어 역시 구체적 삶의 체험 근거나 시·공간적 배경을 지니고 있지 않다. 오규원 중기시의 해체적 경향은 초기시의 이러한 부분과 차이를 드러낸다. 초기시의 관념적 특성은 모호함의 측면에서 구체화되지 않은 시·공간과 친화력을 보인다. 구체화된 대상이 주로 등장하는 중기시의 경우는 구체화된 시·공간과 어울린다. 그런 점에서 초기시에 자연적 배경이 주로 나타나는 것은 자연스러운 일이다. 구체화되지 않은, 포괄적인 공간으로서의 자연은 초기시의 관념과 형이상학의 모호함을 드러내기에 적절한 공간이기 때문이다. 초기시에 나타난, 관념의 대상화로서의 공간은 자연물 중에서 주로 식물적 공간인 경우가 많다. 초기 오규원의 시는 자연 이미지, 그중에서도 식물 이미지를 주로 사용하고 있다. 그런 점에서 오규원 시의 주요 공간적 배경 역시 식물적 상상력의 공간이다. 식물적 상상력의 공간에서 오규원이 특히 주목하고 있는 것은 나무와 뜰이다. 오규원 시의 자연 이미지에 대해서는 뒤에 구체적으로 논의하도록 하겠다.

2) 시적 언술의 현대성

현대로 넘어오면서 세계는 분리되었다. 현대는 연속성을 지니고 있는 세계가 아니라 파편화되고 단절된 세계이다. 그리고 그와 같은 현대의 영역 속에 자리 잡은 인간의 삶은 비극적인 것이다. 현대의 삶은 비극적 일상성의 체험에 다름 아니다. 양식화된 삶의 모습이 사라진 자리는 무의미한 일상으로 대체되었으며, 일상은 우리 삶의 보편적인 양상이 되었다. 일상을 통해 드러나는 삶의 모습이란 양식이 사라진, 무의미하고 비극적인 삶의 국면을 지칭한다. 이러한 일상성은 현대 사회의 일반적인 특징이다. 결국 현대적인 삶의 방식과 현대성은 비극성을 전제로 할 수밖에 없다. 현대로 넘어오면서 인간의 삶은 풍요로워졌지만 풍요로움의 이면에 존재하는 것은 무의미한 일상을 맞이한 자의 비극이다. 따라서 현대 문명 사회의 일상은 비극을 전제로 만들어지고 작품은 그것을 비판한다.[14] 현대 사회를 살아가는 "우리의 일상생활은 양식에 대한 향수, 양식의 부재, 그리고 양식에 대한 악착 같은 추구로 특정지어진다. 우리의 일상생활은 격식이 없고 옛날의 양식을 사용하려는 노력과 그 양식들의 잔재·폐허·추억 속에 머물려는 노력에도 불구하고 스스로에게 하나의 양식을 부여하는 데 실패했다".[15] "일상이란 무의미한 것들의 총화"[16]이며 이러한 일상의 연속인 현대 사회는 비극성을 지니고 있을 수밖에 없다.

현대성과 일상성을 포함하여, 현대의 보편적인 속성은 대체적으로 비극적 정서를 환기한다. 또한 현대 도시문명은 그것의 풍요로움에도 불구하고 자연에 반하는 부정적 결과를 초래하기도 한다. 소외된 인간과 물질문명의 폐해와 같은 것이 바로 그것이다. 이처럼 현대의 보편적인 속성은 개별화된 특정 대상뿐만 아니라 현대의

14) 오늘날의 일상성의 장소는 다름 아닌 '도시'다. 이것은 일상성이 이데올로기적 의의까지 곁들인 여러 양상의 '현대성'이 되고 있음을 시사한다. 왜냐하면 일상성이 도시라는 조직 사회의 산물이기 때문이다. 그래서 도시의 일상성 '속'에서 이 일상성을 비판하는 태도가 필연적으로 요청되는 것이다(김준오, 『도시시와 해체시』, 문학과비평사, 1992, 25쪽).

15) 앙리 르페브르, 박정자 역, 『현대 세계의 일상성』, 세계일보, 1990, 64쪽.

16) 위의 책, 62쪽.

우리 삶의 전 영역을 총체적인 비극으로 만들어버렸다. 현대는 비극과 함께 도래했으며, 이러한 비극은 세계에 대한 문학의 태도에도 영향을 미쳤다. 문학은 그것이 드러내야 할 세계를 비극적으로 인식하기 시작했다. 문학은 특별한 사건을 특별하게 재현하는 것이 아니라 일상적 사건을 의미 있는 문학적 사건으로 전환하는 것이다. 무의미한 일상을 의미 있는 사건으로 만드는 것은 선택과 배제를 통해서 가능하다. 문학은 비극적 일상의 영역을 선택함으로써 양식이 사라진 시대의 비극과 부조리를 드러낸다. 현대 사회에서 문학 작품은 파편화된 세계를 수용하게 되며, 그것은 대체적으로 비판적 입장을 취한다. 오규원의 초기시는 현대를 직접 수용하지 않는다. 그러나 현대적 소재를 직접적으로 차용하지 않을 뿐이지 오규원의 초기시는 세계에 대한 부정적 인식을 적극적으로 표명하고 있다. 또한 세계에 대한 인식뿐만 아니라 문학적 양식 역시 그것에 걸맞은 형식을 취하곤 하는데, 오규원의 시에 드러나는 영상 조립 시점도 그중 하나이다.

시적 정황은 연속된 세계와 언술을 통해 시적 세계를 드러내는 경우가 많다. 그러나 오규원은 분절된 정황을 통해 새로운 시적 정황을 만들어낸다. 대체적으로 분절된 정황이 드러나는 시는 모더니즘 계열의 작품인 경우가 많다. 그 이유는 시를 통해 드러나는 세계에 대한 인식과 연관이 있다. 모더니즘은 '부정정신'과 불연속성을 통해 세계를 재현하는데, 세계에 대한 부정적 인식과 파편화된 태도를 의도적으로 보여줌으로써 현대의 비극성을 극복하려고 한다.[17] 영상 조립 시점은 단절된 영상의 조합을 통해 시적 세계

---

17) 모더니즘의 중요 특성은 '반항정신'에 있다. 그러므로 낡은 관조적인 문학적 인습을 거부하고 새로운 문학의 창조를 시도한다(최일수, 「모더니즘 백서」, 『자유문학』 23, 1959. 2; 문혜원, 『한국근현대시론사』, 역락, 2007, 185쪽 재인용).

를 드러내므로 현대 문명사회를 드러내는데 효과적이다. 영상 조립 시점은 실제적 가시화의 세계는 물론이고 내면의 의식 세계를 드러내는 데에도 효과적이다. 그 이유는 영상 조립 시점이 가시화된 것과 함께 "마음에 떠오르는 것들을 함께 묶어 재구성한 것이므로 가시권 사물과 비가시권 사물이 섞여 있을 수"[18] 있어서 의식 속에 있는 것을 모두 끄집어 낼 수 있기 때문이다. 이때 내면의 의식은 가시권의 세계와 비가시권의 세계를 통해 재현된다. 따라서 영상 조립 시점은 내면의 의식을 드러내는 경우일지라도 전적으로 진술에 의지하지 않는다. 영상 조립 시점에 의해 재현된 세계는 분절된 이미지의 재현이다. 영상 조립 시점은 이와 같은 분절된 이미지의 재현을 통해 하나의 일관된 정서를 만들어낸다. 영상 조립 시점으로 이루어진 시적 정황은 각각 다른 것이지만 작품 속에 드러난 시적 세계는 분리된 것이 아니다. 분절된 각각의 정황을 합하여 하나의 세계를 만들어내는 것이 영상 조립 시점이다. 영상 조립 시점은 우리가 직접 볼 수 있는 가시권의 이미지뿐만 아니라 직접 볼 수 없는 비가시권의 이미지까지 가시화 시킬 수 있다.[19] "작품 속의 풍경은 사실적이라 하더라도 관찰에 의한 묘사가 아니라 의식 속에 자리 잡고 있는 영상을 현재 시점에서 재구성한 풍

이것을 기반으로 만들어진 시작품은 불연속적이다. 그러나 이 불연속은 단절을 극복하기 위해 의도된 것으로, 언어의 새로운 질서는 이 불연속적인 것을 연결시키는 데서 탄생한다(고석규, 「현대시의 형이상성」, ≪부산대학보≫, 1957. 12; 조향, 「현대시론」, ≪문학≫, 1959. 10; 문혜원, 위의 책, 185쪽 재인용).

18) 오규원, 『현대시작법』, 문학과지성사, 1993, 105쪽.

19) 서경적 구조의 작품은, 서경이라는 말의 사전적 의미가 암시해주듯, 언어로 그려진 풍경화의 형태이다. 그리고 그 풍경화적인 공간은 일반적으로 고정 시점(fixed point of view), 이동 시점(moving point of view), 회전 시점(panoramic view) 및 영상 조립 시점(frame image) 등으로 구축된다(C. Brooks and R. P. Warren, *Modern Rhetoric*, Harcourt Brace, Jovanovich, New York, 1979, pp. 180~184, pp. 208~212 참조; 문덕수, 『문장강의』, 시문학사, 1985, 158~163쪽 참조; 오규원, 위의 책, 94쪽 재인용).

경"[20]이기 때문이다. 따라서 관념의 대상화의 측면이나 현대적 인식으로서의 시쓰기를 하는 오규원 시의 경우에 영상 조립 시점은 매우 적합한 시쓰기의 방법이다. 영상 조립 시점을 통해 재현된 이미지를 통해 현대의 분열된 세계와 내면을 효과적으로 표현할 수 있기 때문이다. 이렇게 결합하여 낯선 풍경으로 제시된 세계는 새로운 시적 인식을 효과적으로 전달한다.

1

당신에게 외면당한 현실의
뒤뜰 구석에는
신의 왼쪽 발
뒤꿈치가 적발된다. ………………………………………… 1)
분실한 잠이
몇 송이 라일락꽃이
적발되고 ………………………………………… 2)
지붕 밑 서까래에서
낡은 돌저뀌가 적발된다. ………………………………………… 3)

당신의 책상 서랍에는
우편 요금에게 미안한 얼굴을 하고
봉투가 앉아 있다. ………………………………………… 4)
천사가 먹다 남긴
추억의 빵이 몇 조각. ………………………………………… 5)
그 옆에

20) 오규원, 위의 책, 98쪽.

새벽 2시의
음침한 불빛이 들어 있다. ………………………………………………… 6)
오오 묻지는 말게
그게 뭐냐고 ……………………………………………………………… 7)

2

시간의 육신이 부서지고 있다. …………………………………………… 8)
들쥐들이 갉아 먹은 뜰이
조금씩 간격을 두고 ……………………………………………………… 9)
분쟁을 제기하는 나무들이
어둠에 구멍을 뚫고 있다. ………………………………………………… 10)

신경의 왼쪽과
오른쪽에서
오른쪽과 왼쪽에서
버려진 나의 깊은 우물 속을
내려가는
빈 두레박 소리가 빠져나오고 …………………………………………… 11)
발자국이 큼직큼직한 악몽이
등뼈를 타고 넘어오고 있다. ……………………………………………… 12)

3

오오 묻지는 말게
그게 뭐냐고. ……………………………………………………………… 13)
수은주 속으로 창백한
미래가 기어오르고 ……………………………………………………… 14)

바람이 의자 밑에서
쓰러진 시간의 뼈다귀를
추리고 있다. ………………………………………………………………… 15)
백지들이
마른 감정의 밑바닥을 핥고
낱말의 궁색한 표정을
창밖의 풍경이 노려보고 ……………………………………………………… 16)

내장에 드러누운
불길한 환각을 반출하는 정맥의
발소리를
문지방을 밟고
말갛게 내부(內部)를 닦아낸 유리창을 통과하고 있다. …………… 17)

—「현황 B」(『분명한 사건』) 전문

관절염을 앓는
늙은 감나무 가지 사이로
엉큼한
서너 개의 바람이 불고 있다. ……………………………………………… 1)

드문드문 누워서
햇빛을 쬐는 무덤에서
김해 김씨의 족보와
창세기 제1장 제2절이
걸어 나오고 ……………………………………………………………………… 2)

먼지 속에 묻혀버린

발자국이

매일 풀밭에서 벌어지는

신의 음모에 참석차

기웃둥 기웃둥

가고 있다. .... 3)

길이 끝난 곳에

산이

무릎을 꿇고 앉아 있다. .... 4)

오, 시간이 외그루 나무처럼 서서

지나가는 사람의

모자를

차례로 벗기고 있다. .... 5)

—「들판」(『분명한 사건』) 전문

오규원은 영상 조립 시점의 효과를 적극적으로 사용한다. 영상 조립 시점은 낯선 정황과 시어의 충돌을 통해 분절된 세계를 형상화한다. 「현황 B」와 「들판」은 독립된 정황의 조합을 통해 작품 전체의 구조화된 의미를 드러내는 영상 조립 시점의 예이다. 「현황 B」는 17개의 독립된 정황으로 이루어져 있다. 17개의 독립된 정황은 하나의 '부정적인 현황'을 보여주기 위해 의미를 형성한다. 각각의 정황은 분절되어 있지만 그것들의 집합체인 작품은 일관된 세계를 표현한다. 「현황 B」에 그려진 각각의 정황은 '신의 왼쪽 발뒤꿈치—분실한 잠과 라일락꽃—낡은 돌쩌귀—봉투—추억의 빵—음침한 불빛—들쥐들이 갉아먹은 뜰—분쟁을 제기하는 나무들—

빈 두레박 소리—악몽—창백한 미래—바람—백지—정맥의 발소리' 등이다. 이 시에 드러난 각각의 정황은 일관되거나 연속적인 세계를 재현하지 않는다. 각각의 정황은 어떠한 연결고리도 없이 단절되어 있다. 그러나 한 편의 작품 안에 구조적으로 조합된 세계는 '부조리하고 부정적인 현황'으로 일관성 있게 표현되어 있다.

영상 조립 시점이 단절된 현대를 드러내는 데 효과적이기는 하지만 오규원의 초기시에는 현대 체험이나 현대적 대상이 직접적으로 표현된 경우가 흔치 않다. 그러나 오규원이 드러내고자 한 세계는 전근대적 세계나 자연발생적인 감정을 나타내는 세계가 아니다. 오규원의 초기시는 「현황 B」에서처럼, 우리 삶의 비애와 같은 현대적 인식의 영역을 보여준다. 흔히 현대적 성향을 드러내는 작품의 특성으로, 작품 속에 드러나는 현대 체험이나 현대적 대상을 떠올리기 쉽다. 그러나 그것은 구체화된 대상으로 재현된 현대일 뿐이다. 그것 자체가 전적으로 현대적 인식과 동일시 될 수는 없다. 그런 점에서 오규원의 초기시는 현대적 시·공간이 직접적으로 재현되지는 않지만 현대적 인식을 통해 세계를 바라보고 있다는 점에서 현대적 성향을 지닌다. 오규원 초기시의 현대성은 언어를 치밀하게 '사용'하고 '구조화'하려는 태도와, 현대인의 삶을 수용하고 드러내려는 태도로부터 기인한다.

「들판」은 5개의 개별화된 정황이 하나의 작품을 이루고 있다. 1연에서 '관절염을 앓는 늙은 감나무 가지 사이로 부는 바람'의 풍경이 제시되고 있는데 반해 2연에서는 '햇빛을 쬐고 있는 무덤에서 걸어나오는 족보'를 보여준다. 늙은 감나무와 무덤과 족보는 시 안에서 하나의 일관된 정서를 지향하지만 제시된 각각의 정황은 연속적이고 유기적인 의미구조로 연결되지 않는다. 즉 심상으로서 일관성만 지니고 있을 뿐이지 제시된 각각의 정황이 일관된 의미로 구조화하지는 못한다.

「현황 B」와 「들판」은 현대적 시·공간이 직접적으로 등장하지 않는다. 오규원의 초기시는 현대적 시·공간이 직접적으로 나타난다기보다는 현대적 인식과 사유를 통해 우리 삶의 단면을 드러낸다. 이것은 오규원의 초기시가 보여주는 비극적 인식과도 무관하지 않다. 비극이 곧 현대성을 의미하는 것은 아니지만 오규원이 분명한 시적 지향점을 가지고 의도된 바를 표현했다는 점에서, 오규원 시의 비극이 현대적 인식을 전제로 하고 있음을 유추할 수 있다. 이러한 현대적 성향은 현대적 인식의 차원뿐만 아니라 언어로 나타난 구체적인 지점을 통해서도 찾아볼 수 있다. 「현황 B」의 경우는 부정적 인식으로서의 모든 '현황'이 특정되지 않은 'B'를 통해 드러남으로써 현대의 비애를 보여준다. 「들판」은 '들판'이라는 공간적 배경이 우리 삶의 비극적 영역으로 등장한다. '들판' 자체에 현대 체험이나 공간이 적극적으로 드러나지는 않지만 늙은 감나무가 관절염을 앓고 있다는 점이나 인간의 삶을 근간으로 하는 족보가 등장한다는 점. 그리고 신의 음모에 기웃거리는 발자국이나 무릎을 꿇은 산과 지나가는 사람의 모자를 벗기는 시간은 모두 인간의 삶을 함의하고 있는 공간을 표현한 것이다. 따라서 이 시의 '들판'은 우리 삶의 생생한 현장이자 비극의 공간으로 읽히게 된다.

영상 조립 시점과 함께 오규원은 심상적 시점을 빈번하게 사용한다. 초기시 중에서 제1시집 『분명한 사건』이 분절된 영상 조립 시점이 도드라졌다면 제2시집 『순례』는 심상적 시점을 통해 낯선 지점을 보여준다. 영상 조립 시점이 분절된 정황을 통해 시적 세계를 드러내는 것이라면, 심상적 시점은 주관적 묘사와 심리적 내면 세계와 관련이 있다. 영상 조립 시점이 연결되지 않은 것들의 조합이 주는 낯선 인지 충격과 시각화된 효과를 노리는 반면 심상적 시점은 비가시적인 세계가 주는 인지 충격과 내면화된 심상의 효과를 노린다. 심상적 시점은 낯선 인지 충격의 효과가 극대화될 수도 있다는 점에서 영상 조립 시점과 유사성을 지니기도 한다. 심상적 시점은 심상적 고정 시점과 심상적 회전 시점, 심상적 이동 시점으로 나눌 수 있는데, 심상적 시점이 심리적 내면 세계를 드러낸다고 해서 진술의 형태로 표현되는 것은 아니다. 심상적 시점은 진술을 통해 표현되는 시적 언술이 아니다. 따라서 심상적 시점이 재현되는 방식 역시 가청화된 세계가 아니라 가시화된 세계를 통해서이다.

일요일. 구체적인 얘기를 하자. 구체적이라는 말이 그리운 한국. 구체적이라곤 아무 것도 없는 4월의 끈적끈적한 세번째 일요일 오후.

죄지을 일이 없을까. 낡은 담벽에는 일요일 저녁의 빈약한 육체가 옷을 벗고 전신을 비틀고, 그 비틀리는 육체 위로 사생결단 기어오르는 담쟁이덩굴. 몸을 날려 담쟁이덩굴의 끝까지 가본다. 담쟁이덩굴의 끝은 막막한 바람. 막막한 바람 속에는 10여 년 전에 쓰러지며 내 오장육부 위에 내리꽂히던 친구의 비명 소리, 내 오장육부가 꽉꽉 다져지던 소리, 내가 내 무덤의 관 뚜껑을 열어보며 발하던 음흉한 신음소리, 그 신음 소리를 밟고 가서는 오늘 이 일요일까지 돌아오지 않는 사람들의 발자국 소리.

담벽을 타고 올라 지붕을 타고 올라 그리고 드디어 타고 오를 게 없어 허공에다 머리를 쑤셔박고 1, 3, 5, 7, 9로 뻗어 있는 담쟁이덩굴의 끝. 죄지을 일은 1, 3, 5, 7, 9로밖에 없다.

—「구체적인 얘기를」(『순례』) 전문

낮이 간다.

바람이 서쪽 창문의 노을을

훔쳐 주머니에 넣는다.
저녁
어망에 걸려
뛰고 있는
종언의 잔고기들.
순간
상아의 뜨락에
잠깐은 눈부신 비늘,
비늘처럼
창을 밝히는 개인의 불과
루비콘 강, 루비콘 강의
노을. 그때마다
별들이 개편하는 하늘의
모서리를
흔들어보는 남자들.
언어의 뚜껑을 열고 나와
다시 독립하는 언어들,
물가처럼 가볍게 그리고
싱싱하게 뛰는
옆집 아이들, 그렇게
다시 웃으면서 밤을 충동하는
언어들이여.
몇 개의 길이
길 위에 눕는다.

—「김씨의 마을」(『순례』) 부분

오규원의 시는 영상 조립 시점으로 표현된 이미지뿐만 아니라 연상 작용에 의해 연결된 이미지 역시 낯선 영역으로 전이되기 때문에 각각의 독립된 영역을 확보하게 된다. 오규원의 시적 연상은 연결된 세계의 순차적인 연속이 아니라 연결된 세계의 분절적 형태로 나타난다. 연속되어 있으면서 분절된 세계에는 기시감과 미시감이 동시에 존재한다. 연속된 세계를 통해 기시감이 형성되고 분절된 시어와 정황을 통해 미시감이 형성된다. 기본적으로 오규원의 시가 보여주는 시적 특징은 미시감으로부터 비롯된다. 오규원의 시에 드러나는 환상과 관념은 이러한 미시적 요소와 어울려 낯선 시적 정황을 보여준다. 특히 오규원의 시에 나타난 지배적 정황은 미시감으로부터 비롯된 것이다. 그렇기 때문에 오규원의 자연 역시 익숙함보다는 낯선 풍경을 보여주게 된다. 시적 정황으로서 자연이 기시감만을 지니고 있을 때 그것은 낯익고 진부한 것이 된다. 오규원의 자연은 미시감을 확보함으로써 전통적인 자연의 세계를 넘어설 수 있었는데, 그것이 바로 '낯설게 하기'의 효과를 불러일으킨다. 오규원은 미시감을 통해 '자연'이라는 공간을 새로운 영역으로 치환한다.

「구체적인 얘기를」에서는 일요일 저녁의 빈약한 육체가 옷을 벗고 전신을 비틀고—그 비틀거리는 육체 위로 담쟁이덩굴이 사생결단 기어오르고—(나는) 몸을 날려 담쟁이덩굴의 끝까지 가고—담쟁이덩굴의 끝은 막막한 바람이 있고—막막한 바람 속에는 친구의 비명 소리와 오장육부가 다져지던 소리와 신음 소리가 있고—그 신음 소리를 밟고 가면 일요일까지 돌아오지 않는 사람들의 발자국 소리가 있다.

일요일과 담쟁이덩굴로부터 시작한 이야기는 일요일과 담쟁이덩굴로 끝을 맺는다. 이러한 구조는 연상의 출발점으로 다시 돌아옴으로써 일관성을 획득한 것이다. 연상된 각각의 세계 역시 자연스럽게 읽힌다. 위에 언급한 연상 체계는 자연스럽게 하나의 풍경을 보여준다. 어색하지 않게 연결된 풍경은 독특한 정황을 만들어낸다. 비약이 아니라 자연스러운 상상 체계를 따라 연상을 하고 있지만, 연상된 정황이 보여주는 상상의 공간이 전 단계에 비해 풍요롭게 확장되기 때문에 그것은 낯선 정황으로까지 느껴진다. 이때 주로 보이는 것은 자연 이미지이지만 '자연'은 감상적 존재로서의 보편적 이미지가 아니라 비극적으로 개별화된 정서를 환기시킨다. 이것이 미시감을 통해 낯선 지점을 보여주는 오규원 시의 특징이며 현대성이다.

2. 자연의 세계와 시적 인식

현대가 수용하고 있는 세계는 목가적인 자연이 아니다. 현대는 자연의 풍경 대신 도시를 선택했다. 모든 현대적인 것들은 자연이라는 목가적 풍경의 반대 지점에 있다고 생각되는 경우가 많다. 현대에 대한 이러한 인식은 자연과 문명이라는 이분법적 사고로부터 비롯된 것이다. 그러나 현대의 의미는 "놀랍도록 정의하기 힘들고 분명하게 말하기 어렵다".[21] 자연과 반대 지점에 있다는 단순한 이유나 문명사회의 단편적인 부분만을 통해 현대를 규정지을 수는 없다. 그러나 분명한 것은 문명을 자연의 반대 지점으로 인식하고 있기 때문에 문명의 비극성을 극복할 수 있는 공간으로 자연을 인식하고 있다는 점이다.

---

21) 마샬 버만, 윤호병 역, 『현대성의 경험』, 현대미학사, 1994, 161쪽.

자연은 보편적으로 긍정적 이미지를 수반한다. 자연은 대체적으로 우리가 돌아가야 할 고향의 모습을 지니고 있으며 모성과 같이 안온한 이미지를 내포하고 있다. 모든 자연은 싱싱한 생명력을 내재하고 있다고 여겨진다. 자연 이미지 중에서 가장 대표적인 것은 식물 이미지이다. 물론 식물 이외의 자연 이미지 역시 중요한 것이기는 하지만 모든 자연적 풍경과 이미지는 식물을 배경으로 삼고 있는 경우가 많다. 식물에 대한 바슐라르의 언급도 이와 같은 맥락이다.

> 식물의 꿈[식물에 대한 몽상]은 가장 느리면서도 은근하고 평온한 꿈이다. 우리에게 정원이며 초장, 강둑 길과 숲이 주어진다면 우리는 우리의 원초적인 행복을 다시 맛볼 수 있을 것이다. 식물은 행복한 꿈의 추억을 성실하게 간직하고 있다. 봄이면 식물은 그 행복한 꿈의 추억을 되살려준다. 그리고 그에 대한 보답인 양 우리의 몽상은 식물에게 더 큰 생장, 더 아름다운 꽃, 인간적인 꽃들을 부여하는 것 같다.[22]

1) 식물적 상상력의 언어

식물은 대지에 뿌리내리고 있으며 대지로부터 수액을 끌어올려 생명의 원천을 만들어낸다. 또한 식물의 주변에는 항상 바람이나 햇살 혹은 비와 같은 생명력 넘치는 자연물로 가득하다. 식물은 식물 자체로서 뿐만 아니라 자신을 둘러싼 모든 것들을 통해 생명과 안온함이라는 긍정적 이미지를 창출해낸다. 식물은 씨앗으로부터 발아하여 푸른 잎을 피워내고 열매를 맺는다. 이 모든 순환은 삶의

22) 가스통 바슐라르, 정영란 역, 『공기와 꿈』, 민음사, 1993, 404쪽.

순리이며 새롭게 잉태되는 생명에 대한 경외이다. 흔히 황폐하게 여기는 겨울의 식물 이미지 역시 외부로부터 가해지는 난관에 대한 극복이자 다가올 생명에 대한 갈망으로 기능하는 경우가 많다.

식물이 대지에 뿌리내리고 있다는 점 역시 삶의 근본적인 긍정의 세계와 맞닿아 있는 것이라고 볼 수 있다. 대지는 모든 생명의 근원이며 터전이다. 식물은 동물과 달리 대지에 직접 뿌리를 내림으로써 대지의 생명력과 직접적으로 호흡하는 존재이다. 대지와 맞닿은 식물은 자연의 모든 생명의 출발이 된다. 이로써 식물 이미지는 긍정적 이미지를 수반하게 된다.

동시에 식물 이미지는 상처받는 존재로 등장하는 경우도 많다. 상처받는 존재로서의 식물 이미지는 대체적으로 외부의 힘으로부터 억압받는 존재로 형상화된다. 르페브르는 일상성의 특징으로 양식의 부재를 이야기한다. 그의 주장에 따르면 일상이란 현대사회에 이르러 등장하게 된 개념이다. 현대 이전의 삶이 양식을 지니고 있는 것이었다면 현대사회는 양식을 잃어버리고 일상성이 지배하게 된 세계이다.[23] 당연히 일상성이 드러나는 주된 공간은 도시이며 문명사회이다. 양식을 잃어버린 문명사회는 폐허가 되어버린 세계이다. 이때 식물을 포함한 자연 이미지는 폭력적인 문명사회와 대척점을 이룬다. 대척점을 이룬 채 분리되어버린 문명사회와 자연 중에서 자연은 언제나 패배자의 입장으로 전락한다. 식물 이미지가 폐허와 상처의 존재로 등장하게 된 경우, 식물의 주변에는 폭력과도 같은 외부로부터의 힘이 존재하기 마련이다. 바슐라르는 이와 같이 상처받는 식물 이미지에 대해 다음과 같이 밝힌다.

23) 앙리 르페브르, 박정자 역, 「현대세계의 일상성」, 『일상생활의 사회학』, 한울아카데미, 69~70쪽 참조.

> 고통 받는 나무, 뒤흔들리는 나무, 열정에 사로잡힌 나무는 이와 같이 저 온갖 인간 열정의 이미지를 제공해 줄 수 있다. 얼마나 많은 전설이 우리에게 피 흘리는 나무, 또 눈물짓는 나무들에 대해 들려주고 있는가.
> 심지어 나무들의 신음소리가 저 멀리서 울부짖는 그 어떤 야수의 울음보다 우리 영혼에 더 가깝게 느껴질 때도 있다. 나무는 더 한층 내밀히 탄식함으로써 그 (나무가 겪는) 고통이 한층 더 깊은 것으로 우리에게 느껴지게 되는 것이다.[24]

오규원의 초기시에 드러나는 자연 이미지는 긍정보다는 부정으로부터 비롯된 것이다. 오규원의 시는 자연물을 다룬 시어가 빈번하게 등장한다. 자연물에 대한 오규원의 애정은 초기시부터 후기시에 이르기까지 지속적으로 나타난다. 물론 해체의 징후를 보였던 중기의 시에는 상대적으로 자연물에 대한 시어가 제한적이다. 윤석정의 시어 분석을 통해 분류해보면 오규원의 시는 식물, 동물, 기타 자연물 등의 시어가 다른 시어를 압도하고 있음을 알 수 있다.[25] 오규원의 시에 등장하는 자연물은 일반적인 자연물의 의미로 사용되지 않고 모더니즘과 결합하여 반목가적 모습을 보여준다. 따라서 오규원의 초기시에 등장하는 자연은 비극적 성격으로서의 자연이다. 현대 문명사회에서 자연이 약자로서 비극적 정서를 환기한다는 점을 감안할 때 그것은 그리 놀라운 일이 아니다. 초기시에 드러난 오규원의 자연은 부정적 인식을 동반하는 대상이며 소멸과 폐허의 공간으로 등장한다. 바로 이러한 자연에 대한 부정적 인식은, 자연과 현대의 대립 구도에서 패배한 약자로서의 자

---

24) 가스통 바슐라르, 앞의 책, 430~431쪽.

25) 윤석정, 「오규원 시 연구: 시어(명사)의 변모 양상을 중심으로」, 중앙대 석사논문, 2009, 122~201쪽 참조.

연 인식이며 현대의 부정적 인식에 대한 반대 지점의 인식으로부터 비롯된 것이다. 오규원의 시에 등장하는 자연물은 따라서 목가적 인식을 주고 있는 것이 아니라 반목가적 인식을 전달한다.

오규원의 초기시에 나타난 자연은 대체적으로 비극적 세계를 드러낸다. 그것은 식물 이미지의 경우에 더욱 두드러진다. 오규원이 주로 사용하는 식물 이미지는 나무와 뜰이다. 나무와 뜰은 외부의 공포와 힘에게 저항할 수 없는 존재이거나 세계의 밖에 놓여 있는 소외된 존재이다. 초기시의 이러한 자연의 모습은 후기시에 이르러 부정이나 긍정이라는 평가의 대상으로서가 아니라 자연물 자체라는, 하나의 대상에 집중하는 성향을 보이기도 한다. 그것은 오규원 자신의 시론인 '날이미지시론'과 밀접한 관련을 맺고 있다. 대상 자체를 중요시하는 '날이미지시'의 특성상 자연은 어떤 의미나 의도를 지니지 않고 자연물 자체로 드러나게 된다. 이것에 대해서는 논문의 후반부에 다시 살펴보기로 한다. 초기시의 자연은 그것을 대상화하여 구상적 세계를 지향하고자 하기는 하지만 기본적으로는 "추상을 표상"[26]하며 "환상 속에서 언어의 힘을 믿는다".[27] 『분명한 사건』에 수록된 비극적 식물 이미지는 대체적으로 결핍의 정서를 보여주거나 외부적 요인에 노출되어 고통 받는 양상을 띤다. 또한 식물이 뿌리를 두고 있는 대지 역시 식물과 함께 고통 받는 존재로 등장하기도 한다.

골격뿐인 서쪽 숲의 나무

—「서쪽 숲의 나무들」(『분명한 사건』) 부분

---

26) 이승훈, 『한국 모더니즘 시사』, 문예출판사, 2000, 264쪽.

27) 위의 책, 같은 쪽.

수술과 암술이 떠나고 꽃잎과 꽃받침이 떠나고
꽃밭이 떠나고
마지막엔 풀이 흔드는 작별의 손이 보이고
인사도 없이 골목을 떠나고 길이 서 있다.

—「길」(『분명한 사건』) 부분

오규원 시의 식물 이미지는 처음부터 결핍 상태에 놓인 존재들이다. 식물이 보편적으로 상징하는 긍정적인 모습은 현대 이전의 양식화된 것들과 연관이 있다. 식물은 현대의 속성과 처음부터 반대의 위치에 놓인 존재였다. 따라서 문명이 지배하게 된 현대 사회 아래에서 그것들은 소외된 존재일 수밖에 없다. 양식이 사라지고 일상이 지배하게 되었듯이, 식물은 현대 사회의 힘 앞에 무기력할 수밖에 없는 존재이다. 그렇기 때문에 「서쪽 숲의 나무」의 나무는 모든 것을 잃어버린 채 골격만 남아 있으며, 해가 지는 서쪽 숲에 존재하게 된다. 풍요로운 계절과 잎과 열매가 소멸한 나무는 현대 이후에 우리가 경험한 비극적 체험과 같은 것이다. 더군다나 그 나무는 서쪽 숲에 놓여 있다. 해가 지는, 세상의 끝과 같은 서쪽의 숲에 존재하는 나무에게는 어떠한 희망의 단서도 보이지 않는다. 「길」의 경우도 모든 식물성이 분리되고 종국에는 식물이 뿌리내린 꽃밭마저 사라져 버린다. 수술과 암술이 떠남으로써 생명의 탄생과 순환은 단절되었고 꽃의 주요한 실체인 꽃잎과 꽃받침마저도 사라져 버림으로써 식물의 존재 자체가 무화되는 경험을 한다. 여기에 더해 식물의 존재 기반인 꽃밭마저 떠나게 되는데, 이로써 식물은 지상으로부터 철저하게 버림받는 존재가 된다. 「길」은 자연과 대상이 사라진 허망함의 공간이다. 그곳에는 길이라는 텅 빈 삶의 공간만이 존재하게 된다.

인경 밖으로 뿌리를 죽죽 뻗어나간
나무들이
서산에서
한쪽 다리를 헛짚고 넘어진 노을 속에
허둥거리고 있다.

—「분명한 사건」(『분명한 사건』) 부분

키가 큰 산오리나무의 두 귀가
불타고 있다.

—「분명한 사건」(『분명한 사건』) 부분

바람에 흔들리며 부르르 떨고 있는
나뭇잎의 새파랗게 질린 표정을
과연 몇 사람이 보고 있을까.

—「무서운 계절」(『분명한 사건』) 부분

죽음의 뜰에 발가락을 내놓은
갈참나무 한 그루가
햇빛에 산산조각되어
흩어지고 있었다

—「맹물과 김씨」(『분명한 사건』) 부분

식물을 비롯한 자연물은 전통적으로 긍정의 대상이었지만 동시에 연약한 존재였다. 따라서 「맹물과 김씨」에 드러난 것처럼 버림받은 존재인 식물이 맞닥뜨리게 된 것은 공포와 절망이다. 공포와 절망 앞에서 식물은 "한 쪽 다리를 헛짚고 넘어진 노을 속에/허둥

거리고" "산오리나무의 두 귀가 불타고" 있거나 "바람에 흔들리며 부르르 떨고" "산산조각되어 흩어"진다. 식물의 이러한 모습은 그것이 외부의 공포와 힘으로부터 무기력한 존재이기 때문이다.

> 바람은 오늘도 분다.
> 수만의 잎은 제각기
> 몸을 엮는 하루를 가누고
> 들판의 슬픔 하나 들판의 고독 하나
> 들판의 고통 하나도
> 다른 곳에서 바람에 쓸리며
> 자기를 헤집고 있다.
>
> —「살아 있는 것은 흔들리면서: 순례 11」(『순례』) 부분

> 들쥐들이 갉아 먹은 뜰이
> 조금씩 간격을 두고
> 분쟁을 제기하는 나무들이
> 어둠에 구멍을 뚫고 있다.
>
> —「현황 B」(『분명한 사건』) 부분

식물이 뿌리 내리고 있는 대지의 영역도 현대 사회의 공포와 힘으로부터 벗어날 수 없다. 오규원의 시에 등장하는 식물들이 뿌리 내리고 있는 대표적인 공간은 뜰과 들판이며, 이곳은 더 이상 과거에 존재했던 생명의 원천이 아니다. '오늘도 바람이 부는 들판'은 '슬픔'이며 '고독'이며 '고통'이다. 오규원이 인식하고 있는 식물의 근원인 대지는 이처럼 비극적 근원으로서의 공간이다. 비극으로 가득한 세계에 존재하는 들판은 이미 긍정의 대상과 생명의 공간

이 될 수 없다. 따라서 비극적 공간 속의 식물 역시 비극적 속성을 지닐 수밖에 없는 것이다. 「현황 B」의 '뜰' 역시 '들쥐들'에게 갉아먹힌 존재이므로 식물이 뿌리내린 대지는 이미 생명력을 잃어버린 공간이다. 오규원이 바라보는 공간이 '들판'이나 '뜰'과 같이 비극적이기 때문에 그의 세계관이 비극적 인식에 이르는 것은 자연스럽게 느껴진다.

오규원의 초기시에 등장하는 자연물이 연약한 존재로 나타나는 것은 문명사회에 대한 적극적인 비판은 아니다. 중기에 이르러 해체적 언어를 통해 현대 물신사회에 대해 비판하기는 하지만 초기시의 연약한 자연은 문명 자체에 대한 적극적이고 능동적인 비판이라기보다는 현대 이후의 삶에 대한 비관적 인식으로부터 연유한 바가 크다. 오규원은 초기시의 비극적 자연의 반대 지점에 있는 것으로 단순히 현대 문명사회의 비극성을 드러내는 것이 아니라 비극적 자아라는, 우리 삶의 포괄적 비극을 재현해냈다.

죽은 꽃들을 한 아름 안고
문 앞까지 와서
숙연해지는 들판
그 언덕 위에
건장한 남자들이 휘두른
두 팔에
잘려진 채
그대로 남아 있는
목책

—「정든 땅 언덕 위」(『분명한 사건』) 부분

주인이 없는 방 벽에서 흔들리는 옷가지. 주인이 없는 방 안에서 혼자 앉은 불빛. 주인이 없는 방 앞에서 돌아서는 바람. 오, 주인이 없는 방 안에서 죽은 주인의 얼굴.

—「주인의 얼굴」(『분명한 사건』) 부분

오규원 초기시의 비극적 정서는 현대에 대한 부정적 인식으로부터 비롯된 것이지만 실제 작품 안에 나타난 시적 정황은 현대 도시문명의 속성을 드러내지 않는다. 오규원이 시를 발표하기 시작한 60년대 중반부터 70년대에 이르는 시간적 배경이 급격한 도시화의 과정에 있었던 것임을 감안한다면 오규원 시에 등장하는 자연이 단순히 서정적 자연이 아니라는 점은 자명하다. 이때 드러나는 자연은 현대 이후에 익숙하게 된 비극적 공간 속에서의 자연이다. 「정든 땅 언덕 위」의 '들판'이 품고 있는 것은 '죽은 꽃'이며 "죽은 꽃을 한 아름 안고/문 앞에까지 와서 숙연해지는" 존재이다. 들판이 잉태한 것은 생명력 넘치는 꽃이 아니다. 죽은 꽃을 한 아름 안고 있는 들판을 통해 느낄 수 있는 것은 이미 잉태되어 있던 들판의 비극적 속성이다. 들판은 더 이상 현대 이전의 자연으로부터 비롯된 정서를 지니고 있지 않다. 여기에 나타난 들판은 황무지와도 같은, 현대 이후의 공간으로서의 들판과 다를 바 없다. 또한 건장한 남자들이 휘두른 두 팔은 문명의 지배자인 인간, 혹은 현대의 폭력을 상징하는 것이다. 이 시에 등장한 공간은 자연 공간이라기보다는 인간에 의해 인위적으로 형성된 곳이며, 인간에 의해 황폐화된 지점이다. 「주인의 얼굴」의 방은 인공의 영역이다. 그곳은 따뜻한 삶의 영역인 방이 아니라 모든 것이 떠나고 소멸한 공간이다. 오규원이 인식하는 시적 근간으로서의 공간은 자연을 포함한 모든 것이 불모화된 영역이다.

2) 뜰과 나무의 공간

오규원의 식물적 상상력은 뜰의 공간을 통해 발현된다. 오규원의 식물성은 밀림이나 사막 혹은 아프리카의 초원과 같은 자연 그대로의 것이 아니다. 오규원의 초기시가 구체적 삶의 체험 근거를 마련하고 있지는 않지만 오규원 시의 자연이 뿌리내린 곳이 인간의 영역 안이고, 교감하는 대상 역시 인간의 삶이기 때문이다. 오규원의 식물적 상상력은 꽃과 나무를 통해 나타나는 경우가 많은데, 이때의 꽃과 나무는 거친 자연 속에서 생존하는 존재라기보다는 인간의 삶 주변부에 머물러 있는 존재로서의 자연이다. 그러므로 오규원 초기시의 자연은 생명력 넘치는 존재가 아니다. 오규원이 관심을 기울이고 드러내는 자연은 연약한 존재이면서 동시에 우리 삶의 비애를 드러내는 존재이다. 그렇기 때문에 오규원의 식물적 상상력은 날것 그대로의 자연이라기보다 인간의 삶과 밀접한 관련을 지니고 있는 것이다.

아, 배태의 순간은
뜰 위에 방학이 내려와 노닥거리는
학동의 마을이다.

—「삼월」(『분명한 사건』) 부분

날마다 아침은
구름 아래로 깔리는
삼월의 뜰에 서 있곤 했다.

—「아침」(『분명한 사건』) 부분

고요한 환상의
출장소
뜰, 뜰의
달콤한 구석에서
언어들이
쉬고 있다.

—「몇 개의 현상」(『분명한 사건』) 부분

초기시의 중요한 공간인 뜰은 대체적으로 부정적 대상과 공간을 의미한다. 위에 제시된 작품에서처럼 긍정적 공간으로서의 모습이 나타나기도 하지만 긍정적 공간으로서 뜰이 차지하는 비중은 매우 적다. 오규원이 드러내는 뜰의 공간은 황폐화된 공간적 배경으로서의 뜰이거나 상처받는 존재 자체로서의 뜰의 모습이다.

바람이 불고 간 그 이튿날
뜰에 나간 나는
감나무의 그림자가 한꺼풀 벗겨진 걸
발견했다.
돌아서는 순간
뜰이 약간 기울어진 걸
발견했다.

뜰 위에는
부러진 아침 어깨뼈의 일부.
부러진 하느님 어깨뼈의 일부.

—「그 이튿날」(『분명한 사건』) 부분

그의 화폭에는
죽음의 뜰에 발가락을 내놓은
갈참나무 한 그루가
햇빛에 산산조각되어
흩어지고 있었다.

—「맹물과 김씨」(『분명한 사건』) 부분

꽃을 죽이고, 꽃 속에 들어가 꽃의 아내와 아이들을 죽이고, 지하로 숨은 뿌리를 적발해내고, 마지막으로 꽃의 시체를 뜰에다 내려놓으면

—「푸른 잎 속에 며칠 더 머물며: 순례 18」(『순례』) 부분

이 집에서 살기 위해서가 아니라 이 집에서 죽기 위해서
어둠을 끌고 가는 새벽의 습기 찬 쇠사슬 소리에
매일 잠 깨어 떠는 앞뜰과 뒤뜰의 세계와 만나기 위해서
뒤뜰의 깊음을 알리는 만혼(晩婚)의 새소리를 들으며
나는 한 집의 문안을 받아들였습니다.

(…중략…)

이 집의 비밀은 이 집과 잇닿아 있는 이웃집 뜰과
이 집의 뜰 어디에선가 자라고 있을 것입니다.

—「서(序) 1: 지장(指章)을 찍어주고」(『순례』) 부분

나무 한 그루만을 키우는 나의 뜰에는 나무를 둘러싼 슬픈 나의 자유와 인내와 그리고 자만이 '오—'하면 '오—'하는 소리를 그들 서로에게 되돌려주는 깨어진 돌과 바위와 물독뿐입니다. 이웃 사람들은 이 뜰을

보고 나를 게으른 자라고 하지만 나에게는 그러나 그 하나 그 하나가 나의 재산이며 생명이며 나의 자만 나의 슬픔입니다.

—「서(序)3: 한 그루 나무를 키우는 나의 뜰에는」(『순례』) 부분

근래 와 말이 없어진 그대의 뜰, 그대 뜰의 새가 한밤중이면 무슨 애긴지 뒤뜰에서 주고받는 소리를 잠결에 혼자 가끔 듣는다. 근래 와 말이 없어진 그대의 마음을 알기라도 하는 듯 바람은 뒤뜰에 와 나뭇잎 몇 개만 건드리다 그냥 떠나고, 계절은 개나리 몇 송이를 벌려놓고 그대 집 앞을 총총히 지나간다. 그러나 그대의 마음을 알아들은 그대 뜰의 새가 그대의 말이 되어 때때로 담벽을 넘어 어디론가 다녀오는 모습을 나는 본다.

—「바람은 뒤뜰에 와」(『순례』) 부분

뜰은 폐허의 모습으로 존재한다. 뜰이라는 공간은 더 이상 아름답고 안온한 공간이 아니다. 뜰이 품어야 하는 것은 '부러진 아침과 하나님의 어깨뼈와 산산조각 난 나무나 꽃의 시체이거나 깨어진 돌과 바위와 물독'과 같이 폐허가 된 것들이다. 그래서 뜰은 「맹물과 김씨」에서처럼 "죽음의 뜰"이 된다.

오규원이 인식하고 있는 뜰이 부정적 인식을 동반하는 것임은 자명하다. 오규원에게 뜰은 긍정적 공간이 아니다. 뜰은 인위적으로 만들어진 공간이며 인간의 삶이 놓여 있는 곳이다. 현대적 삶의 공간인 뜰은 그것이 환기하는 긍정적 느낌에도 불구하고 불모화된 인공의 삶이 재현되는 곳이다. 오규원의 뜰에는 싱싱한 자연의 생명력이 존재한다기보다 유한한 불모의 삶이 놓이게 된다. 이처럼 황폐한 불모의 삶이 놓인 뜰은 때로는 그 자체가 하나의 비극이 되기도 한다.

시간의 육신이 부서지고 있다.
들쥐들이 갉아 먹은 뜰이
조금씩 간격을 두고
분쟁을 제기하는 나무들이
어둠에 구멍을 뚫고 있다.

—「현황 B」(『분명한 사건』) 부분

불타는 음성 속에
뜰의 육체가, 잡목이 불타고

—「육체의 마을」(『분명한 사건』) 부분

비극적 대상을 품고 있던 뜰은 "들쥐들이 갉아 먹"어 아무 것도 남아 있지 않은 곳이며 뜰의 전 존재인 육체마저 타오르는 공간이 된다. 어느 새 뜰은 비극을 잉태한 존재에서 비극 자체가 되고 만다. 뜰이 단순히 비극을 잉태한 공간이 아니라 비극 자체가 되었을 때, 뜰은 회복 불가능한 폐허가 된다. 뜰과 같이 오규원이 바라보는 자연은 일반적인 상징계를 벗어나 있는 경우가 많다. 앞에서 언급한 바와 같이 오규원의 시에 드러나는 자연은 대체적으로 부정적 인식을 동반하는 존재로 나타난다. 오규원의 이러한 자연관은 자연을 초월적 존재로 본다기보다는 우리 삶의 한 영역으로 보기 때문이다. 이러한 오규원의 자연 인식은 후기시에 이르러서도 이어진다.

3) 자연 이미지의 패배 의식

오규원 시에 드러나는 자연물은 식물 이미지뿐만 아니라 동물 이미지와 기타 자연 이미지의 경우에도 긍정적 세계를 전달하는 경우가 많지 않다. 동물 이미지를 포함한 기타 자연 이미지 역시 언제나 작고 연약한 존재로 등장한다. 기본적으로 오규원이 바라보는 자연은 작고 연약한 존재이다. 오규원에게 자연은 광포한 이미지를 지니고 있는 존재가 아니다. 오규원의 시에서 자연이 연약한 이미지로 등장하는 것은 인간과 자연을 동일시하기 때문이다. 현대의 공간에 놓인 인간이 풍요로움 속에서도 고통을 겪는 것처럼, 현대의 자연 역시 고통을 겪고 있기 때문에 자연과 인간은 유사성을 지니게 된다. 현대의 시·공간에서 인간은 연약하고 무기력한 존재이다. 그것처럼 거대한 세계 속에 자리 잡은 자연 역시 고통 받는 존재이다. 오규원의 시에 등장하는 자연은 야생의 공간에 놓인 자연이 아니다. 오규원의 자연은 문명사회에 놓인 인간의 운명과 같이 인공의 공간에 놓인 존재이다. 인공의 공간에 놓인 자연은 따라서 비극적 운명을 지니고 있다. 비극적 존재로서 동물 이미지는 다음과 같다.

> 비둘기의 날개가 구름처럼 흐르고
> (…중략…)
> 아직 날지 못하는 새를 기르며
> 단절된 시간을 한 장씩 넘기고 있다.
> (…중략…)
> 때때로 어린 새의 질량을 느끼며
>
> —「현상실험: 별장(別章)」(『분명한 사건』) 부분

> 딱따구리들이 일제히
> 허공을 쪼고 있다.
>
> —「육체의 마을」(『분명한 사건』) 부분

중풍에 걸린

개를 타고 돌아다니는

—「몇 개의 현상」(『분명한 사건』) 부분

내외들의 사랑을 울고 있는 비둘기

—「겨울 나그네」(『분명한 사건』) 부분

상처의 어두운 골짜기에서

날아오르는 새들

—「적막한 지상에: 순례 2」(『순례』) 부분

뒤뜰의 깊음을 알리는 만혼(晩婚)의 새소리

—「서(序) 1: 지장(指章)을 찍어주고」(『순례』) 부분

평화의 마룻바닥 위에 구르던 개 짖는 소리는

—「어느 마을의 이야기: 유년기」(『순례』) 부분

그대에게 보이고 싶던 소리의 빛깔은 관념의 마을에서도 벌써 사라진 지 오래된 휘파람새의 울음

(…중략…)

어망에 걸려

뛰고 있는

종언의 잔고기들

—「김씨의 마을」(『순례』) 부분

오규원의 초기시에 속하는 『분명한 사건』과 『순례』에 등장하는

동물 이미지는 이상과 같다. 동물 이미지를 드러낸 시는 절대적인 분량에서 식물 이미지가 나타난 시에 미치지 못한다. 앞에서도 밝힌 바와 같이 오규원의 시에 등장하는 자연물은 식물 이미지가 압도적으로 많다. 따라서 동물 이미지를 통해 개별적인 연구를 진행하는 것은 무리가 따른다. 동물 이미지는 포괄적인 자연의 범주에서 식물 이미지와 연계하여 의미를 유추해야 한다.

오규원의 동물 이미지는 위에 예시한 바와 같이 강하다기보다는 약하고, 큰 것보다는 작은 것들이 대부분이다. 개를 제외하고는 시에 등장하는 절대적인 생물의 종 자체가 유약한 것들로 이루어져 있다. 개 역시 중풍에 걸려 있거나(「몇 개의 현상」) 시골 마을에서 사육되고 있는(「어느 마을의 이야기」) 존재이다. 이와 같이 유약한 동물 이미지는 오규원의 시가 보여주는 자연물의 이미지가 현대 이후의 삶의 양식과 대척점에 있는 것임을 더욱 확연히 드러낸다. 위에서 예시한 작품에 나오는 동물 이미지는 개를 포함하여 '비둘기, 새, 딱따구리, 잔고기' 등이다. 동물이 존재하는 공간 역시 야생의 세계가 아니라 식물의 세계와 마찬가지로 인간의 영역에 놓여 있는 곳이거나 식물의 영역 안에 존재한다. 식물과 동물을 포함하여 오규원의 자연은 이처럼 인간과 동일시 할 수 있는 존재이며 비극으로 인식되는 존재이다. 그것은 곧 인간의 현대 체험과 관련한 비애이자 자연을 통해 오규원이 제시하는 우리 삶의 비극적 양상이다.

4) 길과 들의 공간

초기시에 속하는 『분명한 사건』과 『순례』는 모두 자연물이 시의 주된 대상으로 등장한다. 그러나 『분명한 사건』에서 집중하여 보여주었던 뜰과 나무의 세계는 『순례』에서 길과 들판의 세계로 확장된다. 물론 『분명한 사건』에도 길과 들의 이미지가 등장하고 『순례』에도 뜰과 나무의 이미지가 등장하지만 그것들은 각각의 시집 전반을 관통하는 시적 대상은 아니다. 『분명한 사건』을 지배하는 주된 정서적 대상은 뜰과 나무이다. 뜰과 나무는 안온하며 정적이면서 인공적이고 내재화된 세계이다. 그런데 반해 『순례』에 주요하게 등장하는 길과 들은 외부를 향하는 이미지이다. 이때 외부를 향하는 자연은 거친 야생으로서의 자연은 아니지만 뜰과 나무의 세계를 벗어난, 내재화된 자아의 세계가 확장된 것이라고 볼 수 있다. 물론 『순례』에서도 여전히 뜰과 나무와 같은 정원의 이미지가 지속적으로 등장한다. 그런 점에서 오규원의 초기시를 관통하는 주요한 정서는 내재화되고 내면화된 세계라고 볼 수 있다. 하지만 『순례』에서 감지할 수 있는 것은 내재화된 세계가 외부의 세계를 향해 관심을 기울이기 시작했다는 점이다. 이러한 외부 세계로의 지향은 중기시의 특징과 일면 맞닿아 있는 것이기도 하다. 오규원은 중기시부터 외부의 세계에 본격적으로 관심을 기울인다. 또한 외부의 세계를 드러내는데 구체화된 방법을 모색한다. 현대 문명사회로의 진입은 『왕자가 아닌 한 아이에게』와 『이 땅에 씌어지는 서정시』, 『가끔은 주목받는 생이고 싶다』에 이르러 본격화되었지만 길과 들을 통해 외부를 지향했다는 점에서 그 징후는 『순례』에서 이미 감지된다. 『왕자가 아닌 한 아이에게』에서 오규원은 구체적인 공간적 배경을 통해 보다 사실적이고 현재화된 세계를 향해 나아간다. 『순례』는 그러한 구체적 공간을 향해 나아가기 위한 전 단계의 특성을 보여준다. 『순례』의 경우, 길과 들을 통해 외부를 지향했다는 점과 함께, 실재하는 공간이 확대되었다는 점에서 중기시로 이행되는 단서가 감지되기도 한다. 그러나 『순례』를 중기시로 이행되는 적극적인 과정으로 볼 수는 없다. 『순례』가 중기시의 현대성을 직접적으로 드러낸 것은 아니기 때문이다.

들은 길을 모두 구부린다
도식주의자가 못 되는 이 들[평야(平野)]이
몸을 풀어
나도 길처럼 구부러진다

—「순례 서(序)」(『순례』) 부분

상처의 어두운 골짜기에서
날아오르는 새들
깊고 오래된 메아리 하나처럼
잔가지 사이로 길의 부리를 묻는다.

—「적막한 지상에: 순례 2」(『순례』) 부분

바람은 오늘도 분다.
수만의 잎은 제각기
몸을 엮는 하루를 가누고
들판의 슬픔 하나 들판의 고독 하나
들판의 고통 하나도
다른 곳에서 바람에 쓸리며
자기를 헤집고 있다.

—「살아 있는 것은 흔들리면서: 순례 11」(『순례』) 부분

땅은 말이 없습니다.
말은 내 몸에 와 죄를 짓고
말을 너무 믿은 자의 어린 신앙은
들판에 나와 홀로 나를 잠재웁니다.

—「서(序) 2: 말은 내 몸에 와 죄를 짓고」(『순례』) 부분

그날도
이론(異論)의 먼지가 높이 쌓이는 들판에는
나무들의
허리 구부러진 기침 소리가
하늘 깊숙이 침범하고
부서진 하늘 조각들이
정든 땅 언덕 위에
떨어지고 있었다.

—「김씨의 마을」(『순례』) 부분

들의 이미지를 비롯하여 『순례』에는 산기슭과 골짜기의 이미지 역시 적지 않게 등장한다. 위에서 예시한 들의 공간은 『분명한 사건』에 드러난 뜰과는 다르게 외부의 세계에 놓인 공간이다. 외부의 공간에 놓여 있으므로 들은 뜰의 안온함보다는 거친 세계를 드러내며, 내부를 향해 침잠하기보다는 외부를 향한다. 오규원이 『분명한 사건』에서 내부에 관심을 보였다면, 『순례』에서는 더 이상 뜰 안에 머물지 않고 길과 들을 통해 외부로 나아가고자 한다. 그러나 오규원 초기시는 외부의 세계로 완벽하게 나아가지 못하고 내부의 근처에서 외부를 지향할 뿐이다. 그 이유는 길과 들이 그것 자체로 외부가 될 수 없기 때문이다. 길과 들은 단지 내부와 외부를 이어주는 통로일 뿐이다.

비가 온다, 비가 와도
강은 젖지 않는다. 오늘도
나를 젖게 해놓고, 내 안에서
그대 안으로 젖지 않고 옮겨가는

시간은 우리가 떠난 뒤에는

비 사이로 혼자 들판을 가리라.

—「비가 와도 젖은 자는: 순례 1」(『순례』) 부분

이 시에서 드러나는 들판은 외부를 향해 떠나는 자의 여정에 놓인 길이다. 들판은 떠나는 자의 목적지가 아니다. 오히려 내부의 세계에 근접한 곳에 자리 잡은 세계이다. 따라서 들판은 뜰의 세계와 같은 내부로부터 외부의 세계로 관심을 기울이고 실행한 최초의 지점이 된다. 오규원이 『순례』에서 보여준 외부 지향의 세계는 『분명한 사건』의 세계와 맞닿아 있으면서 동시에 외부로의 관심을 기울인 시발점이라고 볼 수 있다. 그러나 외부를 지향하고자 하는 세계는 아직 길과 들의 세계에 머물러 있기 때문에 외부에는 아직 도달하지 않았다.

보편적으로 "안을 구체적인 것으로, 밖을 드넓은 것으로"[28] 인식한다. 내부의 세계는 한정되어 있으므로 구체적이고 제한적인 세계인데 반해 외부는 내부와는 비할 수 없이 넓은 세계이며 열려 있는 세계이다. 오규원이 드러내는 내부와 외부의 세계 역시 기본적으로 이러한 보편적인 공간 개념을 따르고 있지만 내부의 세계가 구체적으로 나타나는 것은 아니다. 물론 오규원의 초기시가 뜰이라는 내부 공간을 확보하고 있기는 하다. 그러나 오규원의 뜰은 그것이 구체적 실제로서의 공간임에도 불구하고 실제의 삶을 제시하는 구체적이고 현실적인 공간으로서의 역할을 수행하지 않는다. 오규원은 뜰의 구체성 속에 관념의 세계를 부여함으로써, 뜰이라는 구체적 공간을 통해 형이상학적 세계를 드러낸다. 오규원의 초기시가 난해하게 읽히는 것도 이러한 이유 때문이다. 『순례』에 이르러서도 이와 같은 특징

28) 가스통 바슐라르, 곽광수 역, 『공간의 시학』, 민음사, 1990, 380쪽.

은 사라지지 않고 지속적으로 나타난다. 『순례』의 길과 들이 외부를 지향했다고는 하지만 『순례』의 세계에 나타난 시적 대상은 『분명한 사건』과 마찬가지로 형이상학적 의미를 형성하고 있다. 오규원의 시는 외부의 세계를 향해 나아가게 되는 『왕자가 아닌 한 아이에게』 이후의 중기시부터 보다 구체적인 삶의 국면을 드러낸다고 볼 수 있다. 이 시기부터 오규원의 시는 구체적인 시·공간을 획득하는 것은 물론이고, 시적 대상 역시 구체적인 삶의 근거를 배경으로 자신의 존재를 드러내게 된다.

따라서 『순례』를 오규원의 시가 외부의 세계로 나아간 시점으로 볼 수는 없다. 외부의 세계가 구체화된 지점은 『왕자가 아닌 한 아이에게』이기 때문이다. 그러나 길과 들의 세계를 통해 뜰이라는 내부로부터 뜰의 외부를 지향했다는 점에서, 『순례』는 『왕자가 아닌 한 아이에게』의 구체적인 세계로 가기 위한 전 단계였다고 볼 수 있다. 오규원의 시선은 이처럼 『순례』의 길과 들이라는 통로를 통해 외부의 세계를 향한다.

어둠에 젖지 않는 것들
자물쇠와 별빛과
별빛이 잦아드는 흐르는 물소리와 사람을
호명하는 그대의 깊은 밤 발자국 소리와

호명이 끝난 뒤에
흩어지는 응답의 사슬을 이끌고 나와
다시 한 번 물소리로 울려서는 끝나지 않는
그대의 웃음소리

나 혼자 다시 보누나
언덕에서 떠난 자들이 떠나다 남긴 길이
저희들끼리 엉키고 무너지는 한 세기를
저희들끼리 몸을 섞고 가는 이 밤의 별빛 아래서

—「마지막 웃음소리: 순례 6」(『순례』) 전문

「마지막 웃음소리: 순례 6」은 뜰의 외곽에서 외부 세계를 바라보는 시선이 담겨 있다. 오규원은 길과 들이라는, 폐허의 세계에서 외부를 바라보지만 폐허의 내부에서 바라보는 외부의 모습 역시 내부의 모습과 크게 다를 바 없음을 깨닫는다. 그가 끊임없이 외부를 지향하는 것은 외부를 긍정의 지점으로 바라보고 있어서가 아니다. 내부의 폐허에 남겨질 수 없기에 외부를 바라보는 것이다. 그렇기 때문에 「마지막 웃음소리: 순례 6」에서 그의 눈은 "어둠에 젖지 않는 것"과 "자물쇠의 별빛"과 "별빛이 찾아드는 흐르는 물소리와 사람"을 "호명하는 그대의 깊은 밤 발자국 소리"를 바라보게 된다. 외부의 세계는 항상 젖어 있는 것이며 그리움을 내재한 세계로 인식된다. 그러나 이때 시인이 바라본 세계는 외부의 실체가 아니다. 어둠과 별빛과 물소리와 발자국 소리는 시인이 놓인 지점과 맞닿아 있는 것들이다.

『순례』는 총 43편의 작품 중에 21편이 「순례」 연작으로 이루어져 있다. 오규원이 주목한 순례는 길과 들의 의미와 밀접한 상관관계를 지니고 있다. 순례의 여정을 위해 바쳐진 『순례』는 뜰의 세계에 머물렀던 지점에서 벗어나 외부를 지향하고자 하는 의지이기 때문이다. 오규원은 「순례」 연작을 통해 자신의 시가 나아가고자 하는 바를 드러내고자 했다. 순례를 의도한 오규원은 뜰의 세계에 갇힌 시의 세계를 확장시키고자 한 것이다. 물론 『순례』에 나타난 외부로의 지향이 도시공간이나 해체를 향한 것은 아니다. 『순례』 직후에 발표한 시집 『왕자가 아닌 한 아이에게』 이후에 구체적 도시 공간이 드러나고, 오규원의 중기시의 경우에 해체적 특성이 중요한 시적 방법론으로 대두되지만, 『순례』는 『분명한 사건』과 더욱 밀접한 친화력을 보인다. 『순례』는 『분명한 사건』의 세계와 연장선상에 놓여 있다. 『순례』가 보여주는 세계는 여전히 『분명한 사건』에서와 같은 자연물의 세계이다. 『분명한 사건』에서 주요한 공간이었던 '뜰' 역시 『순례』에서 지속적으로 등장한다. 시적 대상에 대한 관심은 아직 동일한 지점에 머물고 있기 때문에 『순례』는 『분명한 사건』의 연장선상에 있는 시집이다. 다만 두 시집에서 보여주고 있는 시인과 화자의 태도가 다른 점은 분명하다. 앞에서 언급했듯이 『분명한 사건』은 관념의 대상화와 뜰과 나무가 중심이 되는 내부 지향이고, 『순례』는 뜰이 여전히 나타나기는 하지만 길과 들로 상징되는 외부 세계로의 확장이기 때문이다. 결국 자연물이라는 시적 대상에 대한 관심이나 창작 태도는 크게 변한 것이 없지만, 세계와 대상을 바라보는 시선에는 내부와 외부라는 현격한 차이를 보여준다. 그런 점에서 『순례』는 『분명한 사건』과 하나로 묶이면서 동시에 다음 시기의 시적 지향을 어느 정도 짐작해 볼 수 있는 단초를 제공한다.

> 모든 길은 막막하고 어지럽다 그러나
> 고개를 넘으면
> 전신이 우는 들이 보이고
> 지워진 길을 인도하는 풀이 보이고
> 들이 기르는 한 사내의
> 편애한 죽음을 지나

먼 길의 귀 속으로 한 발자국씩
떨며 들어가는
영원히 집이 없을 사람들이 보인다

바람이 분다 살아봐야겠다

—「순례 서(序)」(『순례』) 부분

시인은 길을 포함하여 길의 외부에 있는 것들에 대해 두려움을 느낀다. 길의 너머에 존재하는 것은 미지이며 두려움이다. 길을 통해 어느 곳에 이르거나, 막막하여 어지러울 뿐이다. 오규원은 「순례」 연작의 길을 통해 삶의 정처 없음과 두려움에 대해 말한다. 그러나 길의 너머에 존재하는 미지만이 두려움의 대상은 아니다. 시인에게는 길의 이편조차 떠나야만 하는 부정적인 공간이다. 외부의 세계로 향하기 위해 지나야 하는, 고개 너머의 들판에 존재하는 것은 '울음'과 '사내의 죽음'이다. 결국 길의 이편조차 시인에게는 부정적인 공간이 된다. 비극적 공간으로서 길과 들의 이편은 세계에 대한 부정적 인식으로부터 비롯된 것이다. 앞에서도 밝힌 바와 같이 오규원의 자연은 자연 자체를 드러내는 것이 아니라 현대의 삶에 대한 비극적 징후이다. 따라서 내부를 벗어나고자 하는 시인의 의지는 비극을 벗어나고자 하는 몸짓이다. 시인은 내부에 존재한 비극에 대해 알고 있으며 외부의 세계 또한 긍정의 대상으로 바라보지 않는다. 길을 따라 떠나고자 하는 시인의 태도에 희망은 보이지 않는다. 시인은 그저 "살아봐야겠다"는, 삶에 대한 애착을 보여줄 뿐이다.

비가 온다, 비가 와도
강은 젖지 않는다. 오늘도

나를 젖게 해놓고, 내 안에서
그대 안으로 젖지 않고 옮겨가는
시간은 우리가 떠난 뒤에는
비 사이로 혼자 들판을 가리라.

—「비가 와도 젖은 자는: 순례 1」(『순례』) 부분

상처의 어두운 골짜기에서
날아오르는 새들
깊고 오래된 메아리 하나처럼
잔가지 사이로 길의 부리를 묻는다.

—「적막한 지상에: 순례 2」(『순례』) 부분

빛나는 것들은 마음이 허하구나 엉키지 않고
흩어지고, 흩어지고 없는 길이 우리를
자주 어리둥절하게 한다.

—「아무리 색칠을 해도: 순례 4」(『순례』) 부분

나 혼자 다시 보누나
언덕에서 떠난 자들이 떠나다 남긴 길이
저희들끼리 엉키고 무너지는 한 세기를
저희들끼리 몸을 섞고 가는 이 밤의 별빛 아래서

—「마지막 웃음소리: 순례 6」(『순례』) 부분

시인은 남겨진 것들과 남겨진 자들을 비극으로 인식하고 있다. 대체적으로 남겨진 것들에 대한 인식을 할 경우에 동반되는 것은 외부에 대한 동경이다. 오규원 역시 길과 들의 지점을 통해 외부의 세계에 대한 동경을 드러낸다. 그러나 오규원이 인식하는 외부의 세계는 내부의 비극을 극복할 대안이 되지 못한다. 시인이 놓인 세계는 총체적인 비극의 공간이다. 물론 아래의 작품과 같이 시인이 꿈꾸는 공간으로서 '바다'와 '숲'이 등장하기는 하지만 그것은 단지 지향점일 뿐 그곳에 도달하지는 못한다. 오규원에게 길과 들은 "비 사이로 혼자"가는 공간이거나 "상처의 어두운 골짜기"에 놓인 공간이거나 "흩어지고 없는" 것이거나 "떠난 자들이 떠나다 남긴" 공간이다.

그대, 바다로 오라
누구나 바다에 닿지는 못하지만
옷 벗은 사람을 만나리라.

—「바다에 닿지는 못하지만: 순례 8」(『순례』) 부분

떨어져 내린 빛은
숲에서
난반사의 새로 흩어져 날고
물에 닿으면 물새가 되어
숲으로 간다.

—「떨어져 내린 빛은: 순례 9」(『순례』) 부분

시인이 지향하는 공간은 '바다'와 '숲'이다. 이때 등장하는 바다와 숲은 뜰의 세계 외부에 있는 곳이자 들판을 지나야 갈 수 있는 곳이다. 바다와 숲이 지니는 보편적인 상징이 긍정의 세계임을 감안할 때 이와 같은 시인의 인식은 그리 새로운 것이 못 된다. 비극적 공간을 극복하고자 하는 시인이 바다와 숲을 향한 것은 당연한 일이다. 중기시에 이르러 오규원의 시가 도달한 곳은 바다와 숲이

아니라 도시라는 비극적 공간이었지만 오규원이 근본적으로 돌아가고자 했던 곳은 바로 바다와 숲이었던 것이다. 중기시에서 도시에 주목했던 것도 바다와 숲의 공간으로 갈 수 없음에 대한 갈망 때문이었다. 바다와 숲의 공간이 사라진 현실 속에서, 바다와 숲의 반대 지점을 조망함으로써 그곳을 향한 지향을 드러낸 것이다.

> 웃지 마라. 비로소 우리는
> 주검이 아무것도 할 수 없음을 알고
> 안심하고 제사장에 다가가
> 배불리 먹고 마시며 깔깔거린다.
> 그러나
> 주검은 한잔할 길이 없다.
>
> —「그리고 우리는: 순례 10」(『순례』) 부분

> 이 거리에서 나는
> 살아 있어 병이 깊다
> 병이 깊은 이곳에서
> 네가 아프지 않으면
> 누가 아프겠는가
> 내가 아플 때 그대 병이 깊지 않으면
> 그대 무엇이 깊겠는가
> 거리의 이 우리들 찬란한 유희 앞에서
>
> —「비밀: 순례 14」(『순례』) 부분

시인은 "주검이 아무 것도 할 수 없음"을 깨닫는 것과 같이 좌절한다. 모든 것은 무의미하며, "살아 있어 병이 깊"은 지경에 이른다. 하여, 주검인 우리들은 “한잔할 길”도 없는 삶이라고 시인은 말하고 있다. 부정적 세계에 대한 오규원의 인식은 극복이 아닌, 수용의 방법을 통해 표면화한다. 시인은 현대의 비극이 결코 극복될 수 없는 것임을 감지하고 있다. 현대에 대한 이와 같은 비극적 의식은 중기시에서 더욱 구체화된 사건과 형태를 갖는다. 오규원은 초기시부터 현실에 대한 비극적 인식을 하고 있었지만 구체적 삶의 공간이 등장하는 중기시와는 달리, 초기시에서는 자연의 공간을 통해 비극을 경험한다. 그것은 오규원의 현대에 대한 인식이 아직까지 구체적 현대 체험에 기대기보다는 삶의 원형이라는, 본질적인 것에 더 많은 관심을 기울이고 있기 때문이다.

> 인생은 살기 어렵다는데 시가 이렇게 쉽게
> 씌어지는 것은 부끄러운 일이다
>
> —윤동주
>
> 내가 내 얼굴을 문지를 때
> 손자국이 스쳐간 나의 볼에도
> 동주씨
> 붉은 물감이 조금 묻어납니까?
>
> —「아름다움은 남의 나라: 순례 19」(『순례』) 전문

오규원의 비극적 세계에 대한 인식은 “아름다움은 남의 나라”라는 언급을 통해 구체화된다. 긍정적 세계 인식은 시인이 딛고 있는 현실과 다른 지점에 존재한다. 그래서 시인은 다른 길과 마을을 향해 가기를 꿈꾼다.

길은 보편적으로 인생이나 역사와 같은 연속성을 지니고 있는 것

을 상징하는 경우가 많다. 순례의 여정 속에서 느낄 수 있는 것도 연속적인 삶의 여정 속에 느끼게 되는 비극이다. 오규원이 인식하는 비극의 실체는 정확하게 드러나지 않는다. 또한 오규원이 지향하는 외부 세계에 대한 구체적 언급도 드러나지 않는다. 모든 것은 모호하다. 그러나 이것은 시인이 지향하는 바가 모호하기 때문에 생기는 문제가 아니다. 오규원의 지향점은 현대의 비극과 대척점에 놓은 곳이다. 하지만 오규원이 지향하는 세계는 현재인 내부에도, 나아가고자 했던 외부의 세계에도 존재하지 않는다. 현대적 삶의 공간에 놓인 시인의 삶은 뜰의 공간인 내부에서도 이미 비극이며, 비극을 벗어나고자 나아가는 길과 들 너머의 세계에서도 비극적이다. 길과 들이라는 소통의 도구는 존재할지언정 길과 들을 통해 도달할 긍정의 공간은 이미 존재하지 않는다는 것이 그의 인식이다. 오규원은 바다나 숲 같은 긍정의 세계에 도달할 수 없음을 인지하고 중기시의 현대 도시공간을 향해 진입한다.

| 제3장 | 시·공간 인식 변화와 현대적 언어 양상

1. 현대성과 시·공간 인식의 변화

오규원 시의 중기에 해당하는 시집은 『왕자가 아닌 한 아이에게』, 『이땅에 씌어지는 서정시』, 『가끔은 주목받는 생이고 싶다』이다. 중기에 해당하는 시집의 특징은 이 시기에 이르러 현대 체험이 등장했다는 점과 구체적인 시·공간을 획득했다는 점이다. 오규원은 초기시부터 관념의 구상화 등을 통해 시적 대상의 실체를 재현하기 위해 노력했지만 그것 자체가 현대적 시·공간의 모습을 사실적으로 보여준 것은 아니었다. 초기의 관념의 구상화는 시적 대상이 지니고 있는 비가시적인 세계를 가시적인 것으로 나타낸 것이었다. 반면에 중기시에서 보여준 오규원의 현대적 인식은 매우 사실적인 것이다. 현대 체험을 적극적으로 차용하여 작품을 쓴 시기가 바로 이때이다.

도시적 현대 공간으로 나아가기 시작한 중기시는 현대 문명사회에 대해 비판적인 자세와 비극적인 태도를 보여주고 있다.[1] 오규원의 중기시에서 일상은 매우 중요한 요소이다. 일상은 현대인의 삶에서 중요한 자리를 차지한다. 오규원의 시에 등장하는 현대적 공간 역시 일상을 전제로 한다. 오규원 시의 일상성은 현대성과 관련지어 분석해야 한다. 일상의 영역이 지배하게 된 현대적 삶은 물질적인 것이 지배하게 되었다. 그런 점에서 물신사회와 물신주의에 대한 언급도 뒤따라야 한다.

오규원은 중기시에 이르러 초기시에서 보여준 자연이나 포괄적 형이상학의 세계가 아니라 구체적 실체를 가진 세계를 드러낸다. 현대 문명사회로 구체화된 세계는 공간의 구체화뿐만 아니라 시간의 구체화까지 포함한다. 공간의 구체화는 대체적으로 도시 공간을 기반으로 한다. 따라서 오규원의 시는 도시의 구체적 공간을 통해 재현된다. 이에 반해 자연은 구체화된 지점을 지향한다기보다 자연물을 통해 나타나는 비가시적인 심상을 지향한다. 중기시의 구체적인 공간의 등장은 초기시와 변별력을 갖게 하는 요인이 된다. 오규원의 중기시에 대한 연구는 시·공간의 변화와 현대 체험과 일상 그리고 물신주의와 언어의 해체를 중심으로 논의한다.

1) 시간 인식의 변화

현대와 현대 이전의 차이점 중에 두드러진 것이 바로 시간 개념이다. 현대 이전의 시간은 연속된 것이었으며 인간의 삶 속에 온전

---

1) 모더니즘은 바로 그 〈자본주의적 근대성〉에 근거한 〈예술적 관습〉에 대한 저항이라고 볼 수 있다. 자본주의의 모순이 심화됨에 따라 (자본주의적 근대성 내부의 예술적 관습을 지닌) 리얼리즘의 재현원리에 의해서는 더 이상 비판력을 견지하기 어려워진 시점에서 부르주아적 예술적 관습에 대한 모더니즘의 미학적 반항이 시작된 것이다(나병철, 『근대성과 근대문학』, 문예출판사, 1995, 149~150쪽).

히 내재해 있는 것이었다. 현대 이전의 시간은 씨 뿌리고 수확을 하는, 농사와 같이 순리적인 것이었다. 인간의 삶은 시간 위에 놓여 자연스럽게 흘러가는 것이었다. 시간은 인간에 의해 통제될 수 있는 대상이 아니었다. 시간은 인간이 통제할 수 없는 보다 본질적인 삶의 근원이었다.

현대 문명사회로 넘어오게 되면서 시간에 대한 인식은 급격한 변화를 맞이하게 된다. 시간은 더 이상 연속된 세계를 보여주지 않는다. 현대의 시간 개념은 분절되어 파편화된 것이다.[2] 현대 문명사회의 도래와 함께 시간은 현대 이전과 분리되었다. 현대 이전과 이후의 시간은 물리적으로 연속된 하나의 흐름 안에 있는 것이기는 했지만 그것이 곧 연속된 세계를 형성하는 것은 아니었다. 아울러 현대 문명사회의 시간은 인간에 의해 통제가 가능한 것으로 바뀌었다. 절대적인 시간은 같은 것이었지만 인간은 문명을 통해 시간을 좀 더 효율적으로 사용할 수 있게 되었다. 시간을 효율적으로 사용할 수 있게 되었다는 점은 단순하게 시간을 여유롭게 사용할 수 있게 되었다는 의미를 넘어서는 것이다. 이것은 단순히 사용 가능한 시간의 양이 많아졌다거나 효율성을 확보하게 되었다는 것만을 의미하지 않는다. 시간에 대한 통제가 가능해짐에 따라 인간은 노동으로부터 해방되었으며 노동 이외의 활동과 더 많은 휴식이 가능하게 되었다. 그러나 시간을 통제할 수 있게 된 것이 순기능만을 수반한 것은 아니었다. 잉여 시간으로 인해 오히려 현대 문명에 종속되는 결과를 맞이했다. 쉴 새 없이 움직이는 기계의 시간에 인간이 적

---

2) 모더니즘의 재현원리는 이와 같은 시간 의식과 관련이 있다. 모더니즘이 "재현원리 대신에 새로운 미학적 혁신의 방법"을 사용하는 이유는 "자본주의의 병리적 모순인 사물화 현상 및 그로 인한 소외와 관련이 있다. 총체적 현실 인식이 가능했던 19세기(리얼리즘 시대)와는 달리, 세기말의 자본주의의 (외적) 팽창은 내적 균열을 초래하여 현실의 파편화와 사물화 현상을 낳았다"(위의 책, 150쪽 요약 정리).

응하게 되었다. 또한 풍요로운 현대 문명을 향유하기 위해 더 많은 재화가 필요하게 되었으며, 재화를 획득하기 위해 더 많은 노동을 하게 되는 아이러니한 상황에 직면하게 되었다.

현대 문명사회에서 시간은 구체성을 갖는다. 이것은 단순히 물리적인 시간만을 의미하는 것이 아니라 분절되고 파편화된 시간의 구체적인 조각까지를 의미한다. 따라서 시간은 파편화된 인간의 삶과 밀접한 관련을 맺고 있다. 현대적 삶이 파편화된 것은 현대 문명사회의 여러 부정적 속성 때문이다. 현대 문명사회에서의 인간의 삶은 기계에 종속되었고 인간성은 파괴되었으며 인간은 주체적 존재가 아니라 소외된 존재로 전락하게 되었다. 현대 문명사회로 인해 파괴된 이러한 것들은 인간의 삶이 시간을 '이용'하기 시작하면서 대두된 것들이다. 시간은 더 이상 현대 이전의 모호한 개념이 아니다. 또한 시간은 양식화된, 의미 있는 삶을 뜻하지 않는다. 시간을 통제하게 된 인간은 일상이라는 무의미한 시간을 부여받음으로써 타율적인, 시간의 단순한 집합체인 삶을 받아들이게 된 것이다. 따라서 시간이 갖는 현대성은 구체성을 전제로 한 것이지만 이때의 구체성은 낱낱이 우리 삶의 영역이 되는 것이 아니라 파편화되어 우리 삶을 해체하는 역할을 하게 된다. 현대 문명사회에서의 시간을 연속된 하나의 흐름으로 보지 않고 분리된 것으로 인식하는 것도 같은 맥락이다.

오규원의 시간 역시 현대 이전의 것으로부터 현대의 것으로 이행된 것이다. 물론 오규원의 초기시와 중기시가 현대 이전과 이후를 각각 대표하는 것은 아니다. 초기시에 자연물이 빈번하게 등장했다고 해서 그것이 곧 현대 이전의 세계를 드러낸 것이라고 볼 수는 없다. 자연은 현대 이전은 물론이고 현대에 이르러서도 당연히 존재하는 것이다. 자연이 단지 현대의 문명과 반대의 이미지를 지닌 것이라는 이유만으로 그것을 현대 이전의 세계라고 할 수는 없다. 자연은 현대 문명의 대척점에 놓일 수는 있지만 그것이 곧 현대 이전의 세계만을 의미하는 것은 아니기 때문이다. 오규원은 초기의 작품에서 자연물의 이미지를 주로 사용하였는데 초기시에 등장하는 오규원의 시간은 구체성을 획득한 것이 아니었다. 오규원 초기시의 시간은 구체화된 지점으로 지칭되지 않은 것이다. 그렇다고 해서 초기시가 시간 개념을 초월한 것은 아니었다. 그것은 다만 현대적인 시간 개념이 아닐 뿐이었다. 초기시의 시간 개념이 구체성을 드러내지 않은 것은 초기시가 다루고 있는 세계가 구체적인 삶의 양상을 드러낸다기보다 삶의 포괄적인 의미를 파악하고자 했기 때문이다.

주지하듯이 현대성은 중기시의 가장 두드러진 특징이다. 현대 문명의 모습이 비로소 시 안에 실체를 가지고 드러난 시기가 바로 이때이다. 중기의 시집을 좀 더 세분화하자면 현대성이 드러나기 시작한 『왕자가 아닌 한 아이에게』와 현대 체험이 본격적으로 나타난 『이 땅에 씌어지는 서정시』와 『가끔은 주목 받는 생이고 싶다』 등으로 나눌 수 있다. 『왕자가 아닌 한 아이에게』는 이전 시기와 전혀 다른 성격을 지니고 있는 시집이면서 중기시의 성격이 본격적으로 나타난 『이 땅에 씌어지는 서정시』와 『가끔은 주목 받는 생이고 싶다』와도 차이점을 보여주고 있다. 『왕자가 아닌 한 아이에게』는 현대적 시·공간과 함께 도시적 정서와 현대적 삶의 태도 등이 나타난다. 그런 점에서 이전 시기의 시집과는 판이하게 다른 세계를 보여주고 있다. 그러나 『이 땅에 씌어지는 서정시』와 『가끔은 주목 받는 생이고 싶다』에 나타나는 해체적 모습은 아직까지 드러나지 않는다. 해체와 관련된 논의는 뒤에 본격적으로 논의하고 먼저 중기시의 시간 양상에 대해 살펴보도록 한다.

구체적 시간을 통해 시 속에 드러난 삶은 구체성을 부여받고 현대적 공간과 세계를 마련한다. 『왕자가 아닌 한 아이에게』 이후에 본격화된 구체적 시간 양상은 시간 단위로부터 역사적 사건에 이르기까지 다양한 모습으로 나타난다. 오규원의 시간은 크기나 단위로 인해 의미화가 진행되는 것이 아니다. 중기시부터 구체화되기 시작한 오규원의 시간은 크기의 문제라기보다는 어느 곳에 실재하는가라는 위치의 문제이다. '옛날 옛적'과 같은 모호한 시간은 현대적 시간을 형성하지 못한다. 작품 속에 나타난 현대적 시·공간은 현대 체험이나 시간을 포함한 구체화된 배경을 통해 현대적 의미를 부여받는다. 중기의 첫 시집인 『왕자가 아닌 한 아이에게』에 드러난 구체적 시간 양상의 예는 다음과 같다.

> 밤 1시와 2시의 틈 사이로
> 밤 1시와 2시의 공상의 틈 사이로
> 문득 내가 잘못 살고 있다는 느낌, 그 느낌이
> 내 머리에 찬물을 한 바가지 퍼붓는다.
>
> —「문득 잘못 살고 있다는 느낌이」(『왕자가 아닌 한 아이에게』) 부분

> 나를 내려놓고, 오후 3시, 그 사람이 고속버스를 타고 서울로 갑니다.
> 언어가, 모순이, 사랑이 고속버스를 타고 오후 3시를 지나갑니다.
>
> —「소리에 대한 우리의 착각과 오류」(『왕자가 아닌 한 아이에게』) 부분

「문득 잘못 살고 있다는 느낌」의 밤이 구체적 대상과 시간을 드러내지 않았다면 그것은 모호한 의미를 지니는 시·공간만을 형성하게 되었을 것이다. 밤이 "1시와 2시" 사이로 구체화될 때 밤은 실체를 가지고 우리 앞에 모습을 드러낸다. 이때 밤 "1시와 2시" 사이에 있

는 것은 "공상의 틈"인데, 여기에서 '공상'을 하는 주체가 현대적 인간임을 감안한다면 공상이라는 시어는 이미 밤 1시와 2시 사이로부터 현대적 성격을 부여받게 된다. 만약 밤이 1시와 2시 사이가 아니었다면 현대적 성격은 상당 부분 감소했을 것이다. 또한 주체인 "내가"가 실재하는데, 이러한 주체의 등장 역시 현대적 특성을 강조하는 역할을 수행한다. 더군다나 이 시에서 주체인 "내가"는 "잘못 살고 있다는 느낌"을 받는데, 그 느낌으로 인해 "찬물을 한바가지 퍼붓는다". "찬물을 한바가지" 떠서 퍼붓는 행위는 여기에 등장하는 시적 주체에 실체를 부여한다. 만약 "내가" 밤 1시와 2시라는 구체적인 시간에 물 한바가지를 퍼부은 것이 아니라, 구체화되지 않은 밤의 강물에 머리를 담갔다면 문제는 달라진다. 이때의 주체는 구체화되지 못한 밤과 강물 사이에서 형이상학적인 의미를 향해 나아갈 뿐이지 구체적인 현대적 의미를 향해 나아가지는 못한다.

「소리에 대한 우리의 착각과 오류」의 경우는 좀 더 적극적으로 구체적 시간과 현대 체험이 결합한 형태이다. 오후 3시의 공간은 풀밭이나 숲의 공간이 아니다. 오후 3시는 서울이라는 현대적 공간을 향해 가는, 고속버스라는 구체적 공간 속에 놓여 있다. 이처럼 구체화되고 개별화된 시간은 구체적 도시 체험이나 대상과 맞물리면서 현대적 시·공간을 확보한다. 물론 초기시에 등장하는 자연 역시 현대 이전의, 인간의 손길이 미치지 않은 야생 상태의 자연은 물론 아니다. '뜰'과 같이 인간의 영역에 존재하는 자연인 것이다. 그러나 이때 자연물은 인간의 영역에 있는 것이기는 하지만 구체적 대상물이라기보다는 추상적 의미가 강조된 것이다. 그것을 통해 느껴지는 것은 구체성과 개별성을 통해 드러나는 시적 의미가 아니라 추상적 상징을 통해 발현되는 시적 의미이다.

2월 6일, 일요일. 10시 5분 전 기상. 커튼을 걷고 창밖을 내다봄. 거리는 오늘도 안녕함. 안녕한 거리에 하품 나옴.

—「나의 데카메론」(『왕자가 아닌 한 아이에게』) 부분

8월 초, 그 회사 그 책상 그 의자에서 일어나 문밖으로 나선다. 거리. 오후 2시의 햇볕이 굶주린 진딧물처럼 내 목덜미와 팔에 새까맣게 착착 달라붙는다.

—「그 회사, 그 책상, 그 의자」(『왕자가 아닌 한 아이에게』) 부분

오규원의 중기시에 나타나는 구체적 시·공간은 현대성과 관련이 있다. 따라서 그것은 양식화된 의미를 지닐 수 없는 것이다. 「나의 데카메론」과 「그 회사, 그 책상, 그 의자」에 제시된 시간은 구체적이지만 그러한 구체적 시간은 어떠한 의미도 없는 것들이다. 그것은 "2월 6일"이어도 상관없고 아니어도 상관없는 것이며 "10시 5분 전"이나 "8월 초"든 아니든 아무런 상관이 없다. 시간적 배경은 구체적인 것이지만 의미 없는 일상에 다름 아니기 때문이다. 중기시의 시간은 구체성과 함께 일상을 드러내기 위한 장치에 불과하기 때문이다. 오규원 시에 구체적으로 드러난 시간은 현대적 일상이 지배하는 무의미한 지점에 놓이게 된다. 그렇기 때문에 구체적으로 특정된 시간은 그것 자체로 의미화하지는 않는다.

1960년 5월 29일에는 이승만 전 대통령이 하와이로 망명하고, 1910년 6월 24일에는 구한국이 일본에 경찰권을 이양, 1885년 10월 8일에는 일본인이 민비를 살해, 1905년 11월 4일에는 민영환이 자살, 1947년 12월 22일에는 김구가 남한 군정 반대 성명을 발표했는데,

—「코스모스를 노래함」(『왕자가 아닌 한 아이에게』) 부분

오규원의 시에 나타난 시간은 역사적 배경을 통해 현대 체험을 보여주기도 한다. 실제의 역사를 보여줌으로써 시간은 눈앞에 실체를 드러내고, 현재의 삶의 영역이 되기도 한다. 중기시에 드러나는 시간적 배경은 단순한 시간 개념에 머물지 않고 시간과 계절, 역사를 포함한다. 초기의 시는 시간을 포괄적 개념으로 다뤘다. 따라서 중기시의 시간이 계절이나 역사의 지점뿐만 아니라 시(時)와 분(分)까지 다룬 것은 시간 개념에 있어 커다란 변화이다. 오규원의 시는 초기시에서 중기시로 넘어가면서 시 전반에 걸쳐 여러 가지 획기적인 전환을 맞이했다. 그러한 전환이 시간에 국한된 것만은 아니지만 시간의 변화에 대해 먼저 언급하는 것은 그 안에 시간 이외의 다른 것을 함의하고 있기 때문이다. 시간의 영역은 그 안에 공간을 비롯한 인간의 삶까지도 아우른다. 인간의 삶과 공간은 시간과 분리될 수 없다. 그렇기 때문에 시간 개념의 획기적인 전환은 오규원 시에 있어서 중요한 변화이다.

초기시와 중기시에 나타난 현대성과 관련된 차이는 현대 체험과 현대적 대상이 얼마나 시적 구체성을 획득하고 있느냐와 연관이 있다. 시·공간이나 현대적 대상에 대한 태도가 얼마나 시적 구체성을 지니고 있느냐에 따라 현대성의 재현이 결정된다. 그런 점에서 오규원의 초기시는 구체성을 확보하지 못했다는 점에서 중기시와 구분된다. 물론 초기의 작품에도 구체적인 현대 체험과 대상이 등장한다. 그러나 빈도에 있어서 중기시에 미치지 못할 뿐만 아니라 초기시에 등장하는 현대적 대상은 현대적 의미를 심화시키지 못한다. 그것은 초기시를 주도하는 것이 '관념의 구상화'이기 때문이다. 구상화된 것이기는 하지만, 관념을 사용하고 있는 초기시는 현대적 구체성의 세계가 아니라 추상성의 세계를 제시한다.

2) 공간 인식의 변화

오규원의 공간 인식 역시 중기로 접어들면서 구체성을 띠게 되는데, 그것은 대체적으로 도시적 지명이나 도시적 삶과 관련이 있다. 그의 시에 등장하는 공간적 배경은 서울을 비롯한 도시적 공간이 주를 이룬다. 구체적 공간을 획득한 오규원의 시는 구체적 공간을 통해 구체적 사건과 정황을 획득하게 되고, 그렇게 획득한 사건과 정황을 통해 구체화된 삶의 공간이 마련한 시적 의미를 확보하게 된다.

> 시(詩)에는 아무것도 없다. 시(詩)에는
> 남아 있는 우리의 생(生)밖에.
> 남아 있는 우리의 생(生)은 우리와 늘 만난다
> 조금도 근사하지 않게.
> 믿고 싶지 않겠지만
> 조금도 근사하지 않게.
>
> ―「용산에서」(『왕자가 아닌 한 아이에게』) 부분

> 나를 내려놓고, 오후 3시, 그 사람이 고속버스로 서울로 갑니다.
>
> ―「소리에 대한 우리의 착각과 오류」(『왕자가 아닌 한 아이에게』) 부분

> 생계(生界)엔 별일 없음. 문협 선거엔 미당이 당선된 모양이고, 내 사랑 서울은 오늘도 안녕함. 서울 S계기의 미스 천은 17살(꿈이 많지요), 데브콘에이 중독. 평화시장 미싱공 4년생 미스 홍은 22살(가슴이 부풀었지요), 폐결핵. 모두 안녕함.
>
> ―「나의 데카메론」(『왕자가 아닌 한 아이에게』) 부분

김포가도에 올라선다. 순간, 무너지고 부서진 거리를 한강이 모두 내
놓고 햇볕을 쬐고 있는 광경이 내 눈에 들어온다.

—「유다의 부동산」(『왕자가 아닌 한 아이에게』) 부분

서울특별시 개봉동(開峰洞)으로 편입되지 못한
경기도 시흥군 서면 광명리(光明里)의 실룩거리는 입술 언저리에 붙
어 있는

—「개봉동의 비」(『왕자가 아닌 한 아이에게』) 부분

세 번째 시집인 『왕자가 아닌 한 아이에게』부터 오규원 시의 공간은 구체성을 띤다. 서울이라는 실체가 드러나는 것도 이 시기이다. 이 시기는 서울뿐만 아니라 도시적 삶의 공간이 적극적으로 등장하는 시기이기도 하지만 서울이라는 지명을 통해 도시적 공간이 구체적 삶의 실체가 되는 시기이기도 하다. 물론 위에 제시한 시에 등장한 지명을 두고 오규원의 시 전반에 걸친 공간 개념을 확정할 수는 없다. 그러나 위에서 언급한 지명이 의미 있는 이유는 호명된 공간을 바탕으로 도시적 삶의 모습이 드러나기 때문이다. 또한 시 안의 사물이나 장소가 도시 공간 안에 존재하는 실체로 이루어져 있기 때문에 전체적으로 도시적 삶을 보여주게 된다. 도시 지명 안의 사물과 장소는 도시 안에서 삶을 영위하는 것들의 실체를 드러낼 수밖에 없는 존재들이다.

오규원의 이러한 공간 인식은 산업사회와 연관 지어 생각해볼 수 있다. 『왕자가 아닌 한 아이에게』가 출간된 시기는 1978년이다. 따라서 『왕자가 아닌 한 아이에게』에 수록된 작품은 주로 1970년대에 창작되었을 것이다. 1970년대의 경제개발 시기에 기업체 홍보실에 근무하던 시인의 눈이 포착한 것은 당연히 도시 공간이었을 것이다.

물론 시인의 삶의 근거가 도시에 있다고 해서 해당 시인의 작품을 도시적인 것으로 규정지을 수는 없다. 하지만 오규원의 시가 중기에 이르러 도시적 정서라는 급격한 변화를 맞이한 것은 70년대의 시대적, 개인적 삶의 근거가 어느 정도 영향을 미쳤기 때문일 것이다. "조금도 근사하지 않"은 우리들의 삶은 "고속버스를 타고 서울로"간다. 그곳에서 그들은 '안녕'하지 못한 삶의 순간을 살게 된다. 변방의 삶을 살고 있는 그들이 김포가도에서 바라본 도시의 풍경은 삶의 비애가 느껴지는 모습이다. 결국 그들이 간곳은 서울의 변두리인 개봉동에도 편입되지 못한 "경기도 시흥군 서면 광명리(光明里)"이다. 오규원의 구체적 공간 인식은 이와 같은 삶의 비애를 전제로 한다. 따라서 비극적 지명 안에 등장하는 공간과 삶의 모습은 부정적 인식을 드러낼 수밖에 없다.

> 연탄 가스로 죽은 사내의 관이 두 사람을 끌고 아파트 정문을 나갑니다
> 구경꾼 속에서 라일락이 나와 관을 따라 현실 밖으로 함께 나갑니다
> 세상은 밖으로 나가도 길로 이어집니다
> 죽은 사내의 집 앞에 관이 죽은 사내의 여자들을 세워놓고 오래 세상을 밝게 합니다
> 죽음은 완료되지 않습니다
>
> —「망령동화(亡靈童話)」(『왕자가 아닌 한 아이에게』) 부분

1층보다 하늘과 가까운 곳에 있는 2층 목조의 방은 나의 현실. 어딘가 불편한 소리가 층계의 잠을 깨운다. 두드려도 열리지 않는 다른 방의 문, 내가 혼자의 자유로 여기 있음을 증언하지 않는 증인, 대낮에도 나의 방은 1층으로부터 우주로 이륙할 수 있음을 말해주지 않는 집, 나는 그 속에서 그리운 먼지 냄새에 묻혀 홍길동을 읽는다. 길동을 따라 시간

밖으로 나가서, 시간 밖으로 나가서 비로소 보이는 등기되지 않은 현실.

—「하늘 가까운 곳」(『왕자가 아닌 한 아이에게』) 부분

양평동에서 가장 가까운 역은 영등포. 영등포에서 11시 열차로 사랑하는 서울을 떠남. 내 사랑은 두고 서울만 떠남. 좌석이 없어 입장권을 구입. 맥주를 마시는 핑계로 식당차에 편히 앉음. 떠나며 돌아보니 속옷 바짓가랑이가 다 나온 영등포가 떠나는 나를 보더니 한 번 픽 웃고 돌아섬. 떠남. 역사의 서울, 꿈의 서울, 여자의 서울.

(…중략…)

밤이 되니 내 사랑 서울 떠오름.

속옷이 다 나와서 오히려 그녀다운 그녀. 속옷이 저희들끼리 축복하느라 펄럭임. 내 사랑 서울에 대한 나의 밤인사는 다음과 같음. 오늘 밤도 어제와 같이 속옷을 벗겨주는 사내를 꼭 구하소서.

—「한 나라 또는 한 여자의 길: 양평동(楊平洞) 3」(『왕자가 아닌 한 아이에게』) 부분

현대가 비극을 잉태하고 있다는 것은 널리 알려진 사실이다. 오규원이 제시하는 현대 역시 비극을 전제로 한다. 비극적인 현대인의 삶은 「망령동화(亡靈童話)」에서처럼 죽음과 같은 것이다. "연탄 가스로 죽은 사내의 관"이 살아 있는 "두 사람을 끌고" 나오는 장면은 삶조차 죽음으로 인식하게 되는 비극적 현실이다. 라일락과 같은 꽃마저 "관을 따라 현실 밖으로" 나갈 수밖에 없는 것이 현대인의 삶이 처한 상황임을 오규원은 밝히고 있다. 결국 그가 바라보는 세상은 죽음만 남게 되어 비극의 정점에 있는 곳이다. 거기에 더해 "죽음은

완료되지 않"는다. 완료되지 않는 죽음이기에 삶은 죽음의 공간 자체가 된다.

「하늘 가까운 곳」 역시 결코 우주를 향해 이룩할 수 없는 공간을 보여준다. 여기에서 오규원이 지향하는 공간은 우주이다. 그러나 우주는 쉽게 도달할 수 없는 한계를 이미 내포한 공간이다. 그가 지향하는 우주는 애초에 도달할 수 없는 곳이기 때문이다. 오규원이 바라본 것은 우리 눈에 보이는 하늘이 아니라 미지의 공간인 우주이다. 그는 자신의 지향점이 도달할 수 없는 곳에 있다는 것을 이미 알고 있다. 그에게 "등기되지 않은 현실"은 애초에 비극일 수밖에 없는 현실이다. 지향점인 우주는 물론이고 현실마저도 등기할 수 없는 삶이 바로 우리의 삶이라고 오규원은 말하고 있다.

「한 나라 또는 한 여자의 길: 양평동(楊平洞) 3」에서 비극을 체험한 시인은 비극의 원천을 떠나고자 하지만 그것은 자의에 의한 것이라기보다는 타의에 의한 것이다. 그래서 그는 "밤이 되니 내 사랑 서울"이 떠오른다. 비극을 벗어나고자 하는 현실은 좌석 하나 차지하지 못한 상태이다. 시적 화자는 비극의 근원인 서울에서 몸만 빠져나왔을 뿐이다. "내 사랑"을 두고 나온 것처럼 화자는 아직도 비극의 근원인 서울을 떠나지 못했다. 그녀는 "속옷이 다 나와서 오히려 아름다운" 여자이다. 이 시의 시적 화자는 속옷이 펄럭이는 그녀의 치부에도 불구하고 그녀를 사랑한다. 결국 시적 화자 역시 그녀, 혹은 그것이 비극임을 알고 있지만 자신이 그러한 비극을 벗어날 수 없는 존재라는 것을 인지하고 있다.

이처럼 오규원이 바라본 현실은 처음부터 비극을 잉태한 곳이다. 더군다나 오규원의 시에 등장하는 화자는 그곳에서마저 소외된 지점에 존재한다. 물신사회는 그것의 비극성과는 별개로 풍요로운 세계이기도 하다. 오규원의 세계는 그러한 풍요로움과 불화의 관계를 맺는다. 불화의 양상은 물신사회의 중심에서 느끼는 것과 변방에서 느끼는 것으로 나눌 수 있다. 중기시에 나타나는 불화의 양상은 다섯 번째 시집인 『가끔은 주목받는 생이고 싶다』를 향해 나아갈수록, 물신사회의 변방으로부터 물신사회의 중심에서 느끼는 불화의 양상으로 변화한다. 물신사회의 중심에서 느끼는 불화의 양상으로 전이된 시적 방향성은 그렇기 때문에 물신사회의 중심에서 그것을 해체하려는 모습을 통해 드러난다.

> 커피나 한잔, 우리들께서도 커피나 한잔, 우리들의 함묵, 우리들의 00께서도 다정하게 함께 한잔. 우리들을 응시하고 있는 창께서도, 창밖에서 날개를 비틀고 있는 새께서도 한잔. 이 50원의 꿈이 쉬어가는 곳은 50원어치의 포도 덩굴로 펴져 50원어치의 하늘을 향해 50원어치만 웃는 것이 기교주의라고 우리들은 누구에게 말해야 하나.
>
> —「커피나 한잔」(『왕자가 아닌 한 아이에게』) 부분

「커피나 한잔」에 커피를 마시고 있는 공간의 구체적 지점이 제시되어 있지는 않지만 커피를 마시는 구체적 행위와 정황을 통해 공간 개념이 전달된다. 공간을 단순하게 어느 '곳'이라고 지칭하는 것이 아니라 커피와 커피를 마시는 시간 그리고 커피를 마시는 주체를 통해 커피를 마시는 공간을 만들어낸다. 중기시는 이처럼 시적 정황의 제시만으로도 공간적 개념을 획득할 수 있는 구체성을 지닌다.

> 또 무슨 일인가. 아침부터 소화가 안 되는 얼굴을 하고 오른쪽 허리를 약간 꺾은 채 서서, 하늘을 보았다 나를 보았다 하는 꽃이여. 요즘은 늘 소화가 안 되는 것을, 어제까지는 소화가 잘된 양 착각하고 있는 불행한 사태는 아닐 터이고, 훼스탈을 먹는 일보다 훼스탈을 우리와 함께 여기

있게 하는 그 일로 우리가 존재함을 혹시 내가 잊을까 그런 얼굴을 다시
해 보이고 있는가.

—「아침부터 소화가 안 되는 얼굴을 한 꽃에게」(『왕자가 아닌 한 아이에게』) 부분

대상으로서 훼스탈은 단순한 하나의 사물로 존재하는 것이 아니다. 훼스탈은 그것을 소비하는 현대인들의 모든 삶의 방식을 전제로 등장한다. 그렇기 때문에 훼스탈이라는 현대적 상품은 단순한 시적 소재로서의 대상이 아니라 현대화된 삶의 양식 전반을 상징적으로 드러낸다. 오규원이 초기시에서 자연물에 집착한 것과 중기시에서 현대적인 시적 대상을 드러낸 것은 그것만으로도 시적 변화의 큰 틀을 마련한 것이다. 대상에 대한 오규원의 관심의 변모만으로도 초기시와 중기시의 변화는 필연적일 수밖에 없는 것이었다. 그리고 그러한 변화는 현대적 삶을 표현하기 위해 필수적인 것이기도 했다.

오규원은 네 번째 시집 『이 땅에 씌어지는 서정시』를 통해 변두리의 삶을 조명한다. 이 시집은 변방으로 밀려날 수밖에 없는 도시의 삶을 강조함으로써 중심으로 진입할 수 없는 절망을 보여준다.

청진동(淸進洞)도, 그래 밤사이 안녕하구나
안녕한 건 안녕하지만 아무래도 이 안녕은 냄새가 이상하고

—「우리 시대의 순수시(純粹詩)」(『이 땅에 씌어지는 서정시』) 부분

비행기 타고 담배 두 대를 피우면 내린다 제주도(濟州道)에. 그러나
그곳은 제주도(濟州道)가 아니다.
바다는 좀처럼 제주도(濟州道)를 보여주지 않는다.
(…중략…)

윗도리 단추를 따고 젖가슴을 내놓고 아랫도리까지 다 벗고 당신에게 오는 바다, 그 바다의 음모(陰毛)인 제주도(濟州道).

—「제주도」(『이 땅에 씌어지는 서정시』) 부분

옛날, 1978년이라는 아주 오랜 옛날
한 사내가 살았다.
수도(首都) 서울의 변두리
강서구(江西區) 등촌동(登村洞) 산기슭에
그가 변두리 주민임을 알려주기 위해
매일 밤중에만 잠깐 찾아오는
수돗물과
수도꼭지가 있는 곳에서.

—「등촌동화(登村童話)」(『이 땅에 씌어지는 서정시』) 부분

10월에는 산 자(者)들이 홀로
사색하며 잠들며 그 사색의
편협한 소로(小路)와 의견을
만나게 하소서.
소로(小路)에서 그리고 방구석에서
10월에 죽을 자(者)와 친하고 10월에
죽을 자(者)와 농담할 여유가 생긴 사람은
용산(龍山)이나 광화문(光化門)에서
나와 소주 한잔하게 하소서.

—「소주 한잔하게 하소서」(『이 땅에 씌어지는 서정시』) 부분

시흥이 그곳에 있어 용산과 견지동은 멀리 서 있고 남의 돈을 떼어먹

고 도망 온 서울 여자와 나는 시흥의 물 위를 떠돌았다.

—「시흥에서」(『이 땅에 씌어지는 서정시』) 부분

내가 어떤 한 사람을 사랑하는 일은 이 시대의 이상도 희망도 좌절도 아니라고, 내가 어떤 한 사람을 사랑하는 일은 치사한 개인주의라고, 개인주의란 이기주의라고, 이기주의는 사소한 탐닉이고 사소한 탐닉이란 가치가 없다고, 가치가 없는 것은 무의미하다고, 이렇게 나를 논리적으로 설득해도 내가 사랑하고 있는 일은 사랑의 일로 남아 사랑의 일이 여기 있다 하니, 이 사랑의 비극 저 아프리카의 비극을 어이할꼬.

—「아프리카」(『이 땅에 씌어지는 서정시』) 부분

이 풀 길 없는 여러 가지 밀양의 이야기는
들려주었어도

아무도 말해주지 않았다
말없이 흐르는
밀양강에 대해서는.

—「밀양강」(『이 땅에 씌어지는 서정시』) 부분

『이 땅에 씌어지는 서정시』에 이르러 나타나는 삶의 비애는 물신사회의 변방에 자리한다. 그곳은 "강서구(江西區) 등촌동(登村洞)의 산기슭"이거나 '제주도'나 '시흥'이거나 '아프리카'이다. 『이 땅에 씌어지는 서정시』의 화자는 결코 물신사회의 중심에 진입할 수 없는 존재들이다. 그들은 서울의 변두리 산기슭과 같은 변방에 살고 있다. 변방에서 그들의 삶은 "밤중에만 잠깐 찾아오는 수돗물"과 같다. 물신사회의 변방에 놓인 삶은 그저 묵묵히 견딜 수밖에 없는 삶이자 모든 고통을 감내해야 하는 삶이다. 그러한 변방에서의 삶을 바라보는 오규원의 눈에 '아프리카'가 들어선다. 「아프리카」에서 그는 세상에 대한 부정적 인식을 나타낸다. 사랑은 "이상도 희망도 좌절도" 아니다. 그것은 '개인주의이자 이기주의이자 탐닉이며 무의미'한 것에 불과하다. 물신사회의 중심으로부터 밀려난 자가 인식한 것은 모든 사랑이 황폐화된 불모의 세계이다. 그러나 오규원의 시선은 사랑하는 일로부터 벗어나 있지 않다. 그는 "이 사랑의 비극 저 아프리카의 비극을 어이할꼬"와 같은, 변방의 삶에 대한 애정과 연민을 보여준다. 변방의 고통을 견디는 것은 일상을 견디는 삶과 다르지 않다. 오규원의 시에 삶의 비애가 선명하게 나타나는 이유는 단순히 비극적인 일상을 보여주는 데 있지 않다. 오규원은 비극적인 일상을 견뎌야한다는 점을 제시함으로써 삶의 비애를 강조한다.

> 내일 나는 출근을 할 것이고
> 살 것이고
> 사는 일이 사랑하는 일이므로
> 내일 나는 사랑할 것이고,
> 친구가 오면 술을 마시고
> 주소도 알려주지 않는 우리의 희망에게
> 계속 편지를 쓸 것이다.
>
> —「빈약한 상상력 속에서」(『이 땅에 씌어지는 서정시』) 부분

일상 속에서 우리가 할 수 있는 일은 특별히 없으며 우리 삶을 둘러싼 세계는 변하지 않는다. 일상은 어제와 다를 바 없는 것이며 도달해야 할 목표조차 확실하게 제시되지 않는다. 삶이 도달해야하는 지점을 알 수 없기 때문에 일상적 삶의 비애는 더 강하게 느껴진다.

일상 속의 삶은 주체적으로 의미 있는 삶이 되지 못한다. 오규원이 느끼는 삶의 비애는 끝을 알 수 없는 것임에도 불구하고 그것을 끝까지 포기하지 못하는 데 있다. 그래서 그는 “주소도 알려주지 않는 우리의 희망에게 계속 편지를” 쓴다. 시인은 고향의 강을 소재로 삼은 「밀양강」에서도 「빈약한 상상력 속에서」와 같이 긍정의 세계를 끊임없이 갈구한다.

> 그리고 나는 보았다.
> 잠 아니 오는 밤에
> 사명각 비각을 돌아서
> 내가 강가에 다다랐을 때
> 낙동강과 만나려고
> 밤에도
> 밤에도
> 흐르는 낙동강을
>
> —「밀양강」(『이 땅에 씌어지는 서정시』) 부분

고향인 밀양으로부터도 상처받은 자가 온전히 존재할 수 있는 공간은 지상에 없다. 오규원이 느끼는 비극은 그만큼 절망적이다. 그는 본류인 낙동강과 만나려는 밀양강처럼 삶의 본류와 만나고 싶어한다.

오규원의 중기시 중에서 『가끔은 주목받는 생이고 싶다』는 물신사회의 특성과 해체적 성격의 정점에 있는 시집이다. 이 시집에서 시적 화자는 물신사회의 중심에 존재한다. 거기에 더해 물신사회에 대응하는 모습도 더욱 적극적으로 변모한다. 『가끔은 주목받는 생이고 싶다』에서 보여주고 있는 공간 인식을 살펴보도록 하자.

바닥에게는 낮은 창문도
희망이고

—「분식집에서」(『가끔은 주목받는 생이고 싶다』) 부분

숨이 차다 날리는 눈 속의 정방동 길은 어느 순간보다 더 검고
웅크린 언덕의 어깨는 나보다 나직하다 그러나 이 길도 내가
사는 곳으로 올라가는 길 내가 사는 곳이므로

의·식·주가 먼저 올라가고 눈이 먼저 내린다 그러나
올라가는 길은 어느 길이나 숨이 차야 내려간다

—「정방동에서」(『가끔은 주목받는 생이고 싶다』) 부분

수도가 얼었다 깊은 곳은 어디쯤에서 시작하는가 우리들의 깊이는 수도를 녹이는 인부들이 간단히 노출시킨다 얕게 묻힌 수도 인부들은 언 땅을 파고 해빙기를 연결하지만 녹지 않는다 목이 마른 우리집 식구들이 이웃집에서 하루를 얻어오지만 내일까지는 얻어 오지 못한다 사랑스런 겨울 눈이 내렸지만 눈 속에서도 수도는 얼었다 눈이 내려도 산은 묻히지 않았고 눈이 녹자 무너진 것은 모두 온몸을 드러냈다 깊은 곳은 얼마나 따스한가

—「서울·1984·봄」(『가끔은 주목받는 생이고 싶다』) 부분

"낮은 창문도 희망"인 바닥의 삶으로부터 『가끔은 주목받는 생이고 싶다』의 세계가 시작된다. 오규원이 인식하는 삶은 여전히 변방이고, 변방의 삶은 고단하다. 중심으로부터 먼 곳인 정방동에서의 삶 역시 고통으로 드러난다. 변방에서의 삶은 「정방동에서」처럼 숨이 차고 눈이 내리는 곳에 존재한다. 그래서 그 길은 '검은

길’이다. 삶은 해결되어야 할 최소한의 것조차 준비되지 않는다. 변방의 삶은 “의·식·주가 먼저 올라가”는 삶이거나 “눈이 먼저 내”리는 삶이다. “의·식·주가 먼저 올라가”는 삶은 이미 고통스런 삶을 예비한 것이다. 그렇기 때문에 의·식·주 이외의 것을 생각할 수 없는 삶은 눈이 내리는 삶일 수밖에 없다. 오규원이 바라보는 비극성은 여기에 머물지 않는다. 기본적인 의·식·주만 있는 곳에라도 가야 하는 이들은 자신이 처한 현실에서조차 스스로 물러설 수 없다. “어느 길” 위에 있든 그들은 숨이 찰 정도가 되어야만 비로소 물러설 수 있다.

『이 땅에 씌어지는 서정시』가 주목한 변방의 삶은 『가끔은 주목받는 생이고 싶다』에 이르러서도 다를 바 없이 고통스럽다. 그러나 『이 땅에 씌어지는 서정시』가 초라한 변방의 삶에만 머물고 있다면 『가끔은 주목받는 생이고 싶다』는 변방으로부터 현대 문명의 중심부를 향해 나아가고자 한다. 물론 변방에 있든 중심부에 있든 삶의 고단함에 변화는 없다. 여전히 고통 받는다는 점에서, 현대 문명의 중심부에 진입하더라도 그들의 삶은 변방에서의 삶과 다를 바 없다. 그러나 『가끔은 주목받는 생이고 싶다』에 이르러서는 현대 문명의 중심으로부터 비켜서지 않고 그 안에서 고통을 온몸으로 견딘다는 점이 다르다.

> 육체여 오늘의 나는
> 재미가 좋구나
> 정신의 풍자가 되는
> 육체여 오늘의 나는
> 예술과 사회를 강의하고
> 강의료를 받고

봉투를 바지 주머니에
넣어 쥐고
남대문시장을 오가며
수입 상가에서 빨간색
외제 팬티도 산다

육체여 그 동안 안녕한가
집에 혼자 있는 동안
강간이라도 당하지 않았는지

―「남대문시장에서」(『가끔은 주목받는 생이고 싶다』) 부분

이 거리가 나를 내가
가두게 한다
이 거리의 속도가
이 충무로의 나를
내가 가두게 한다
치사하게 내가
비겁하게
나를 가두게 한다

(…중략…)

나 하나이므로 내가
이곳에 나를 가둔다
열린 상가의 닫힌
세계 속에

이른 아침의 침몰 속에

—「충무로에서」(『가끔은 주목받는 생이고 싶다』) 부분

서울 영등포구 신길6동

육교 밑

그늘진 좌표에서

뒹구는 돌

내가 구둣발로 차고 가는구나

내 구둣발에 차이는구나

버려진 고향처럼

—「구둣발로 차고 가는구나」(『가끔은 주목받는 생이고 싶다』) 부분

시인은 남대문시장과 충무로와 영등포에서 버려진 고향처럼 구둣발에 차이는 존재가 되어 고통의 한가운데를 견딘다. 위에서 제시한 시의 화자인 '나'는 황폐한 정신을 경험하는 존재이다. 육체는 집에 있고 육체의 정신은 현대 문명의 한가운데에 놓인 채 물질적 풍요가 주는 만족감에 젖어 있다. 배설하듯 정신을 팔아버린 존재인 나는 "빨간색 외제 팬티"를 산다. "빨간색 외제 팬티"는 정신의 반대 지점에 존재한다. 그것은 육체도, 정신도 아니다. 즉물적 대상으로서의 "빨간색 외제 팬티"는 물화된 모든 비애이자 정신의 황폐함이다. 이 시에 등장하는 육체는 정신의 반대 지점으로서 부정적 인식을 동반하는 존재가 아니다. 흔히 정신의 대척점에 있는 육체는 부정적 인식을 동반하는 경우가 많다. 육체가 주는 원초적 욕망 등의 이미지로 인하여 정신의 결핍을 상징하는 경우가

많기 때문이다. 아울러 정신 역시 일반적으로 연상되는 긍정적 요소라기보다는 현대 문명사회에서 황폐화된 부정적 대상으로 등장한다.

오규원은 판단이 배제된 일상의 모습을 드러냄으로써 일상적 삶의 비애를 드러낸다. 이때 드러난 비애는 당연히 제시된 삶의 풍경을 통해 재현된 세계일 뿐이지 시인의 '말'을 통해 의미화된 판단을 내리는 것은 아니다. 시인은 그저 삶의 모습을 재현할 뿐이다. 이와 같이 드러난 오규원의 현실에 대한 응전 방식은 객관적인 거리를 유지할 수 있다는 점에서 의미 있는 것이다. 오규원의 시에 등장하는 인물은 현실에 대해 판단을 내리거나 자신의 의지대로 움직이지 않는다. 그것은 당연히 시인의 시적 태도와 관련이 있다. 오규원은 제시된 대상과 현상 자체를 통해 시 세계를 드러내려 했다. 그렇기 때문에 제시된 세계 속의 인물 역시 자신의 의지에 따른 판단을 내릴 수 없다.

물론 여기에는 현실에 대한 극복 의지가 부재한다는 문제 제기가 뒤따를 수 있다. 그러나 부정적 현실에 대한 극복 의지 자체가 시의 목적이 될 수는 없다. 아울러 오규원 중기시에 등장하는 시적 배경이 비판적 인식을 환기한다는 점에서, 그것은 이미 시인의 현실 비판 의지를 보여주고 있는 것이다.

오규원의 시는 현실의 울타리 안에서 비극을 드러내고 견디는 방법으로 비극적 삶에 대해 응전한 것이었다. 대상과 삶의 단면을 제시함으로써 삶의 실존과 비극을 실제에 가깝게 재현했다는 점에서 오규원 시의 의미를 찾아야 할 것이다.

오규원이 인식하는 현대의 삶은 '강간 당한', 상처받은 삶이다. 정신은 물론이고 육체의 삶마저 온전히 존재할 수 있는 공간은 이미 없다. 오규원이 인식하는 현대의 비극은 출구가 없는 것이며 벗어날 수 없는 덫이다. 오규원의 시선이 변방으로부터 현대 문명의 중심부를 향하게 된 것은, 결코 벗어날 수 없는 현대의 비극을 감지했기 때문이다. 그래서 시인 자신이자 '우리' 모두인 '나'는 갇혀있는 존재가 된다. 「충무로에서」에 등장하는 화자는 거리에 갇힌 존재일 뿐만 아니라 "이 충무로가 나를/내가 가두게 한다"와 같이 자신 스스로에게 갇힌 존재이기도 하다. 비극 속의 '우리'인 '나'는 결코 속도의 거리로부터 벗어날 수 없다. 시인이 인식하고 있는 세계가 "열린 상가의 닫힌/세계"이기 때문이다. 풍요의 거리인 아케이드는 모든 물질적 욕망을 드러낸 채, 그곳에 종속되어 있는 '우리'들을 향해 열려 있지만 열린 아케이드의 세계인 그곳은 어떠한 희망도 발견할 수 없는 닫힌 세계이다. 현대 문명의 중심부로 진입한 시인은 자유로울 수 없는 주체와 비극적 물질 속에 갇혀 있는 자신을 발견하게 된다.

도시적 공간에서의 '좌표'는 의도적으로 만들어진 하나의 지점이다. 좌표에 놓인 존재가 딛고 있는 곳은 자연과 같은, 평화로운 인간의 삶이 놓일 수 있는 곳이 아니라 비극적 인공의 지점이다. 오규원이 인식하고 있는 현대인의 삶의 근간은 바로 이러한 '좌표'와 같은 것이다. '좌표'에서의 삶은 기계적인 것이다. 오규원이 바라보는 현대인의 삶의 모습은 바로 이러한 기계적 삶과 물화된 세계 속에서 느끼는 비애이다. "서울 영등포구 신길6동/육교 밑/그늘진 좌표"에서 나는 "뒹구는 돌"을 구둣발로 찬다. 이때 나와 돌의 존재는 분리되어 있는 것이지만 사실 하나의 존재와 같다. '나'는 돌을 차는 주체로 등장하지만 실상 내가 찬 것은 돌이 아니라 바로 나 자신이다. 돌은 "버려진 고향처럼" 내 구둣발에 차인다. 고향은 곧 나의 근원이자 돌아가고자 하는 정신적 지향점이다. 그런 점에서 돌을 찬다고 말하고 있지만 고향은 나의 존재 근거인 곳이므로 돌은 곧 나와 동일시된 존재이다. 정신이 썩어버린 곳에서 오규원은 육체의 순결함에 주목한다. 「남대문 시장」을 통해 건강한 육체에 대해 언급한 바 있는 시인은 「시인(詩人) 구보씨(久甫氏)의 일일(一日) 2: 남산(南山)에서」에서도 육체의 건강한 아름다움을 발견한다.

> 인간에게 위험한 별이 여기저기서
> 땅 위에서 번쩍인다 남산의 밑은
> 성(聖)하고 더러운 노동의 파란 불빛에 깜박거리는구나
> 가을의 폐광 천장에서 서울로
> 불안한 간격으로 떨어지는 녹물과
> 시신의 부품을 거리는 담장 안에 숨기고
> 아직 돌아가는 길을 정하지 못한 나는 즐겁게
> 즐겁게 불안한 간격의 가지 위에
> 딱새의 둥지를 틀고 들어앉아
> 밥그릇 같은 달을 쪼고 있다
> 남북과 동서 통합의 누른 내상이
> 엎질러진 달빛의 비폭(飛瀑)에 가 씻길 동안
> 결국 불안해질 수 있는
> 살아 있는 내 육체가 아름답구나
>
> —「시인(詩人) 구보씨(久甫氏)의 일일(一日) 2: 남산(南山)에서」
> (『가끔은 주목받는 생이고 싶다』) 부분.

오규원의 시에서 현대인의 삶의 황폐함은 변방이 아닌, 현대 문명의 정점에 존재하는 폭력으로부터 비롯된다. 변방은 고단한 삶을 표상하는 것이지만, 현대인을 변방으로 밀어낸 것은 폭력적인

현대 문명의 중심이다. 현대인의 비극적 삶의 고단함은 폭력적인 현대 문명으로부터 비롯된 것이다. 인간이 자연을 꿈꾼 것처럼 인간은 현대 문명의 폭력적 구조로부터 벗어나고자 했다. 그러나 인간은 자연을 꿈꾼 것과 동시에 문명의 풍요로움을 갈망하는 이율배반적인 태도를 보이기도 한다. 그런 점에서 인간이 지향하는 공간은 자연이지만 역설적으로 비극적 풍요로움의 공간으로부터 벗어날 수 없는 것이기도 하다. 비극적 풍요로움의 공간인 현대 문명사회로부터 벗어날 수 없기 때문에 인간의 지향점인 자연 역시 끊임없이 상처받는 존재로 나타날 수밖에 없다. 이 시의 '별'이 인간에게 아름다운 낙원만을 보여줄 수 없는 것도 이 때문이다.

「시인(詩人) 구보씨(久甫氏)의 일일(一日) 2: 남산(南山)에서」는 모든 것이 비극으로 치환될 때 오히려 육체가 아름다울 수도 있음을 보여준다. 정신의 대척점에 있는 육체는 원초적 욕망과 쾌락의 대상인 경우가 많지만 모든 삶의 근간이라고 믿었던 정신적 존재가 황폐화된 지점에 이르러서는 정신이 무화된 육체의 순결성이 강조되는 경우가 있기 때문이다.

내가 누이 집에서

신고 버린 게다짝과 미군 군화는 앵두나무 밑에 터를 잡고 앵두 열매는 빨갛게

잘도 여전히 익고 있다 휴일 TV 화면에는 찬란한 샐비어 꽃잎 사이로 파란 바다를 밀어넣고 충무동의 바다는 육지에 밀려 아랫도리의 식민지가 다 젖었다

다 젖지 않았다

식민지 시대들은

다 젖지 않았다

신탁통치 결사들은

다 젖지 않았다

다 젖지 않았다

—「시인(詩人) 구보씨(久甫氏)의 일일(一日) 10: 부산의 한 부두에서」

(『가끔은 주목받는 생이고 싶다』) 부분

파도는 습기 많은 모래부터 데리고 갔다

모래밭에서 사랑에 굶주린 사람들은

길 밖에서 수상한 천막을 쳤다 단 하루도

모양을 갖추지 못한 내 발자국 오호 애재라

그래도 나는 그림자 밖에서 병(病)처럼 따스하고

파도는 확신을 가지고 내 서툰 피의

귀싸대기를 갈겼다 철썩, 철썩,

중심 없이 흐린 하늘의 잔별이 깨어졌다

잡초처럼 튼튼한 뿌리를 가진 바닷새는

깊은 발자국을 피해 새벽까지 내려앉고

바다를 오래 지킨 파도는 짜고

—「시인(詩人) 구보씨(久甫氏)의 일일(一日) 11: 바닷가에서」

(『가끔은 주목받는 생이고 싶다』) 전문

물이 빠진 포구는 뻘이 묻은 하늘이

내 어깨를 잡고

우리에게 내려진 저주와 내 육신이

소금기에 함께 녹이 스는 아침이다

일찍 발이 더러워진 새들은 이제

뻘밭에서 허리가 자유롭고 아직도 나는
어망 곁에 버려진 잡어의 하루를
자박자박 건너간다
날지 않고 걸어서 건너간다

—「시인(詩人) 구보씨(久甫氏)의 일일(一日) 12: 포구에서」
(『가끔은 주목받는 생이고 싶다』) 부분

현대 문명의 중심부에서 정신적 황폐함을 경험한 시인은 바다를 통해 비극적 삶을 느끼기도 한다. 이때 현대 문명과 바다는 비극적 삶을 만들어내는 공간이 된다는 점에서는 공통점을 지니고 있지만 시적 화자가 느끼는 비극의 종류는 다르다. 비극에 대한 오규원의 태도는 어떤 공간에 놓이느냐에 따라 전혀 다른 양상을 보여준다. 현대 문명이 전달하는 비극이 폭력성을 주조로 한 것이라면 바다에서의 비극은 좌절을 나타낸다. 또한 현대 문명의 비극은 현대 문명이 주체가 되어 폭력을 휘두르지만 바다의 비극은 비극을 온몸으로 감내하는 시적 화자가 주체가 된다.

바다와 도시는 비극적 폐허라는 공통점을 가지고 있으며, 시인 역시 두 개의 지점을 유사한 시적 대상으로 인식하고 있다. 『이 땅에 씌어지는 서정시』에 등장하는 변방에서의 삶은 바다와 유사한 의미를 지니고 있다. 시인의 인식 속에 있는 바다는 폐허이다. 오규원의 시에 등장하는 여타의 자연과 마찬가지로 바다는 열린 세계로의 긍정적 지점이 아니다. 오규원의 바다는 부정적 상징인 폐허로 가득하다. 바다가 있는 도시를 삶의 근간으로 했던 시인이 느끼는 바다는 자신의 삶과 같은 폐허이다.[3] 「시인(詩人) 구보씨(久甫氏)

---

3) 오규원의 개인적인 체험 공간으로서의 바다가 시에 등장하는 바다와 동일한 것이라고 볼 수는 없다. 그러나 순탄치 못했던 그의 삶에 비추어볼 때, 오규원의 주요한 삶의 거점이

의 일일(一日) 10: 부산의 한 부두에서」에서 오규원은 "식민지 시대"와 "신탁통치 결사들은 다 젖지 않"는 것이 우리가 살고 있는 시대라고 말한다. 다만 충무동의 바다만이 육지에 밀려 아랫도리의 식민지가 다 젖는 존재일 뿐이다. 우리 삶의 바다는 충무동의 바다이며, 충무동의 바다는 아랫도리가 다 젖는 것과 같이 연약한 존재이다. 다른 것은 젖지 않고 바다만이 젖기 때문에 바다는 폐허의 공간이다. 폐허의 공간인 바다는 「시인(詩人) 구보씨(久甫氏)의 일일(一日) 11: 바닷가에서」와 「시인(詩人) 구보씨(久甫氏)의 일일(一日) 12: 포구에서」에서 역시 폐허의 존재로 나타난다. 바다라는 폐허 위의 나는 "단 하루도/모양을 갖추지 못한 내 발자국"을 가지고 있으며 폐허인 바다는 "물이 빠진 포구"와 "뻘이 묻은 하늘"을 배경으로 "녹이 스는 아침"을 맞이한다. 모양을 갖추지 못한 내가 황량한 공간에서 할 수 있는 일은 "어망 곁에 버려진 잡어의 하루를"

었던 바다가 그의 인식 속에서 부정의 존재로 각인되었음을 짐작할 수 있다. 오규원에게 삶의 공간으로서의 바다와 작품의 바다가 동일한 것이 아니더라도, 작품 속의 바다는 그에게 부정적 존재로 인식될 수 있다. 문학평론가 이광호와의 대담에서 오규원은 다음과 같이 말한다.

"그러고 보니, 지금 이 순간까지도, 가야지 가야지 하면서 몇 십 년이 되도록 고향을 못 가고 있군요. 고향과 저 사이에는 아직도 해결해야 할 심리적 문제가 남아 있는 듯합니다. 이러다가는 정말 영 못 가보는 게 아닌가 하는 조금은 비극적인 생각도 듭니다. 저는 초등학교 6학년 때 어머니를 잃었습니다. 그 구체적인 얘기는 다른 지면에서 세세히 말한 바 있으니 여기서는 생략하겠습니다. 그리고 비교적 좋았던 경제적 여건도 이런저런 일로 급격히 나빠져서 중학교 3학년 때는 학비를 내지 못해 정학까지 당한 일도 있습니다. 그 이후 이렇게까지 자식을 바닥에 내려놓은 아버지를 좋아할 수 없게 되었고, 아니 증오하게 되었고, 돌아가실 때까지도 그 점에 대해서는 변함이 없었습니다. 결혼식은 통고만 했으며, 자진해서 아버지가 계신 고향에 찾아간 일도 없습니다. 성인이 된 이후 지금 이 순간까지 아버지의 장례와 한 번의 묘소 참배가 고향을 찾아간 전부입니다. (…중략…)

저의 청소년기는 '내 집'이 아닌 '누나 집' '형 집' '숙부 집'과 같은 '남의 집'이라는 개념의 집에서 기숙과 기식의 삶으로 일관됩니다. 그 기간은 물론 부산중학교와 부산사범학교를 다닌 시기입니다."(이광호, 「언어 탐구의 궤적」, 『오규원 깊이 읽기』, 문학과지성사, 2002, 21~25쪽)

“날지 않고 걸어서” “자박자박 건너”가는 일뿐이다.

현대의 한가운데 던져진 삶은 바다를 꿈꾸지만 현대의 저편에 있는 바다는 현대 문명의 버림받은 지점이다. 그러한 바다는 위안보다는 절망을, 생성보다는 소멸을, 풍요보다는 폐허를 상정한다. 오규원은 바다와 같은 자연에 대해 이중적 인식을 가지고 있다. 그에게 자연은 현대 문명의 반대 지점에 있는, 지향해야 할 곳임과 동시에 현대로부터 소외된, 버림받은 곳이다. 그가 도달하고 싶은 곳은 자연이지만 자연은 버림받은 곳이다. 소멸과 폐허에 이르는 공간을 목도하며 오규원은 현대의 고통을 확인한다. 고통의 결과물로서 소멸과 폐허의 공간은 그곳의 불모성에도 불구하고 도달하고 싶은 곳이다. 시인이 바다와 같은 공간을 향해 끊임없이 나아가고자 하는 것은 그곳이 소멸과 폐허의 공간일지라도 소멸과 폐허의 능동적인 주체는 아니기 때문이다. 소멸과 폐허의 대상이 된 공간은 연민의 대상이 될지언정 부정의 대상이 되지는 않는다.

맞아 죽은 개처럼 아카시아는 사지를 뻗는다
깜깜한 행복처럼 사철나무 밑에서는 구더기가 긴다
썩은 시체처럼 남산으로 오르는 길이 살을 풀어내린다
뼈는 두 다리를 벌리고(혹은 오므리고)
다큐멘터리 필리핀처럼
다큐멘터리 회식 사건처럼 신화처럼
개나리는 노랗게 폭발한다

자궁외 임신처럼
오접된 전화처럼

봄은 '오늘도 무사히' 모욕처럼

—「시인(詩人) 구보씨(久甫氏)의 일일(一日) 13: 다시 남산에서」

(『가끔은 주목받는 생이고 싶다』) 전문

봄은 내 몸에 5cc 주사기로 아지랑이를 혈관에 퍼질러놓았다
봄은 내 허파의 갈라진 아스팔트 사이로 들풀을 진격시켰다
봄은 내 신장에 콩과 팥을 심고
봄은 내 몸을 지구의 축에 매달아 돌렸다 나는
봄에 자전하는 서울의 지구(地區)로 아롱거렸다

—「나는 부활할 이유가 도처에 없었다」(『가끔은 주목받는 생이고 싶다』) 부분

비극적 공간 자체가 부정의 대상은 아니지만 화자가 느끼는 비극적 인식의 문제는 여전히 남는다. 바다와 마찬가지로 봄의 풍경 역시 비극이 되고, 비극인 봄의 공간 안에서 삶은 "자궁외 임신처럼/오접된 전화처럼" 모욕이다. 거기에 더해 비극의 공간 안에 놓인 화자인 육신은 더 이상 순결한 육체가 아니다. 나의 육신에는 아지랑이조차 주사기로 주입되며, 아스팔트로 이루어진 허파를 매달고 시인인 "나는/봄에 자전하는 서울의 지구(地區)"처럼 비극 자체가 되어간다. "서울의 지구(地區)"가 된 비극적 삶이 바로 난장이다.

자아바, 자아바
쿵(발을 구른다)
고올라, 자바
짝짝(손뼉을 친다)
아무 놈이나
쿵, 짝짝

자아바, 자아바
쿵(발을 구른다)
고올라, 자바
짝짝(손뼉을 친다)

여기는 남대문시장 오후의
난장이다 티를 파는 이(李)씨는
리어카 위에 올라 육탁(肉鐸)을 친다
하루의 햇빛은 쿵 할 때마다 흩어지고
짝짝 손뼉에 악마구리처럼 몰려오고
여자들은 제각기 두 발로 와서
이(李)씨의 가랑이 밑에 허리를
구부린다 엘리제 카사미아 캐논 히포
아놀드 파마 새미나 마리안느를
두 손으로 잡는다 건방진 여자들은
한 손으로 제 얼굴까지 바싹 끌어당긴다

상가의 건물은 금강(金剛)의 영혼으로
여자들의 어깨를 짚고
여자들은 우뚝 선 이(李)씨의 무릎 아래 엎디어

자아바, 쿵
(잡는다)
고올라, 자바
짝짝
(골라 잡는다)

고올라, 고올라
(잽싸게 고른다)
자바자바
(끌어당긴다)

여기는 서울의 난장이다
이(李)씨는 잡히는 대로 티를
구석으로 팽개친다

자바자바
그놈
골라 자바
그놈

—「자바자바 셔츠」(『가끔은 주목받는 생이고 싶다』) 전문

난장인 서울의 모습은 시인의 말을 빌리지 않더라도 부정적 공간을 나타낸다. 「자바자바 셔츠」를 팔고 있는 난장은 바로 현대인의 난장이다. 그곳에는 난장으로 내몰린 온갖 물건과 욕망으로 가득하며, 그것들은 난장인 우리 삶까지 장악하고 있다. 그래서 "상가의 건물은 금강(金剛)의 영혼으로 여자들의 어깨를 짚고" 욕망을 열망하는 "여자들은 우뚝 선 李씨의 무릎 아래 엎디어" 난장 위에 펼쳐진 욕망을 부여잡는다. 「자바자바 셔츠」는 욕망의 공간으로서 문명사회의 속성을 드러낸 작품이지만 오규원은 난장의 모습에 대해 비극이라고 힘주어 말하지 않는다. 그곳에는 비루한 삶의 풍경이 제시되어 있을 뿐이다. 문명을 포함한 시적 대상에 대한 오규원의 태도는 자신의 감정을 노골적으로 드러내거나 해석하기보다는 현재

화된 상태를 드러내는 데 주력한다. 오규원의 시에 등장하는 모든 비극은 비극적인 인식을 힘주어 말하지 않는다. 그것은 생생하게 재현된 이미지를 통해 구체화된 삶의 모습을 보여줄 뿐이다. 그렇기 때문에 난장의 삶을 통해 드러나는 것이 현대의 비극일지라도, 오규원은 그들의 삶에 대해 비극이라는 판단을 내리기보다는 그들의 행위에 주목한다.

오규원은 "서울의 난장"에 진입하여 온몸으로 난장의 비극을 체험한다. 오규원은 현대에 대해 피상적으로 인식하지 않는다. 그것은 현대적 삶을 구체적으로 표현하는 양상에 비추어 볼 때 당연하다. 여전히 바다의 비극과 같은 포괄적 비극을 이야기하기도 하지만 중기에 이른 오규원의 시는 현대적 시·공간을 통해 구체성을 확보한다. 이러한 특성은 오규원 시의 현대적 성향을 더욱 강화하는 역할을 수행한다. 기본적으로 오규원이 인식하는, 서울로 대표되는 현대적 삶의 공간은 '난장'이다. 온몸을 던져 '육탁(肉鐸)'을 쳐야, "악머구리처럼 몰려"와 쟁취해야 생존할 수 있는 처절한 삶의 공간이다. 동시에 난장인 서울에서의 삶은 즉물적인 것이다.

도시의 중심부로 진입한 오규원의 시는 물신사회를 전면에 내세운다. 물론 물신사회의 중심부를 말하고 있다고 해서 시적 화자의 삶이 곧 중심부의 삶이 아님은 당연하다. 하지만 『이 땅에 씌어지는 서정시』의 화자가 중심으로부터의 고통으로 인해 끊임없이 변방으로 나아갈 수밖에 없었다면 『가끔은 주목받는 생이고 싶다』의 화자는 비록 비루한 삶을 살아야 하는 존재일지라도 그 육신은 중심부에 놓인 존재들이다. 그들은 그곳에서 물신사회의 비극을 온몸으로 견디지만, 약자인 그들은 물신사회를 결코 극복할 수 없다. 이것이 오규원 시가 인식하는 비극의 정점이다.

2. 현대적 언어 양상과 시쓰기 방식

현대시는 반어·역설·패러디의 중요성이 더욱 강조된다. 그것은 현대라는 시공간을 드러내는 데 반어와 역설의 기능이 적합하기 때문이다. 현대사회는 더 이상 연속적이고 조화로운 세계가 아니다. 부조리하고 단절된 것이 바로 현대사회의 속성이다. 야유와 조소, 조롱과 농담 등을 주요한 방법으로 사용하는 반어·역설·패러디는 그러한 현대사회의 속성을 비판적으로 재현하기에 효과적인 표현법이다. 현대 물신사회에 대해 냉소적 태도를 견지하는 오규원의 시는 그런 점에서 반어·역설·패러디가 중요하게 작용한다. 문학은 언어로 재현된 작품의 실체 안에 복잡한 층위의 의미 구조를 갖는다. 문학작품을 통해 언어로 표현된 세계는 보다 다양한 의미를 가진 세계로 확장되는데, 반어·역설·패러디는 이와 같은 구조를 드러내는데 효과적이다. 문학은 특히 다른 장르의 예술작품에 비해 반어와 역설이 두드러지게 나타난다. 반어와 역설은 두 개의 서로 다른 의미의 층위를 가지고 있기 때문에 의미의 재현과 구조가 복잡할 수밖에 없다.

반어·역설·패러디가 오규원의 현대성을 전적으로 대변한다고 할 수는 없다. 그러나 오규원의 현대적 특성의 중심에 중기시가 있고, 중기시의 중요한 표현 방법이 반어·역설·패러디임을 감안한다면 반어·역설·패러디가 갖는 현대성과의 상관관계는 논의될 여지가 충분히 있다. 반어·역설·패러디는 오규원의 현대성과 해체적 언어를 대표하는 하나의 특징이며 중요한 시적 방법론이다. 다만 광고와 상품에 대한 관심이나 패러디의 경우는 시의 전체적인 구조나 맥락과 맞물려 있는 반면에 반어와 역설은 구체적인 표현법과 언어의 측면과 관련이 있다. 그런 점에서 광고와 상품, 패러디를 통해 드러나는 현대성과 반어와 역설을 통해 드러나는 현대성은 차이점을 지니고 있다. 또한 반어와 역설은 기본적으로 혼용되어 쓰이기도 하고 반어의 범주에 역설이 포함되기도 한다.[4] 반어와 역설의 관계는 이처럼 모호한 상관관계를 지니고 있는데, 그것에 대해 오세영은 다음과 같이 밝히고 있다.

> 20세기 문학비평에서 패러독스와 아이러니가 개념상 서로 혼란을 일으키게 된 이유는 첫째 신비평가들, 특히 클리언즈 브룩스가 명확한 개념 규정 없이 이들 용어를 사용했기 때문이며(「아이러니와 아이러닉한 시」라는 논문에서 아이러니를 보다 원초적이고 순수한 개념으로 환원시키려는 노력을 보여주긴 했어도 그의 유명한 논문 「역설의 언어」에서 그는 역설의 정확한 개념 규정 내지 아이러니와의 차이점에 대해서 전혀 언급을 하지 않은 채 오히려 패러독스를 아이러니와 같은 뜻으로 사용하였다), 둘째 클리언즈 브룩스를 포함한 신비평가들의 시에 대한 기본 태도가 리처즈의 아이러니 개념에서 크게 다르지 않기 때문이다.[5]

그러나 중요한 것은 반어와 역설이 분리된 것이냐 아니냐가 아니라 그것이 어떻게 사용되느냐이다. 현대인은 일상생활 속에서 수없이 많은 반어적 표현과 역설적 표현을 하게 된다. 또한 현대인

---

4) 리처즈의 시에 대한 견해는 동시대의 비평가들 특히 신비평 그룹에 지대한 영향을 주었다. (…중략…) 물론 이들 비평가들의 용어는 서로 달랐다. 그러나 그 안에 일관된 원리는 결국 대립 혹은 모순되는 충돌의 조화라는 점에서 모두 리처즈가 말한바 아이러니와 일치한다고 볼 수 있다. 바로 이러한 관련성 때문에 우리들은 이들 개념 특히 리처즈의 아이러니와 브룩스의 패러독스를 혼동 내지 동일시하게 되는 것이다. (…중략…) 리처즈는 이 이상 아이러니에 대한 개념 규정 혹은 그 범주를 구체적, 체계적으로 언급한 적이 없다. 그는 다만 문학 혹은 철학에서 통용된 아이러니를 '모순의 종합'이라는 원리로 파악하여 그것을 시의 구조로 인식했을 따름이다(오세영, 「아이러니」, 『현대 시론의 새로운 이해』, 새미, 2004, 183~184쪽 요약 정리).

5) 위의 글, 192~193쪽.

의 삶 자체가 반어와 역설의 상황에 놓일 경우도 많다. 오규원이 사용하는 반어와 역설 역시 현대를 드러내는 일반적인 속성으로서의 반어와 역설이다. 그런 점에서 오규원의 반어와 역설을 특별한 것이라고 할 수는 없다. 그러나 오규원만큼 현대성의 문제를 집요하게 탐색한 경우가 흔치 않다는 점에서 현대성을 드러내는 오규원의 반어와 역설은 의미를 지닌다.

> 이기의 알사탕은 달콤하다.
> 우리가 사는 달콤한 알사탕의 사회
> 어른이 되어서도 달콤한 알사탕을 달콤하다고 하는 사회
> 환상을 갖는다는 것은 중요하다.
> 아버지보다 먼저 아버지가 되기 위해서는
> 아버지보다 먼저 아버지의 아버지가 되기 위해서는
> 환상이 필요하다.
> 여자가, 술이, 담배가,
> 섹스가, 도박이 필요하다.
> 섹스와 도박이 필요하다 민주 시민은.
>
> —「환상을 갖는다는 것은 중요하다: 양평동(楊平洞) 1」
> (『왕자가 아닌 한 아이에게』) 부분

오규원의 시에 드러나는 의미의 간극은 원관념이 제거된 채 드러나는 보조관념 사이의 간극이 아니기 때문에 시인의 의도가 비교적 명확하게 드러난다. 오규원의 반어·역설·패러디는 원관념의 원형적 심상에 기대어 작용한다. 원관념의 원형적 심상을 통해 드러나는 반어·역설·패러디는 숨겨진 의미가 강조되는 상징보다 더욱 냉소적인 어법을 드러낸다. 「환상을 갖는다는 것은 중요하다」

의 경우에도 시인의 의도와 의미는 명확하게 나타난다. 달콤함의 세계는 부정의 의미를 지니고 있는 세계이며 여자와 술과 담배 그리고 섹스와 도박이 필요하다는 발언은 표면적으로 드러난 의미에 반하는 의미를 지니고 있다. 오규원의 반어·역설·패러디는 숨겨진 의미의 상징이 아니라 세상을 향해 던지는 직설적인 야유이다.

나를 내려놓고, 오후 3시, 그 사람이 고속버스로 서울로 갑니다. 언어가, 모순이, 사랑이 고속버스를 타고 오후3시를 지나갑니다. 내 앞에는 서울로 가는 길이 고속버스를 타고 오후 3시를 지나갑니다. 내 앞에는 서울로 가는 길이 고속버스가 가지고 가고도 많이 남아 있습니다. (서울은 참 아름다운 곳입니다!) 나는 터미널에 사지가 짐짝처럼 포개져 놓입니다. 내가 보는 앞에서 오후는 꽝꽝 문을 잠그고 시간을 오뉴월 개처럼 방목합니다. 심심해서 문이 잠긴 오후의 심장을 두르려봅니다. 무반응.

—「소리에 대한 우리의 착각과 오류」(『왕자가 아닌 한 아이에게』) 부분

행복하게도나는형체가없다나는있는데나는없고그러니까나대신먹고마시고춤추는사람들이찬란하다시대의별이다

(…중략…)

나는형체가없으므로여기있고여기있어도없으므로신이요절대군주요공(空)이다

—「한 시민의 노래」(『가끔은 주목받는 생이고 싶다』) 부분

"나는 터미널에 사지가 짐짝처럼 포개져" 있고 그 사람은 서울로 간다. 모든 물질적 풍요로움에도 불구하고 서울은 비극적 공간이다. 그 사람으로 대변되는 '우리'의 삶은 비극적 세계인 서울을 향해 간다. 그러나 시적 화자인 나는 그러한 비극적 공간인 서울마

저도 가지 못하는 존재이다. 시인이 인식하고 있는 삶은 비극적 세계가 총체적으로 드러나는 삶이다. 서울로 대변되는 곳이 비극적인 현대의 시·공간이라면 그런 공간을 지향하는 "그 사람"과, 서울에조차 가지 못하는 '나'는 비극적 삶을 드러내는 존재이다. 오규원이 인식하고 있는 현대적 삶은 이처럼 부정적인데, 그는 "서울은 참 아름다운 곳입니다!"라는 반어적 표현을 통해 비극을 강조한다.

오규원이 인식하는 현대의 삶은 「한 시민의 노래」에서처럼 "나는있는데나는없"는 것이다. 이와 같은 비극적 삶은 형체가 없는, 실존하는 존재로서의 삶이 아니다. 그렇기 때문에 형체가 없는 나는 있으면서 없는 존재이다. 오규원은 이와 같은 역설을 통해 현대사회의 무화된 자아를 보여준다.

한 쌍의 남녀(얼굴은
대한민국 사람이다)가
사막을 걸어가고 있다

한 쌍의 남녀(카우보이
스타일의 모자를 쓴 남자는
곧장 앞을 보고—역시
남자다, 요염한 자태의 여자는
카메라 정면을 보고—역시
여자다)가 사막을 걸어가고 있다

이렇게만 씌어 있다
동일레나운의 광고
IT'S MY LIFE—Simple Life

(심플하다!)

Simple Life, 오, 이 상징의
넓은 사막이여
사막에는 생(生)의 마빡에 집어던질
돌멩이 하나 없으니—

—「그것은 나의 삶」(『가끔은 주목받는 생이고 싶다』) 전문

오규원이 「그것은 나의 삶」을 통해 제시하고자 한 것은 바로 '우리 삶'이다. 대한민국의 보편적 삶을 살아가는 "한 쌍의 남녀"는 현대적 비극에 놓인 삶을 살아가는 우리 자신이다. 우리 자신인 "한 쌍의 남녀"는 비극적 삶을 근간으로 삶을 영위하는 존재들이다. 오규원이 말하려는 '그것'은 사막이며, 사막은 곧 비극이다. 이때 사막을 걸어가는 남자와 여자는 사막에서의 삶에 대해 어떠한 판단도, 전복적 사유도 하지 않는다. 그들은 그저 사막을 걸어가고 있으며 오규원은 패러디한 대상을 통해 그러한 모습을 보여주고 있을 따름이다. 광고의 장면을 재현하여 드러낸 오규원의 시는 제시된 풍경에 머물고 있다. 제시된 풍경에 대해 오규원은 자신의 판단을 유보한다. 그러나 사막 등의 시어와 현대적 삶의 모습, 광고 기법 등은 그것만으로도 삶에 대한 비판적 인식을 드러난다. 오규원의 언어는 힘주어 이야기하지 않고 드러내는 것만으로도 비극적 삶을 구체화시킨다.

오규원의 패러디가 상품과 광고에만 국한된 것은 물론 아니다. 정끝별이 지적한 바와 같이 오규원 역시 기존의 문학 작품을 모방하고 변주하며 끌어 모은다. 그러나 오규원 시의 패러디는 상품과 광고를 통해 물신주의와 현대의 속성을 더욱 구체화한다. 그 점은 오규원이 언어를 매개로 하여 "감수성의 새로운 변혁을 위해 전위

적인 몸부림을 계속하고"[6] 있음을 증명한다. 오규원의 중기시에 드러나는 물신주의는 이처럼 반어·역설·패러디를 통해 극대화된다.

1) 반어의 양상과 시쓰기 방식

반어의 정신은 "실제의 세계를 분석하고 비판하는 산문정신이며, 원래가 서사적 비전이다. 이것은 대상에 대한 이화작용의 소외효과를 창조하며 비판적 기능을 수행한다. 상충·대조를 본질로 하는 아이러니는 거의 필연적으로 현대의 산업사회에서 가장 잘 대응하는 문학적 장치이다".[7] 반어는 두 지점의 간극인 이질성을 통해 효과가 극대화된다.[8] 그런데 오규원의 반어는 동질성의 특성이 강조된다. 그것은 세계에 대한 오규원의 태도와 어법으로부터 비롯된 것이다. 오규원은 세계에 대한 직설적인 야유를 통해 의도를 드러내기 때문에 의미의 이질적 특성이 덜 드러난다.

볼펜을 발꾸락에 끼워놓고 세상을 본다.
이 엄숙할 수 없는 나의 문화 앞에서
볼펜을 낀 나의 발꾸락은 아프고
볼펜을 낀 나의 발꾸락은 외롭고

---

6) 권영민, 『한국현대문학사』, 민음사, 1993, 263쪽.

7) 김준오, 『시론』, 삼지원, 1982(4판, 2008), 306~307쪽 요약 정리.

8) 반어는 변장(dissimulation)의 뜻을 가리키는 희랍어 에이로네이아(eironeia)에서 유래했다. 따라서 반어는 변장과 위장 그리고 은폐의 기술을 통해 시의 의미를 전달한다. 반어는 자신의 모습을 숨기고 다른 모습을 통해 드러나기 때문에 독자들에게 낯선 감흥을 불러일으킨다. 독자들은 대조의 지점으로 전이된 반어의 낯선 모습을 통해 새로운 시적 인식을 하게 된다. 위장술인 반어는 드러내고자 하는 의미와 대조적인 모습으로 표현된다. 이때 반어는 낯설기만 한 모습으로 위장하는 것이 아니라 그것의 속뜻을 유추할 수 있는 반대의 모습으로 위장한다(위의 책, 307쪽 참조).

그 볼펜을 낀 나의 발꾸락 앞에서
나는 구속되나니
세상은 공평하여라.

볼펜을 발꾸락에 끼워놓고 나를 본다.
이 우스꽝스러운 나의 방법 앞에서
볼펜을 모르는 발꾸락의 우둔함을 위하여
볼펜을 모르는 발꾸락의 황당무계함을 위하여
그 볼펜을 낀 나의 발꾸락의 아픔을
내가 노래하나니
세상은 무사무사(無事無事)하여라.

—「네 가의 편지」(『왕자가 아닌 한 아이에게』) 부분

미미에게는 멋쟁이 언니 발레리나
미리, 스튜어디스 유리와
다정한 안나란 친구가 있다고
전해지지요(부모가 있다는 말은
들은 바 없지만) 신나는
드라이브를 즐길 하이킹 세트와
야회복과 우유를 먹으면 오줌을 싸는
인형과 가발과 화장품과
COOKING SET가 있다고 전해지지요
응접 세트와 딜럭스 침대와
호화로운 욕실이 있다고
전해지지요 미미의 집에는

—「MIMI HOUSE」(『가끔은 주목받는 생이고 싶다』) 부분

「네 가의 편지」의 반어는 의도가 쉽게 포착된다. “세상은 공평하여라”는 공평하지 않은 세상에 대한 야유이고, “세상은 무사무사(無事無事)하여라”는 무사하지 않은 세상에 대한 야유이다. 시인의 의도가 쉽게 포착되는 것은 단순히 직설적인 야유의 어법을 따르고 있기 때문만이 아니다. 오규원 시의 반어적 의도는 시인의 의지에 따라 의도적으로 드러난 것이다. 오규원이 이처럼 반어의 의도를 드러낸 이유는 세계에 대한 조롱과 야유를 극대화하기 위해서이다.

「MIMI HOUSE」는 우리가 살고 있는 세계에 다름 아니다. ‘MIMI HOUSE’에서의 삶은 행복한 모습으로 나타난다. 미미는 아름다우며 금빛 열쇠가 있는 ‘MIMI HOUSE’는 동화 속에 등장하는 아름다운 모습이다. 아름답고 풍요로운 미미의 세계는 그러나 비극적 세계의 반어적 재현이다. 이때 반어를 통해 재현된 미미의 세계는 당연히 실제의 세계에 대한 비판이다. 오규원은 풍요롭고 아름다운 세계와 비극적 세계의 간극을 통해 현대 문명사회의 비극을 비판적으로 드러낸다.

> 타클라마칸 사막에도 사람이 산다
> 모래의 우주 행간(行間)에 인간이 산다
> 팔이 둘 다리가 둘이다 아니 도리깨 같은
> 발가락이 열 개다 우리 아버지와
> 똑같다 나와 똑같다 눈이 둘
> 옆으로 찢어진 입도 하나다!
>
> 니글니글한 양철 지붕 위의 호박
> 태양도 하나 앉혀 있다

타클라마칸 사막
사막-----------------------------

—「사막 1」(『사랑의 감옥』) 전문

타조 한 떼가 앞만 보고 무섭게 눈을 굴리며 뛰고 있네

신기루가 서 있네 태양도 서너 개가 한꺼번에 떠 있네
서쪽 신기루 숲의 마른 물냄새를 잡아채며

뜨거운 모래 사막에 푹 푹 빠지는 발을 번갈아 빼내며
휘청거리며

마땅히 앞은 길이요 희망이요 구원이니
앞의 새와 바람과 낙타와 너희를
즐거이 더욱 먼 사막으로 보내리니

타클라마칸 서울-------------------

—「사막 2」(『사랑의 감옥』) 전문

오규원은 사막을 통해 현대 문명의 불모성에 대해 언급한다. 사막을 통해 불모의 문명을 드러내는 것은 더 이상 새로운 것이 아니다. 대체적으로 사막은 현대 문명에 대한 부정적 인식을 드러내는 공간으로 나타난다. 현대의 속성인 소멸과 폐허의 공간이 바로 사막이다. 오규원의 사막 역시 그것과 유사하다. 그러나 오규원의 사막은 불모의 땅임에도 불구하고 그곳에도 사람이 산다고 말한다. 오규원은 현대 문명사회 자체를 거부하지 않는다. 시인은 문명

사회로 인해 고통 받고 있지만 그곳에서 살고 있는 현실을 인정한다. 물론 오규원이 문명에 대해 긍정적인 인식을 하고 있는 것은 아니다. 오규원이 바라보는 문명이 비극임은 분명하다. 그러나 오규원에게 있어서 문명은 구체적이고 처절한 삶의 현장이다. 그곳에서의 삶이 빈한한 것일지라도 오규원은 그곳에서의 고단함과 고통을 피하라고 이야기하지 않는다. 오규원이 인식하는 현대 문명의 비극은 어쩔 수 없이 그것을 견뎌야 한다는 데 있다. 그에게 현대는 고통스럽지만 어쩔 수 없는 생생한 삶의 현장이기 때문이다. 그곳이 '신기루' 뿐인 곳이더라도 "길이요 희망이요 구원이니" 가야한다는 반어는 그래서 더욱 비극적이다.

문학의 여러 가지 속성 중에 현실에 대한 비판은 예로부터 지금까지 문학의 중요한 임무이다. 반어는 이러한 문학의 임무를 수행하는 데 더할 나위 없이 훌륭한 역할을 한다. 오규원의 시에서 중기에 해당하는 시기에 반어와 역설이 빈번하게 등장하는 것도 이와 같은, 현실에 대한 비판적 인식과 밀접한 관계가 있다. 주지하듯이 중기시는 물신사회에 대한 비판이 주조를 이루고 있다. 오규원은 초기에 관념의 구상화를 통해 가시화된 세계 인식을 보여주고자 했지만 그때까지는 현실의 모습을 구체적으로 재현한 것이 아니었다. 초기에 등장한 비극적 인식은 그것이 구상화와 대상화를 추구했음에도 불구하고 여전히 관념적인 특성을 지니고 있었다. 그러나 중기에 이르러 관심을 기울인 세계는 구체적으로 재현된 물신사회였다. 현대의 비극과 부조리의 중심에 서 있던 물신사회를 바라보는 시선은 당연히 부정적인 것일 수밖에 없었으며, 부정적인 세계에 대한 시인의 태도 역시 비판적일 수밖에 없다.

오규원의 시에 나타나는 반어는 표면적으로는 언어적 반어의 형태를 띠고 드러나는 경우가 많다. 반어는 "갈등에 대한 첨예한 의식을 전제로 한다. 이러한 의식과 갈등 자체를 해결한다기보다는 악화시키는 방법을 찾고 있다".[9] 이러한 방법이 동원되는 이유는 그와 같은 것들이 대상을 비꼬아서 표현하는, 반어가 지향하는 수사적 효과에 적합하기 때문이다.

생계(生界)엔 별일 없음. 문협 선거엔 미당이 당선된 모양이고, 내 사랑 서울은 오늘도 안녕함. 서울 S계기의 미스 천은 17살(꿈이 많지요), 데브콘에이 중독. 평화시장 미싱공 4년생 미스 홍은 22살(가슴이 부풀었지요), 폐결핵. 모두 안녕함.

—「나의 데카메론」(『이 땅에 씌어지는 서정시』) 부분

밤사이, 그래 대문들도 안녕하구나
도로도, 도로를 달리는 차들도
차의 바퀴도, 차 안의 의자도
광화문(光化門)도 덕수궁도 안녕하구나

어째서 그러나 안녕한 것이 이토록 나의 눈에는 생소하냐
어째서 안녕한 것이 이다지도 나의 눈에는 우스꽝스런 풍경이냐
문화사적(文化史的)으로 본다면 안녕과 안녕 사이로 흐르는
저것은 보수주의(保守主義)의 징그러운 미소인데

안녕한 벽, 안녕한 뜰, 안녕한 문짝
그것말고도 안녕한 창문, 안녕한 창문 사이로 언뜻 보여주고 가는 안녕한 성희(性戱)……

---

9) 앙리 르페브르, 이종민 역, 『모더니티 입문』, 동문선, 1999, 18쪽 요약 정리.

어째서 이토록 다들 안녕한 것이 나에게는 생소하냐
—「우리 시대의 순수시(純粹詩)」(『이 땅에 씌어지는 서정시』) 부분

오규원이 「나의 데카메론」에서 말하고 있는 '안녕함'은 안녕하지 못한 현실을 나타낸 언어적 반어이다. 「우리 시대의 순수시(純粹詩)」는 우리가 몸담고 있는 세계에 대해 끊임없이 안녕하다고 말함으로써 안녕하지 않은 세계를 드러낸다. 이처럼 오규원은 언어적 반어를 시의 곳곳에 배치함으로써 세계에 대한 비판을 강화한다. 오규원의 시에 드러난 반어 중에서 오규원의 개성이 여실히 드러나는 것은 언어적 반어가 아니라 구조적 반어이지만, 기본적으로 언어적 반어는 오규원의 중기시를 구축하는 중요한 수단이 된다.

그러나 오규원의 시에 드러나는 반어는 언어적 반어의 측면에서 보자면 오규원만의 특별한 개성을 드러내지는 않는다. 오규원의 반어가 주는 특별함은 언어적 반어가 아니라 구조적 반어에 있다.

오규원의 시는 구조적 반어 중에서 상황적 반어의 성격을 강하게 드러낸다. 상황적 반어는 오규원의 시적 개성으로 작용하여 오규원 시의 특별한 개성을 만들어낸다. 물신사회에 대한 오규원의 태도와 인식은 앞에서 밝혔듯이 비극을 전제로 한다. 오규원의 시는 언어적 반어가 직접 나타나지 않는 경우에도 반어의 효과가 강하게 드러나는 경우가 많다. 그 이유는 오규원이 물신사회에 대해 근본적으로 반어적 태도를 견지하고 있기 때문이다. 이러한 태도는 구체적인 구조적 반어의 형태를 통해 나타나기도 하지만 그렇지 않은 경우에도 구조적 반어의 느낌을 강하게 드러낸다. 구조적 반어가 아님에도 불구하고 구조적 반어의 효과가 나타나는 이유는 세계를 바라보는 오규원의 시선에 있다. 냉소적으로 바라보는 그의 시선은 의도적으로 감정이 억제되어 있다. 억제된 감정은 비극적 세계에 대해 비극적 감정

을 노출하지 않음으로써 반어의 효과를 갖게 된다. 비극에 대해 감정적인 태도를 절제함으로써 독자들은 비극적 세계와 시인의 태도 사이의 간극을 경험하게 된다. 오규원의 반어는 이러한 간극을 기본적인 시적 정황으로 삼고 있다.

> 14:20분. 광고 회의는 아침 10시부터 계속된다. 출입문 구석에 놓인 중화요리 그릇 더미 틈새기로 자장면 방향이 탁자 위에 구겨진 이불처럼 몸을 포갠 키스 신들 위로 덮친다. 남녀 주인공을 음각한 문안을 낸 박씨(朴氏)는 일찌감치 지친 윤씨(尹氏)의 귓속으로 아리랑의 열반 무늬를 들여보낸다. 이부장(李部長)은 거 뭐 짜릿한 거 없어를 연발하며 두 다리를 탁자 위로 올린다. 건대 학생 데모 사건에 연루된 아들 소식이 궁금한 박씨(朴氏)는 집으로 전화를 또 한다. 띠리리, 띠리리리, 띠리, 띠리리리…… 남녀가 껴안고 뒹구는 사진을 한눈으로 보며 다이얼을 돌리던 그는 문득 아득히 손을 멈춘다. 띠리리, 띠리, 띠띠리, 띠리리리…… 부장(部長)은 박씨(朴氏)의 메모를 보고 낄낄 웃는다.
>
> ―「NO MERCY」(『가끔은 주목받는 생이고 싶다』) 부분

「NO MERCY」는 작품 전반을 관통하는 일상을 통해 반어를 드러낸다. 현대의 비극을 아무렇지도 않게 말함으로써 작품의 세계는 의미 있는 영역을 확보한다. "무의미의 집합체인 일상에 의미의 집합체인 현대성이 답을 한다"[10]는 르페브르의 지적은 일상과 현대성의 관계를 단적으로 드러낸다. 무의미한 일상을 통해 드러나는 현대성은, 일상에 대한 현대성의 답이다. "일상이란 보잘것없으면서도 견고한 것이고, 당연한 이야기지만 부분과 단편들이 하나

10) 앙리 르페브르, 박정자 역, 『현대세계의 일상성』, 세계일보, 1990, 58쪽.

의 일과표 속에서 서로 연결되어 있는 어떤 것이다."[11] 따라서 "이것은 그 부분들의 분절을 조사할 필요도 없이 분명한 사실이다. 그러니까 이것은 날짜가 없다. 그것은 무의미하고(외관상) 사람들의 시간과 마음을 차지하지만 결국 언급될 필요가 없다. 다만 일과표에는 윤리가 함축되어 있고, 사용된 시간에는 미학적인 장식이 있을 뿐이다. 이것이 현대성과 접근하는 것이다".[12] 그렇기 때문에 "이 시대의 일상생활은 현대성의 이면이고 시대정신이다".[13] 「NO MERCY」에 드러난 일상은 구체적인 비극을 직접적으로 드러내지는 않지만 무의미한 일상을 담고 있다는 것만으로도 그것은 비극적 재현이 된다.

2) 역설의 양상과 시쓰기 방식

오규원의 중기시에서 반어와 함께 역설[14]이 중요하게 다뤄지는 것은 당연하다. 물론 오규원의 시에서 더 많은 비중을 차지하는 것은 반어이다. 오규원의 시에 드러나는 역설은 반어와 마찬가지로 현대성의 문제와 관련이 있다. 그러나 오규원의 시에 나타나는 역설은 반어와 동일한 응전 방식을 취하지 않는다. 중기시를 관통하는 포괄적인 차원에서 본다면 반어와 역설 모두 현대성의 문제와 관련이 있는 것이기는 하지만 구체적인 발화는 반어와 다른 양상을 보여준

---

11) 위의 책, 같은 쪽.

12) 위의 책, 같은 쪽.

13) 위의 책, 59쪽.

14) 휠라이트(P. Wheelwright)는 역설을 크게 표층적 역설(paradox of surface)과 심층적 역설(paradox of depth)로 나누고, 심층적 역설을 다시 존재론적 역설(ontological paradox)과 시적 역설(poetic paradox)로 세분하였다(P. Wheelwright, *The Burning Fountain*, Indiana Univ. Press, 1968, pp. 96~100; 김영철, 『현대시론』, 건국대학교 출판부, 1993, 241쪽 재인용).

다. 오규원의 역설은 존재에 대한 사유를 드러내는 경우가 많다.

안 흔들리려고 하면
흔들린다
—얼럴러 상사뒤야

—「상사뒤야」(『이 땅에 씌어지는 서정시』) 부분

어둠 속에 오래 사니 어둠이 어둠으로 어둠을 밝히네.

—「우리 시대의 순수시(純粹詩)」(『이 땅에 씌어지는 서정시』) 부분

보이는 것은 모두
내 눈에는 보이지 않는 것들

—「보이는 것과 보이지 않는 것」(『이 땅에 씌어지는 서정시』) 부분

나는형체가없으므로여기있고여기있어도없으므로신이요절대군주요 공(空)이다

—「한 시민의 노래」(『이 땅에 씌어지는 서정시』) 부분

사랑해도 끝내는 꿈꾸리라
따뜻한 우리들의 내상

—「시인(詩人) 구보씨(久甫氏)의 일일(一日) 2: 남산(南山)에서」
(『가끔은 주목받는 생이고 싶다』) 부분

바다가 밀려와도 지금의 나는 바다로 젖지 않는다

—「시인(詩人) 구보씨(久甫氏)의 일일(一日) 10: 부산의 한 부두에서」
(『가끔은 주목받는 생이고 싶다』) 부분

오규원의 중기시가 전반적으로 현대의 구체적 세계를 드러내는 데 반해 역설의 경우에는 형이상학적 성향을 지니고 있다. 위의 시에서처럼 오규원의 중기시에 드러나는 역설은 형이상학적 세계를 지향한다. 따라서 그가 사용하는 역설은 대체적으로 존재론적 역설[15]로 분류된다. 각각의 시에 등장하는 '흔들림, 어둠, 보이는 것, 형체, 내상, 바다' 등의 시어는 모두 형이상학적 세계를 나타낸다. 각각의 정황과 대상은 삶의 존재에 대한 통찰을 통해 드러나므로 난해하다. 또한 형이상학적 특성을 지니고 있는 존재론적 역설이 함의하고 있는 것은 위에서 언급한 것과 마찬가지로 구체적이고 단편적인 세계가 아니라 사상이나 상징체계이다. 이것은 반어가 구체적 세계를 재현함과 동시에 의미구조가 비교적 명확하다는 점과 구분된다.

비행기를 타고 담배 두 대를 피우면 내린다. 제주도(濟州道)에. 그러나 그곳은 제주도(濟州道)가 아니다.

—「제주도」(『이 땅에 씌어지는 서정시』) 부분

그에게는 그의 단추가 단추가 아니었다.
그에게는 그의 구두끈이 구두끈이 아니었다.

—「등촌동화(登村童話)」(『이 땅에 씌어지는 서정시』) 부분

---

15) 존재론적 역설은 종교적이거나 철학적인 것과 같이 형이상학적인 것을 표현하는 것이다. 따라서 존재론적 역설은 표층적 역설에 비해 난해한 의미 구조를 갖는다. 존재론적 역설은 형이상학적인 세계를 다루기 때문에 표층적 역설처럼 단편적인 의미 구조를 갖기보다 사상이나 상징체계와 연관을 맺는다. 흔히 종교적인 작품에서 존재론적 역설을 많이 사용한다. 형이상학적인 세계의 모순을 통해 시적 인식을 전달하는 것이 바로 존재론적 역설이다.

이 봄이 정말 봄이라고 하더라도
봄 같지는 않게

꽃이라고 하더라도 꽃 같지는 않게
신문 같은 신문 같지는 않게
한국 같은 한국 같지는 않게
시 같은 시 같지는 않게

정말 시라고 하더라도 시 같지는 않게

—「서울·1984·봄」(『가끔은 주목받는 생이고 싶다』) 부분

나는 지금 쇼핑 센터를 돌며
오징어 다리를 잔인하도록 유쾌하게 찢어
씹는다

—「시인(詩人) 구보씨(久甫氏)의 일일(一日) 3: 쇼핑 센터에서」
(『가끔은 주목받는 생이고 싶다』) 부분

구체적인 정황과 대상이 나타나는 경우에도 정황과 대상은 구체적 현실을 보여주는 것이 아니다. 이때 나타나는 정황과 대상은 표면적으로 드러난 것을 지향하지 않는다. 드러난 정황과 대상은 형이상학적 세계에 대한 상징이다. '제주도'는 구체적 지명으로서의 공간이 아니다. 그것은 섬이라는 원형이 주는 상징을 함의하고 있는 공간이다. 따라서 '제주도'는 구체적 공간을 특정하지 않고 우리가 지향해야 하는 포괄적 세계를 추구하는 장소가 된다.

「등촌동화(登村童話)」에 등장하는 '단추'와 '구두끈'이나 「서울·1984·봄」에 등장하는 '봄, 꽃, 신문, 한국, 시'의 경우에도, 그 대상들은 구

체적 것들이지만 표면적인 시어의 의미를 드러낸다기보다는 각각의 시어가 상징하고 있는 형이상학적인 의미를 드러낸다. 다만 「시인(詩人) 구보씨(久甫氏)의 일일(一日) 3: 쇼핑 센터에서」의 경우에는 현대의 물신사회의 풍경을 구체적으로 보여준다는 점에서 다른 작품의 역설과 차이점을 보인다. 그러나 오규원의 중기시를 관통하는 역설의 대체적인 형태가 형이상학적 세계를 지향한다는 점은 자명하다.

구조적 반어와 존재론적 역설을 드러내는 오규원의 반어와 역설은 당시로써는 익숙한 것이 아니었다. 일반적인 반어와 역설이 시의 오래된, 중요한 표현법임을 감안할 때 반어와 역설 자체를 특별한 표현법이라고 할 수는 없다. 그러나 오규원의 반어와 역설이 새로운 시적 감흥을 불러일으킨 것은 그것이 언어적 차원에서만 이루어진 것이 아니라 세계에 대한 전체적이고 포괄적인 성격을 지니고 있어서였다.

오규원은 현대에 대해 구체적이고 깊이 있는 인식을 통해 현대적 삶의 일상을 재현해냈다. 오규원이 재현한 현대적 세계는 단순히 비극으로 인식한 모호한 세계가 아니었다. 그가 발견한 것은 현대의 실제 삶의 모습인 일상이었고 도시적 삶의 구체적 재현이었다. 오규원의 반어와 역설이 의미를 갖는 것은 바로 이와 같은 현대의 구체성 속에서 반어와 역설의 세계를 드러냈다는 점 때문이다.

3) 패러디의 양상과 시쓰기 방식

오규원은 다양한 방식의 패러디[16]를 선보이고 있는데 그중에서 상품과 광고를 대상으로 삼은 경우가 많은 주목을 받았다.[17] "광고

메시지의 시니피에들을 선험적으로 형성하는 것은 제품의 어떤 속성이며, 이 시니피에들은 가능한 한 분명하게 전달되어야만 하는 것이다."[18] 이러한 상품과 광고를 통해 현대 문명사회의 속성을 연상하는 것은 그리 어려운 일이 아니다. 오규원은 상품과 광고의 구체적 사실을 모방함으로써 그것들이 지니고 있는 의미를 이용한다. "광고가 우리 시의 문맥에 본격적으로 등장하는 것은 오규원의 『가끔은 주목받는 생이고 싶다』(1987)에서부터이다".[19] 그에게 상품과

---

16) 패러디는 현대문학, 특히 서사문학에서 주목되는 원리로 부각되고 있으며, 이런 사정은 한국 현대시에서도 예외가 아니다. 뿐만 아니라 오늘날 탈중심주의 문학관을(문학을 배제하지 않는 대신 문학을 전체 문화의 일부로 접근한다는 의미에서) 표방한 문화비평, 특히 90년 전후 본격적으로 수용한 포스트모더니즘(최근에는 '탈근대주의'로 번역되는)의 핵심시학으로까지 격상된 중요한 비평개념이기도 하다(김준오, 『시론』, 삼지원, 1982(4판, 2008), 235쪽).

17) 일상적인 모든 대상을 '배반'함으로써 시적 대상으로 전환시키는 힘이 바로 그의 시쓰기 전략인 패러디가 출발하는 지점이다. 오규원의 패러디는 다음과 같이 구분할 수 있다. 첫 번째, 기존의 문학 텍스트를 재인용함으로써 이루어진다. 그는 원텍스트(패러디되는 기존의 텍스트)의 특징적인 시어·문체·형식·시적 정황 등을 차용하여 그대로 모방하거나 변주를 가한다. 두 번째, 과거 텍스트의 언어와 수사를 변용하거나, 떠도는 시니피앙을 끌어 모으면서, 현실이 얼마나 재현 불가능한 것인시를 확인하는 작업으로 한 단계 더 나아간다. 이 단계에서는 텍스트의 제반 정당성 즉, 원본성·독창성을 인정하지 않고 모든 게 이미 앞선 텍스트의 혼성 모방적 제 복제라는 사실을 보여준다. 텍스트의 정당성을 인정하면서 텍스트를 비판적으로 재해석했던 모더니즘적 패러디와 구별하는 의미에서, 이 같은 혼성 모방적 제 복제를 포스트모더니즘적 패러디라 할 수 있겠다. 관념화된 언어에 대한 비판적 재해석만 해도 대체로 단일 텍스트를 모방하거나 개작한다는 점에서 원본이나 독창성, 주체라는 텍스트의 정당성을 유지한다. 그러나 혼성 모방적 패러디에 이르면 언어로서의 문학이 더 이상 제 기능을 담당하지 못하고 인간 행위의 재현이 불가능하게 됨으로써 문학의 정통성과 텍스트의 정당성은 사라진다. 세 번째, 동시대적인 타 장르와의 관계이다. 앞서의 논의가 과거 텍스트와의 관계를 중심으로 한 패러디였다면 세 번째는 시와는 무관한 상품 광고, 텔레비전 광고 화면, 영화, 대중 잡지와 같이 기능화되고 수단화된 언어를 시에 반영하여 시의 언어를 무한 확대시키고 있다. 특히 상업적 선전 문구를 그대로 도입하는 오규원의 작업은 매우 모험적이고 선구적이다. 또한 대중의 감수성에 쉽게 접근할 수 있다는 점에서 대중적이기도 하다(정끝별, 「서늘한 패러디스트의 절망과 모색」, 『오규원 깊이 읽기』, 문학과지성사, 2002, 216~230쪽 요약 정리).

18) 롤랑 바르트, 김인식 편역, 『이미지와 글쓰기』, 세계사, 1993, 87쪽.

19) 이승하, 「시와 광고」, 『새로운 시론』, 동인, 2005, 195쪽.

광고는 곧 자본주의를 대표하는 대상이다. 그래서 그는 '빙그레 우유'와 같은 상품과 광고에 주목하고 카페의 메뉴와 같은 것들을 적극적으로 차용한다. 오규원은 광고와 상품을 직접 인용하는, "'인용적 묘사'라는 새로운 용어로 시의 세계는 물론 시 형식의 놀라운 실험을 시도했다".[20] 물론 즉물적 대상인 상품과 광고 등을 사용하여 현대 문명사회를 재현하는 그의 시 기법은 이제 더 이상 놀라운 것이 아니다.

오규원의 작품 중에서 패러디가 부각되는 작품은 상품과 광고에 대한 구체적 사실을 '모방'하는 것들이다. 패러디는 이제 기존의 문학 작품인 원전에 기대어 의미를 확대하는 것뿐만 아니라 대중문화와 상품 등을 적극적으로 끌어들임으로써 새로운 의미를 생산한다. 따라서 "패러디는 단순한 인용이나 인유보다 강력한 양 텍스트적(bitextual) 결정성을 지닌다".[21]

기존의 작품을 모방하여 나타나는 패러디와는 달리 상품들을 끌어들여 만들어진 패러디는 원전에 대한 전복적인 비판을 통해 의미를 드러내지 않는다. 상품은 그것 자체로 의미를 형성하지 않는다는 점에서 기존의 패러디와는 다른 모습을 보여줄 수밖에 없다. 상품은 원전으로서의 문학 작품과는 달리 즉물적 대상으로 존재할 뿐이다. 즉물적 대상인 상품은 문학 작품과 같은 의미화된 구조를 지니지 않는다. 상품을 차용한 오규원의 패러디는 단지 상품을 끌어들이기 때문에 상품은 단지 즉물적 대상으로 존재한다. 몰론 이때에도 상품은 고유한 의미를 확보하고 있는 것이기는 하지만 그것의 의미는 상품 자체가 원래부터 내포하고 있었던 의미가 아니라 시인에 의해 선택되고 구조화된 의미이다.

---

20) 김준오, 『도시시와 해체시』, 문학과비평사, 1992, 67쪽.

21) 린다 허치언, 김상구·윤여복 역, 『패러디 이론』, 문예출판사, 1992, 72쪽.

오규원의 시에 등장하는 상품이나 광고는 그 자체로 정보전달 이외의 기능을 수행하지 않는다. 오규원의 시에 등장하는 상품과 광고의 의미는 시인에 의해 선택되고, 작품 안에 의도적으로 사용되는데, 바로 이 순간 상품과 광고는 비로소 시인의 의도에 따라 의미를 갖게 되는 것이다. 이러한 상품과 광고를 이용한 오규원의 작품은 그것들이 모방한 세계인 현대에 대해 비판적 태도를 드러낸다. 따라서 상품과 광고는 오규원에게 자본주의의 속성을 드러내는 중요한 요소로 작용하게 된다. 오규원은 광고를 패러디함으로써 자본주의를 비극적으로 재현한다.

1. '양쪽 모서리를
   함께 눌러주세요'

   나는 극좌와 극우의
   양쪽 모서리를
   함께 누른다

2. 따르는 곳
   ⇩

극좌와 극우의 흰
고름이 쭈르르 쏟아진다

3. 빙그레!

—나는 지금 빙그레 우유

—200ml 패키지를 들고 있다
—빙그레 속으로 오월의 라일락이
—서툴게 떨어진다

4. ⇨

5. ⇨를 따라
한 모서리를 돌면

빙그레—가 없다

다른 세계이다

6. ⇧ 따르는 곳을 따르지 않고
거부한다

다른 모서리로 내 다리를
내가 놓은 오월의 음지를
내가 앉은 의자의
모형을 조금씩 더
옮긴다…… 이 지상(地上)
이 지상(地上) 오월의 라일락이
서툴게 떨어진다

—「빙그레 우유 200ml 패키지」(『가끔은 주목받는 생이고 싶다』) 전문

오규원의 패러디는 작품 전반에 걸쳐 나타나지만 개별 상품인

소재 자체가 패러디로서 기능한다. 「빙그레 우유 200ml 패키지」는 시 속에 드러나는 현실과 '빙그레'를 대비시킴으로써 하나의 상품명만으로 이미 패러디의 효과를 극대화시킨다. 이때 '빙그레'라는 상품은 위에서 언급한 바와 같이 그것 자체로는 의도된 의미를 확보하지 않은 것이다. 그러나 시인에 의해 선택적으로 사용되었을 때 그것은 특별한 의미를 지니게 된다. 오규원은 이처럼 상품과 광고의 특정 부분을 선택함으로써 자신의 의도를 극대화한다.

1. 어깨가 사관생도의 제복처럼 볼록한
흰 투피스를 입고, 가수 이은하가
흰 빵모자를 쓰고 오른손 검지를 빳빳하게 세우고
말한다—입맛이 궁금할 때 맛있는 게 무어냐
이은하의 눈과 귀는 웃고, 왼손에 쥔
뭉텅한 마이크의 오렌지색 대가리가 거(巨)하다

2. 십대 바이올리니스트와 첼리스트는
무조건 즐겁다
롯데 코코아파이—
(짜라잔잔잔)

3. 클로즈업된 코코아파이—거대한
코코아파이를 괴물의 두 손이 빠갠다
코코아 비스킷 속에 마시멜로가
제4빙하기같이 눈부시게 계곡을 덮고 있다

4. 이은하가 모가지를 삐딱하게 하고
고백한다—난 그 맛에 반했어
난 정말 반했어
코코아파이를 쥔 왼손은 내 쪽으로 내밀고
오렌지색 대가리만 자기 입 쪽으로 당긴다!

5. 동녀(童女) 셋 합창(合唱)
—이름만 들어봐도
침 넘어가요

6. 드디어 이은하가 마이크를 오른손으로
옮겨 잡고 왼손바닥을 쭉 펴고
마지막 순간을 향하여 눈을 치켜뜨고
입을 크게 벌리고 소리친다
—확실히 맛있는 걸 찾을 땐

7. 이은하 뒤에서 한 사내가 노래한다
—그럼요 그럼요

8. 클로즈업된 이은하의 눈꼬리가 동서로
치닫는다 불타는 입술 사이에 가지런한
흰 이빨이 남북으로 부닥친다
(이은하는 지금 롯데 코코아파이 C.F.
속에서 즐긴다)

롯데 코코아파이에 들어 있는—
희망 소비자
가격 100원

—「롯데 코코아파이 C.F.」(『가끔은 주목받는 생이고 싶다』) 전문

상품과 광고를 차용한 오규원의 패러디는 상품과 광고의 일차적인 정보 전달의 의미보다 이미지를 차용한다. 자본주의가 만들어낸 재화는 그것 자체가 자본주의를 극명하게 보여주는 것이므로 그것을 드러내는 것만으로도 자본주의의 비극성을 확보한다. 현대인들이 인식하는 현대 문명은 모든 풍요로움에도 불구하고 태생 자체가 이미 비극적인 것이다. 그렇기 때문에 현대 문명이 만들어낸 재화 역시 그것의 풍요로움과 편리함과는 별개로 비극적 인식을 내재한 것이 된다. 오규원은 재화 안에 이미 내재한 비극적 속성을 통해 패러디의 효과를 극대화하기도 한다.

—MENU—

샤를 보들레르 800원
칼 샌드버그 800원
프란츠 카프카 800원

이브 본느프와 1,000원
에리카 종 1,000원

가스통 바슐라르 1,200원
이하브 핫산 1,200원

제레미 리프킨　1,200원
위르겐 하버마스 1,200원

시를 공부하겠다는
미친 제자와 앉아
커피를 마신다
제일 값싼
프란츠 카프카

—「프란츠 카프카」(『가끔은 주목받는 생이고 싶다』) 전문

오규원의 패러디는 상품의 차용이나 광고의 재현뿐만 아니라 카페의 메뉴판을 활용하기도 한다. 오규원은 패러디의 대상이 된 메뉴판을 자의적으로 해석하여 변형한다. 「프란츠 카프카」의 "각 연에서 보여주고 있는 문학 생산자의 이름뿐만 아니라 그 가격의 차이는 시인의 주관적 판단(창작물과 이론의 차이, 시대적 순차, 시인이나 대중의 선호도, 별의 차이)에 의해 책정되고 있다. 그런 의미에서 이 시는 비문학장르를 혼성모방적으로 패러디하면서도, 원텍스트에 시인의 의도적 조작을 첨가하여 차용"[22]하고 있다. 비문학적 원전으로 재현되는 오규원의 패러디가 의미를 획득하게 되는 것은 다름 아닌 반어적 상황을 통해서이다. 메뉴판의 가치 뒤에 숨은 반어적 장치를 통해 시인은 패러디의 효과를 드러낸다.

오규원의 패러디 역시 일반적인 패러디의 속성과 마찬가지로 반어의 효과에 기대고 있다. 상품과 광고 등의 대상이 지니고 있는 의미는 오규원이 드러내려고 하는 지점의 반대편에 자리한다. 그

22) 정끝별, 『패러디 시학』, 문학세계사, 1997, 205쪽.

럼으로써 “패러디는 여타 텍스트들의 합법성에 의문을 제기하는 하나의 위협, 심지어 혼란을 야기시키는 어떤 힘으로 간주될 수 있다”.[23] 오규원이 패러디로 이용하는 원전 역시 진술되지 않고 단지 제시되는 것만으로 반어의 의미를 제시한다.

복합 비타민 레모나와 빵빠레 사이에
세종 콘택트 렌즈와 마운빌 상사 사이에
아모레와 조아모니카 사이에
쌍방울과 애니 사이에
자미온과 나드리 사이에

망가진

프로스펙스, 에스쁘리끄, 쟈스트, 유닉스, 비비안, 톰보이, 에스판, 챠밍, 논노, 코코, 뽕뽕, 라미, 와코루, 자이덴스키, 디제이치킨, 콩그라쎄 사이에

망가진 것들 예를 들면

지노베타딘, 리도, 아스피린, 드봉, 펠시, 뽀삐, ‘신의 아그네스’ ‘낮은 데로 임하소서’ ‘우리는 행동과 개성을 입는다, 점퍼’ 사이에

망가진다

—「서울·1964·봄」(『가끔은 주목받는 생이고 싶다』) 부분

---

23) 린다 허치언, 김상구·윤여복 역, 『패러디 이론』, 문예출판사, 1992, 123쪽.

나는 사주고 싶네 사랑하는 애인에게 라이너 마리아 릴케 같은 스판
텍스 브래지어, 사주고 싶네 아폴로리네르 같은 팬티스타킹, 아 소포로
한 빔 보내고 싶네 에밀리 디킨슨의 하얀 목덜미 같은 생리대 뉴후리덤

(…중략…)

나는 사랑하는 애인에게 사주고 싶네 하이네 같은 쌍방울표 메리야
스, 워즈워스 같은 일곱 색 간지러운 삼각 팬티, 아 나는 등기 소포로
보내고 싶네 바스카 포파의 「작은 상자」에 든 월계관표 콘돔

—「시인(詩人) 구보씨(久甫氏)의 일일(一日) 3: 쇼핑 센터에서」
(『가끔은 주목받는 생이고 싶다』) 부분

오규원은 상품의 이름을 적극적으로 시 안에 끌어들인다. 상품의 이름은 단순한 소재가 아니라 주제를 구조화하는 구성체가 된다. 오규원의 시에 등장하는 상품의 이름이 패러디의 역할을 효과적으로 수행하는 이유는, 그것이 상품의 단편적인 의미만을 드러내지 않고 상품이 환기하는 이미지 전반을 차용하기 때문이다. 특히 각각의 상품명이 한데 어우러져 집단을 이룰 때에는 단순한 상품명의 나열이 아니라 시인이 의도적으로 구조화한 의미가 된다. 오규원의 시에 나타나는 상품은 주체적으로 시 전반을 이끈다. 상품 자체가 원전이 되어 의미를 형성하고, 시인은 그것을 이용하여 반전의 시적 언술을 드러낸다. 오규원의 시에 등장하는 상품은 단순한 대상으로 나타나는 것이 아니라 그것의 사회적 의미와 밀접한 관련을 맺고 있다.

사각바 열 개를 구(求)하기 위해 나는 한 신전(神殿)에서 이마에 땀을
흘리며 웅혈의 아이스박스를 뒤졌다. 다신(多神)은 불편해라 서로 굽힌

허리가 걸린다

젊은 주부 하나 사랑의 비비콜 한 상자를 갈구했다. 제단에서 비비콜 한 상자를 끌어내려 사제(司祭)는 먼지를 탁탁 털었다. 오, 높은 곳의 사랑은 끝이 없고 낮은 곳의 계곡은 깊고 무서워라

한 사내가 바라밀다(波羅密多)의 아리랑 한 곽을 구(求)했다

한 사내가 금강(金剛)의 소주 두 병을 구(求)했다

한 여자가 개신(改新)의 맥주 다섯 병을 구(求)해갔다

늙은 영감은 오지 않았다

신도가 오지 않는 잠깐 동안 신전에서 초여름이 시꺼먼 발가락을 내밀고 무좀을 긁었다

세 살짜리 계집애가 배금(拜金)의 초콜릿 하나를 돈 없이 집었다 사제(司祭)는 엄마를 데리고 오라고 고함을 질렀다.

한 손에 초콜릿을 쥔 채 계집애는 가지 않고 으앙으앙 울었다

엄마는 산 너머 사냥을 가고 없었다

초여름 바람이 사냥꾼의 땀냄새를 갈고리로 긁어 계집애의 얼굴에 척척 붙었다 축복(祝福)이여 축복(祝福)이여

―「사냥꾼의 딸: 14시 10분~14시 30분 사이」(『가끔은 주목받는 생이고 싶다』) 전문

현대 문명사회에서 성스러운 모든 것들은 사라졌다. 현대의 성스러운 것들은 '사각바, 비비콜, 아리랑 담배, 소주, 맥주, 초콜릿'과 같은 물화된 것이다. 우리가 '구(求)'하는 것은 욕망으로서의 상품이지 성스러운 영혼의 세계가 아니다. 시인이 인식하는 현대는 모든 종교적인 것마저 물화된 세계이다. 그래서 '사각바'를 구하기 위해 "신전에서 이마에 땀을 흘리며 응혈의 아이스박스를" 뒤지며 상품들은 각각 '바라밀다(波羅密多), 금강(金剛), 개신(改新), 배금(拜

金)'의 모습을 지닌다. 상품과 광고의 물화된 세계는 '사제(司祭)'마저도 돈 없이 상품을 집은 계집애에게 소리를 지른다. 시인의 눈에 비친 현대는 이처럼 모든 것이 물화된 욕망으로 대체된 세계이다. 여기에서 하나 남은 긍정의 세계가 있다. 그것은 바로 '엄마'로 대변되는 세계이다. 그러나 물화된 세계의 유일한 탈출구이자 해방구인 엄마의 세계는 이곳에 없다. 계집애 역시 엄마의 세계가 부재함을 알고 있다. 그래서 엄마에게 가지 않고 단지 "으앙으앙 울" 뿐이다. 엄마의 세계라는 실체는 어딘가에 존재할 테지만 그것은 이곳에 있지 않다. 부재의 세계인 엄마는 산 너머로 사냥을 가고 없는 존재이기 때문이다. 바로 이와 같은 엄마의 부재를 경험하는 것이 현대 문명사회의 모습이고 현대인의 삶이다. 엄마가 부재한 세계 속에서 현대인들은 "초여름 바람이 사냥꾼의 땀냄새를 갈고리로 긁어 계집애의 얼굴에 척척 붙"여 놓는 것과 같은 참담함을 경험한다. 그리고 오규원은 그와 같은 세계에 대해 '축복(祝福)'이라고 말함으로써 현대의 비극성을 고조시킨다.

모든 종교적인 숭고함은 상품으로 대체되며 그러한 상품과 광고는 곧 우리의 삶이 된다. 현대인은 상품과 광고를 통해 욕망을 갈구하고 채운다. 욕망에의 욕구와 소비는 우리 삶을 지배하는 절대적인 요소이다. 오규원은 상품과 광고에 대해 다음과 같이 말한다.

> 단조로운 것은 생(生)의 노래를 잠들게 한다.
> 머무르는 것은 생(生)의 언어를 침묵하게 한다.
> 인생(人生)이란 그저 살아가는 짧은 무엇이 아닌 것.
> 문득—스쳐 지나가는 눈길에도 기쁨이 넘쳐나니
> 가끔은 주목받는 생(生)이고 싶다—CHEVALIER
>
> —「가끔은 주목받는 생(生)이고 싶다」(『가끔은 주목받는 생이고 싶다』) 부분

오규원은 단조로운 것과 머무르는 것을 각각 '생(生)의 언어'와 '노래'를 잠들게 하고 침묵하게 하는 것이라고 함으로써 즉물적이고 감각적인 것들의 화려함을 반어적으로 강조한다. 오규원은 바로 이와 같은, 즉물적이고 감각적인 것들로 넘쳐나는 것이 인생이라고 말한다. 그러나 이러한 모든 물질적 풍요와 안락함 속에서 느끼는 시인의 바람은 "가끔은 주목받는 생(生)이고 싶"은 것이다. 오규원은 반어적 정황 속에 놓인 시적 화자의 심리에 대해 가끔은 주목받고 싶다고 말함으로써, 모든 풍요 속에서도 주체적인 삶을 살아갈 수 없는 현대인의 비극적 속성을 극명하게 드러낸다. 시 전반을 관통하고 있는 반어의 어법을 그대로 따르자면 '주목받은 생(生)'이라는 표현이어야 하지만 오규원은 다른 부분의 반어적 인식과는 달리 '가끔은'이라는 전제와 '~이고 싶다'라는 소망을 통해 시 전체가 반어로 이루어질 때의 상투적인 패턴을 극복한다. 오히려 '가끔은'과 '~이고 싶다'라는 표현은 시인의 의도를 선명하게 해주는 것은 물론이고 극적인 요소까지 만들어낸다.

|제4장| '날이미지시'의 전개와 대상 재현의 시

1. 시적 표현 양상의 변모

오규원의 여섯 번째 시집인 『사랑의 감옥』은 후기시로의 이행이 감지되는 시집이다. 현대 문명사회의 이미지와 즉물적 인식이 남아 있다는 면에서 중기시의 특성이 남아 있기는 하지만, 『사랑의 감옥』은 이후에 출간된 『길, 골목, 호텔 그리고 강물 소리』에서 선명하게 드러난 시적 변모가 시작되었다는 점에서 후기시의 범주에 들어간다. 『사랑의 감옥』의 후반부에 등장하는 자연은 중기시의 특질과 다른 성향을 드러낸다. 『사랑의 감옥』은 환유적 인식과 함께 '날이미지'와 자연에 대한 관심을 드러냈다는 점에서 『길, 골목, 호텔 그리고 강물 소리』와 친화력을 보인다. 『사랑의 감옥』 이전까지 드러난 중기시의 특성은 도시적 속성을 강하게 반영하는 것이었다. 어조 역시 반어와 역설, 그리고 패러디를 통해 경쾌한 느낌을 불러일으켰다. 반면 『사랑의 감옥』이후의 세계는 중기시의 모습이 일부 나타나는 경우도 있지만, 자연물에 대한 관심을 집중적으로 드러내고 있다는 점과 환유적 인식을 본격화했다는 점에서 차이점을 보인다. 이와 같은 후기시의 특징은 '날이미지시론'을 통해 구체화되어 투명성과 현상적 인식의 세계를 드러내게 된다.

후기시로 접어들면서 오규원은 사람과 삶에 주목한다. 그는 이 시기를 통해 문명사회 속에 살고 있는 사람들의 모습과 삶에 깊은 관심을 기울인다. 후기시로 접어들기 시작한 『사랑의 감옥』에서 시인은 여전히 현대문명에 관심을 기울이고 있지만 인간의 삶에 대한 태도는 이전 시집과 차별성을 보인다. 오규원은 비극적 삶의 근거인 현대문명을 적극적으로 부정하지 않는다. 물론 오규원에게 문명사회가 극복의 대상임에는 변함이 없다. 현대문명에 대해 이전에 비해 적극적으로 부정하지 않는 것은 현대문명에 대한 비판의식이 약화되어서가 아니라 인간에 대한 애정이 확대되었기 때문이다. 문명에 대한 판단 이전에 인간과 삶에 더 큰 애정을 보이고 있는 것이 『사랑의 감옥』이 지니고 있는 개성이다. 이 점은 후기시로의 이행을 이해하는 데 단초를 제공한다.

1

사막은 경(經)이다
보기조차 힘겹다
인간이면 마땅히
여기까지 와야 한다
한다는 듯
사진 속에서조차
왔느냐

반기지도 않는다
이천 년을 밟고
발 밑의 이천 년
누란(樓蘭)을 밟고
낙타가 간다
눈 하나 까딱하지 않는다
생불(生佛)이다

2

왔던 사람 둘
살은 버리고 뼈로만 누워
웃고 있다 사사(沙沙)로 웃다가
몸을 비틀었는지 뼈들이
보로 누워 있다 모로
누웠지만 뼈가 날개 같다
서쪽에서 떨어져나온 팔뼈가
동쪽의 엉덩이를
만지고 있다
뼈 하나가 누란(陽關)이다

—「누란」(『사랑의 감옥』) 전문

「누란」을 통해 드러난 인식은 우리 삶의 근거인 현실을 통해 인간의 삶이 존재할 수 있다는 것이다. 「누란」에서 사막을 '경(經)'이라 말하며 시인은 "인간이면 마땅히/여기까지 와야 한다"고 이야기한다. 오규원은 현대를 비극적으로 인식하고는 있지만 부정하지 않는다. 그곳이 인간이 살아야 하는 곳이라면 그는 굳이 그곳을 거부하지 않는다. 오규원은 그것이 바로 삶이라고 이야기한다. 그렇다고 오규원이 사막으로 대변되는 문명의 공간을 긍정하는 것은 물론 아니다. 오규원 역시 이천 년 전의 죽음을 밟고 지나가는 낙타를 보고 '생불(生佛)'이라 말한다. 이 시에서 오규원은 현대의 삶을 비극으로 보고 있다. 하지만 비극 자체를 부정하지 않는 그의 태도는 삶에 대한 무관심이 아니다. 긍정적인 것이든 부정적인 것이든 삶이 놓인 공간을 근본적으로 부정할 수 없음을 감안한다면 이와 같은 오규원의 태도는 당연하다. 이것은 부정적 삶을 전복하고자 하는 의지가 없는 것이 아니다. 오히려 인간의 삶에 대한 애정으로부터 비롯된 태도이다. 오규원의 세계 인식은 현대적 삶의 근거가 되는 비극을 넘어설 수 없다는 데 있다. 현대의 비극적 삶의 근거를 넘어설 수 없기에 시인이 인지하는 삶의 본질 역시 비극이다. 오규원이 기본적으로 인식하고 있는 삶은 자포자기하는 비극적 삶이 아니라 묵묵히 견뎌야 하는 삶이다. 묵묵히 견디는 모습을 드러냄으로써 오규원은 독자들에게 비극적 삶에 대한 극복 의지를 추인한다. 오규원은 비극적 삶을 담담히 드러냄으로써 오히려 우리 존재의 비극을 현실감 있게 나타낸다. 다음 두 편의 시에는 비극적 근거 위에 놓인 삶의 비애가 전개된다.

타조 한 떼가 앞만 보고 무섭게 눈을 굴리며 뛰고 있네

신기루가 서 있네 태양도 서너 개가 한꺼번에 떠 있네
서쪽 신기루 숲의 마른 물냄새를 잡아채며

뜨거운 모래 사막에 푹 푹 빠지는 발을 번갈아 빼내며

휘청거리며

마땅히 앞은 길이요 희망이요 구원이니
앞의 새와 바람과 낙타가 너희를
즐거이 더욱 먼 사막으로 보내리니

타클라마칸 서울------------------------

—「사막 2」(『사랑의 감옥』) 전문

아프리카 탕가니아 호(湖)에 산다는
폐어(肺魚)는 학명이 프로톱테루스 에티오피쿠스
그들은 폐를 몸에 지니고도
3억만 년 동안 양서류로 진화하지 않고
살고 있다 네 발 대신
가느다란 지느러미를 질질 끌며
물이 있으면 아가미로 숨쉬고
물이 마르면 폐로 숨을 쉬며
고생대(古生代) 말기부터 오늘까지 살아
어느 날 우리나라의 수족관에
그 모습을 불쑥 드러냈다
뻘 속에서 4년쯤 너끈히 살아 견딘다는
프로톱테쿠스 에티오피쿠스여 뻘 속에서
수십 년 견디는 우리는
그렇다면 30억만 년쯤 진화하지 않겠구나
깨끗하게 썩지도 못하겠구나

—「물증(物證)」(『사랑의 감옥』) 전문

오규원은 「사막 2」에서 묵묵히 견디는 것이 우리의 삶이라고 말한다. 타클라마칸 사막인, 서울이라는 공간으로 향하는 우리의 삶에 대해 오규원은 반어의 어법으로 말한다. 삶의 근거인 사막과, 그 위의 길에 놓인 삶을 통해 오규원은 비극적 삶의 속성에 대해 이야기한다. 사막을 넘어서는 모습이 아닌, 사막에 들어서는 장면을 통해 돌이킬 수 없는 삶의 비극을 이야기한다. 오규원은 다만 사막을 향해 나아간다고만 말한다. 그는 사막에 대한 어떠한 판단도 내리지 않는다. 그리고 사막에 들어선 이들의 삶에 대해서도 해석적 판단을 내리지 않는다. 물론 해석적 판단을 유보했다고 해서 시적 의미가 전적으로 중립성을 획득하고 있는 것은 아니다. 이미 '사막'이라는 시어가 비극적 현대의 삶을 나타내기 때문이다. 오규원의 시어가 객관적 시선을 견지한다고 해서 전적으로 의미의 중립성을 확보하고 있는 것은 당연히 아니다. 오규원이 객관적 거리를 유지하고자 하는 의지와는 별개로 그의 시 역시 언어에 의지하고 있기 때문에 이미 그것은 하나의 관념적 의미를 내재하고 있는 것이기 때문이다.

「물증(物證)」 역시 부정적 현실을 전복하고자 하는 의지를 드러내는 것이 아니라 현대의 비극에 갇힌 우리 삶의 속성을 드러낼 뿐이다. "아프리카 탕가니아 호(湖)"를 떠난 '폐어(肺魚)'는 근원적 삶의 본질을 잃어버린 인간이다. 우리의 모습인 '폐어(肺魚)'는 머나먼 우리나라의 수족관에 갇혀 삶의 끈을 힘겹게 이어가고 있다. 그것의 생명력은 길고 끈질긴 것이지만 현대의 공간에서 그 삶은 더 이상 긍정의 대상이 될 수 없다. 사막에서도 삶을 영위할 수 있을 만큼 질긴 생명력을 지니고 있는 것이 인간이지만, 인간의 삶은 결국 수족관에 갇힌 '폐어(肺魚)'와 같이 "깨끗하게 썩지도 못하"는 비극에 직면한다.

오규원의 시는 『길, 골목, 호텔 그리고 강물소리』 이후에 더욱 변화된 모습을 보여준다. 초기시에서 보여주었던 자연에 대한 인식의 변화가 그것이다. 오규원의 초기시에는 비극적 삶의 주체로서 기능하는 자연이 등장한다. 오규원이 인식하고 있는 시 세계는 현대성과 밀접한 연관이 있으며 그것은 부정적 인식을 동반한다. 따라서 그의 시에 등장하는 자연 역시 비극적 세계 속에서 상처받는 존재이다. 오규원의 시는 현대문명에 대해 비극적 인식을 하고 있다. 그렇기 때문에 현대의 대척점에 존재하고 있는 자연이 등장한 것은 자연스러운 일이다. 이때 나타나는 자연은 약자로서 기능한다. 약자인 자연은 패배자로서의 비극적 존재이다. 오규원의 초기시가 보여주는 자연 역시 비극적 세계를 경험하는 존재이다. 오규원의 이러한 세계 인식은 자연스럽게 현대문명에 대한 관심으로 이동한다. 오규원은 중기시에서 비극적 현대문명에 대한 부정적 태도를 드러냈다. 현대에 대한 부정적 태도는 도시로부터 비롯된 것이다. 그런 점에서 중기시에서 자연물의 이미지가 약화된 것은 당연한 일이다.

후기시에 이르러 오규원은 자연에 대한 관심을 심화시킨다. 초기시에서 보여주었던 자연에 대한 관심이나, 중기시에서 현대 도시문명을 비판한 점을 감안할 때 후기시에 이르러 자연에 대한 인식을 심화한 것은 그다지 새로운 일이 아니다. 시 속에서 구체적 시·공간을 통해 드러나는 현대는 비극성을 내포하고 있으며 인간의 삶과 배치된 속성을 지니고 있다. 또한 현대는 개별화된 대상을 통해 욕망을 생산하는 즉물적 세계관을 지니고 있다. 따라서 현대에 대한 오규원의 시적 발언은 비극적 세계에 대해 구체성을 확보하게 된다. 그렇기 때문에 중기시의 현대 문명사회에 대한 발언은 그 표현 방법에 있어서 초기시와 변별점을 지닐 수밖에 없다. 비극적 인식의 측면에서는 초기시와 중기시의 속성이 같은 것이지만 구상화된 관념의 세계와 현대의 구체적인 시적 정황은 형식적으로 다른 속성을 지닐 수밖에 없었다.

후기시에 이르러 오규원의 시는 자연에 대한 발언으로 회귀한다. 그런데 후기시에 등장하는 자연은 초기시와 다른 특성을 지니고 있다. 후기시에 이르러 오규원은 대상 자체에 더욱 집중하는 시적 경향을 보여주는데, 이것은 형이상학적 삶의 인식을 드러내기 위해 자연이라는 본질적인 대상을 이용하고 있기 때문이다.[1] 구상

---

1) 이광호는 오규원의 '자연'에 대해, "흔히 선생님을 모더니즘과 도시적 상상력의 시인으로 이해하는 시각도 있습니다만, 소재로서의 모더니티를 문제 삼는 것은 편협한 태도라는 생각이 드는군요. 다른 방식으로 말하면 선생님이야말로 '자연'의 문제에 대해 치열하게 사유한 시인으로 평가될 수 있다는 생각도 듭니다. 특히 1970~80년대에 비해서 최근에 와서 자연 속의 사물을 관념이 아닌 존재로 읽어내려는 작업이 두드러집니다. 그런 맥락에서 최근의 시 작업들은 어떤 의미에서의 접근도 가능할 것 같은데요"라고 말하며 "선생님에게 '자연' 혹은 '고향'은 어떤 의미를 갖고 있습니까?"라는 질문을 던진다. 이에 대해 오규원은 다음과 같이 말한다. "저에게 '고향'은 두 개의 얼굴을 하고 있습니다. 하나는 어머니의 얼굴을 한 고향이고 다른 하나는 아버지의 얼굴을 한 고향입니다. 짐작할 수 있겠지만 어머니의 얼굴을 한 고향은 언제나 평화와 안식이 준비되어 있는 곳입니다. 마치 어머니의 자궁과 같은 존재이지요. 그래서 언제나 그 속으로 가서 잠들고 싶고 꿈꾸고 싶은 곳이기도 합니다. 그렇지만 아버지의 얼굴을 한 고향은 그와는 정반대입니다. 평화와 안식이란 자궁 속의 전설일 뿐 자궁 밖의 현실은 그와 반대라는 사실을 강조라도 하듯, 아버지의 얼굴을 한 고향이 어머니의 얼굴을 한 다른 모습의 고향 곁에 함께 존재해 있는 것입니다. 아버지가 불화와 궁핍의 근원이었으므로 아버지의 얼굴을 한 고향도 그러한 존재일 수밖에 없습니다. 저는 그러한 허상뿐인 아버지와 아버지적 언어를 벗어난, 그리고 자궁 속의 언어를 벗어난 이 현실 위에서 나의 자궁, 나의 자연을 찾고 있었다고 보아집니다.

즉, 아무리 평화와 안식이 있는 자궁이라고 하더라도 자궁 속의 꿈꾸기란 눈 감은 꿈꾸기이며 언어 없는 꿈꾸기입니다. 그리고 자유가 유보된 신화적인 평화의 공간입니다. 그러므로 어머니의 얼굴을 한 고향을 '평화와 안식'으로 미화된 공허한 존재로 방치하는 것은 옳다고 할 수 없지요. 그렇기보다는, 오히려, 고향이란 자궁을 지닌 어머니의 몸과 같아서, 자궁 안의 '자연의 언어'와 자궁 밖의 '인간의 언어'를 품고 있는 시간적 공간이라고 보아야겠지요.

저에게 '자연'은 고향과 유사한 의미의 존재입니다. 그러니까 어머니의 자연의 자궁이며, 자연은 우주의 자궁이다—이렇게 생각하고 있지요. 그리고 자연의 언어와 인간의 언어 그 경계에 제가 서 있다—이렇게 생각하고 있기도 하지요(이광호, 「언어 탐구의 궤적」, 『오규원 깊이 읽기』, 문학과지성사, 2002, 21~23쪽 요약 정리).

화를 이루기 위해 노력하고 있는 초기시의 경우, 형이상학적 세계 인식이 드러나기는 하지만 근본적으로는 관념적 추상의 세계를 완벽하게 극복하지는 못했다. 초기시는 관념적 모호함의 속성을 완전히 탈피하지는 못했다. 후기시에 이르러 오규원의 시는 관념을 극복하고 대상에 집중하는 특성을 드러낸다.

오규원의 후기시가 드러내는 자연은 시·공간의 측면에서 초기시의 자연과 또 다른 속성을 보여준다. 초기시의 자연이 모호한 시·공간을 배경으로 하여 모호한 의미를 드러냈다면, 후기시의 자연은 자연이라는 대상 자체에 몰입하기 때문에 초기시에 비해 구체성을 확보하게 된다. 또한 후기시의 자연은 비극적 주체나 대상으로서의 자연이 아니라 형이상학적 삶의 존재로서 시인이 지향하고자 하는 바를 드러내는 대상이다. 후기시는 관념화된 의미를 제거한, 구체적 대상으로서의 자연에 집중한다. 이때 자연은 대상의 본질을 적극적으로 나타내고자하기 때문에 투명성을 지향하게 된다.[2] 그것은 중기시에서 보여주고 있는 구체성의 영향도 없지는 않지만 중기시의 속성과 연계된 특성은 아니다. 후기시에서 시적 대상의 투명성이 강조되는 것은 '날이미지시론'과 관련이 있다. 대상의 본질과 현상 자체에 집중한 시인의 의도가 '날이미지시'를 확립한 시기와 맞물린다는 점에서 '날이미지시론'과 연결되는 것이다. 이때부터 오규원은 자신의 시론인 '날이미지시론'을 통해 시적 모색을 하게 되는데 자신의 시를 통해 직접 '날이미지시'의 시적 지향점을 밝히고 있기도 하다.

---

2) 아도르노는 "어떤 경치를 보고 〈참 아름답다〉고 말하게 되면 자연의 말없는 언어가 손상되며 이로써 자연미도 줄어든다. 현상으로 나타나는 자연은 침묵하기를 원한다"고 밝히고 있다. 오규원이 후기시에서 보여준 투명성으로서의 자연 역시 현상으로 나타나는 것이라고 볼 수 있다(테오도르 W. 아도르노, 홍승용 역, 『미학이론』, 문학과지성사, 1984, 117쪽 참조).

1) '날이미지'와 시적 발화

내 앞에 안락의자가 있다 나는 이 안락의자의 시를 쓰고 있다 네 개의 다리 위에 두 개의 팔걸이와 하나의 등받이 사이에 한 사람의 몸이 안락할 공간이 있다. 그 공간은 작지만 아늑하다……아니다 나는 인간적인 편견에서 벗어나 다시 쓴다 네 개의 다리 위에 두 개의 팔걸이와 하나의 등받이 사이에 새끼 돼지 두 마리가 배를 깔고 누울 아니 까마귀 두 쌍이 울타리를 치고 능히 살림을 차릴 공간이 있다 팔걸이와 등받이는 바람을 막아주리라 아늑한 이 작은 우주에도…… 나는 아니다 아니다라며 낭만적인 관점을 버린다 안락의자 하나가 형광등 불빛에 폭 싸여 있다. 시각을 바꾸자 안락의자가 형광등 불빛을 가득 안고 있다. 너무 많이 안고 있어 팔걸이로 등받이로 기어오르다가 다리를 타고 내리는 놈들도 있다…… 안 되겠다 좀더 현상에 충실하자 두 개의 팔걸이와 하나의 등받이가 팽팽하게 잡아당긴 정방형의 천 밑에 숨어 있는 스프링들 어깨가 굳어 있다 얹혀야 할 무게 대신 무게가 없는 저 무량한 형광의 빛을 어깨에 얹고 균형을 바투고 있다 스프링에게는 무게가 필요하다 저 무게 없는 형광에 눌려 녹슬어가는 쇠 속의 힘줄들 팔걸이와 등받이가 긴장하고 네 개의 다리가…… 오 이것은 수천 년이나 계속되는 관념적인 세계 읽기이다 관점을 다시 바꾸자 내 앞에 안락의자가 있다 형광의 빛은 하나의 등받이와 두 개의 팔걸이와 네 개의 다리를 밝히고 있다 아니다 형광의 빛이 하나의 등받이와 두 개의 팔걸이와 네 개의 다리를 가진 안락의자와 부딪치고 있다 서로 부딪친 후면에는 어두운 세계가 있다 저 어두운 세계의 경계는 침범하는 빛에 완강하다 아니다 빛과 어둠은 경계에서 비로소 단단한 세계를 이룬다 오 그러나 그래도 내가 앉으면 안락의자는 안락하리라 하나의 등받이와 두 개의 팔걸이와 네 개의 목제 다리의 나무에는 아직도 대지가 날라다준 물이 남아서 흐르고 그 속에 모래알 구르는 소리 간간이 섞여 내 혈관 속에까지……
이건 어느새 낡은 의고주의적 편견이다 나는 결코 의고주의자는 아니다
나는 지금 안락의자의 시를 쓰고 있다 안락의자는 방의 평면이 주는 균
형 위에 중심을 놓고 있다 중심은 하나의 등받이와 두 개의 팔걸이와
네 개의 다리를 이어주는 이음새에 형태를 흘려보내며 형광의 빛을 밖
으로 내보낸다 빛을 내보내는 곳에서 존재는 빛나는 형태를 이루며 형
광의 빛 속에 섞인 시간과 방 밑의 시멘트와 철근과 철근 밑의 다른 시
멘트의 수직과 수평의 시간 속에서…… 아니 나는 지금 시를 쓰고 있지
않다 안락의자의 시를 보고 있다

—「안락의자와 시」(『길, 골목, 호텔, 그리고 강물소리』) 전문

오규원의 시적 지향점은 「안락의자와 시」에서 말하고 있는 것처럼 "인간적인 편견에서 벗어나 다시" 쓰기 위해서이며 "좀 더 현상에 충실하"기 위해서이다. 오규원의 '날이미지시론'은 시적 대상이 가지고 있는 관습적 인식으로부터 벗어나기 위한 노력이다. 그런 점에서 오규원은 시어의 관습적 인식으로부터 벗어나기 위해 언어를 구사하고자 한다. 오규원은 관습적 인식이 굳어진 관념을 극복하여 인간 중심의 사유로부터 벗어나고자 한다. 오규원은 '날이미지시론'을 통해 관념화되지 않은 사물 본연의 모습을 발견하고자 노력한다. 물론 '날이미지시'가 지향하는, 관념을 제거한 시어는 이미 그것에 이름이 부여되었다는 점에서 관념으로부터 완벽하게 자유로울 수는 없다. 왜냐하면 사물에 이름이 부여되고 그것을 호명하는 것은 이미 관념적 의미를 수반하는 행위이기 때문이다. 그런 점에서 관념을 제거하고자 한 오규원의 노력은 처음부터 이루어질 수 없는 것일지도 모른다. 그러나 언어를 배제한 상태에서 의미를 전달할 수 없음을 감안한다면 이러한 오규원의 노력은 관습적 인

식과 관념을 벗어나고자 했다는 측면에서 가치 있는 작업이다. 설령 언어가 관습적 인식과 관념으로부터 완전히 벗어날 수 없다고 하더라도, 인식과 관념을 적극적으로 제거하려고 했다는 점에서 오규원의 노력은 유의미한 것이다.

오규원은 「안락의자와 시」에서도 관습적 인식과 관념을 제거하려는 의지를 적극적으로 표명하고 있다. 「안락의자와 시」에서 시인은 끊임없이 관념을 제거하고, 대상에 몰입하고자 하는 의지를 드러낸다. 시인은 "아니다" 등의 부정을 통해 앞서 언급한 대상의 의미를 부정하고 의미의 새로운 지점을 모색한다. 시의 전반부에 "내 앞에 안락의자가 있다 나는 이 안락의자의 시를 쓰고 있다 네 개의 다리 위에 두 개의 팔걸이와 하나의 등받이 사이에 한 사람의 몸이 안락할 공간이 있다. 그 공간은 작지만 아늑하다……아니다 나는 인간적인 편견에서 벗어나 다시 쓴다 네 개의 다리 위에 두 개의 팔걸이와 하나의 등받이 사이에 새끼 돼지 두 마리가 배를 깔고 누울 아니 까마귀 두 쌍이 울타리를 치고 능히 살림을 차릴 공간이 있다 팔걸이와 등받이는 바람을 막아주리라 아늑한 이 작은 우주에도……"라고 말하고 있는 시인은 "아니다 나는 인간적인 편견에서 벗어나 다시 쓴다"는 부정을 통해 관습적 인식과 기존의 관념을 탈색시킨다. 그러나 언어로 이루어진 관습적 인식과 관념은 기존에 내재된 의미를 끊임없이 드러낸다. 의미를 탈색시키기 위한 오규원의 노력은 시의 마지막 부분에 이르러 "나는 지금 안락의자의 시를 쓰고 있다 안락의자는 방의 평면이 주는 균형 위에 중심을 놓고 있다 중심은 하나의 등받이와 두 개의 팔걸이와 네 개의 다리를 이어주는 이음새에 형태를 흘려보내며 형광의 빛을 밖으로 내보낸다 빛을 내보내는 곳에서 존재는 빛나는 형태를 이루며 형광의 빛 속에 섞인 시간과 방 밑의 시멘트와 철근과 철근 밑의 다른 시멘트의 수직과 수평의 시간 속에서……"라고 말하게 된다. 그러나 이때에도 관습적 인식과 관념을 완전히 제거하지는 못한다. 관습적 인식과 관념을 벗어나지 못한 것은 시가 언어라는 구조물로 이루어졌다는 근본적인 한계에서 비롯된 것이지만 그것이 아니더라도 관습적 인식과 관념이라는 특성은 드러날 수밖에 없다. 특히 "시간"을 말하는 부분에서 시간은 "수직과 수평의 시간"이며, "수직과 수평의 시간은" "시멘트와 철근과 철근 밑의 다른 시멘트의 수직과 수평의 시간"이다. 이때 등장하는 시어들은 시간에 대한 의미를 이미 지니고 있는 것들이다. 시인은 언어를 통해 말한다는 것이 의미를 표출하는 것임을 깨닫고 앞서의 모든 것들을 부정한다. 그렇기 때문에 오규원은 시의 마지막 문장을 통해 "나는 지금 시를 쓰고 있지 않다"라고 말한다. 그는 시를 쓰는, 언어를 다루는 행위가 이미 관념을 내재한 행위임을 드러낸다. 그래서 시인은 "안락의자의 시를 보고 있다"며 대상과 시선만을 남겨둔다. 결국 시인은 시를 쓴다는, 의미를 드러내는 행위를 하고 있는 것이 아니라 대상으로서의 "안락의자의 시를 보고"자 한다. 보고자 하는 행위는 '날이미지'의 한계를 인식하고 그것을 벗어나고자 하는 시인의 노력이다.

나는 해변의 모래밭에 지금 있다
바다는 하나이고 모래는 헤아릴 길 없다
모래가 사랑이라면 아니 절망이라면 꿈이라면
모래는 또한 죽음, 공포, 허위, 모순, 자유이고
모래는 또한 반동, 혁명, 폭력, 사기, 공갈이다

수사적으로, 비유적으로, 존재적으로,
모래(사물)와 사랑, 절망(관념)……은

동격이다 우리는 이를
원관념=보조관념의 등식으로 표시한다
그래서 모래는 끝없이 다른 무엇이다
오, 그래서 모래는 끝없이, 빌어먹을

(…중략…)

나는 해변의 모래밭에 지금 있다
모래는 하나이고 관념은 너무 많다
모래는 너무 작고
모래는 너무 많다 아니다
관념은 너무 작고
모래는 너무 크다

역사적으로, 문화적으로, 존재적으로,
모래(사물)는 사랑, 절망……에
복무한다 우리는 이것을 인본주의라는
말로 표현한다 오, 빌어먹을 시인들이여
그래서 모래는 대체 관념이다 끝없이
모래가 아닌 다른 그 무엇을 반짝이고

—「나와 모래」(『길, 골목, 호텔, 그리고 강물소리』) 부분

'날이미지'를 통해 시 세계를 드러내려고 했던 오규원의 후기시는 환유[3]적 사고를 드러냈던 시기이다. 오규원의 시가 은유적 사

---

3) 수직적 차원의 은유가 계열적 선택과 유사성에 기대는 반면, 수평적 차원의 환유는 통합적 결합성과 인접성에 기댄다. 은유가 통시성을 중시하는 반면 환유는 공시성을 강조한

고에서 환유적 사고로 이행된 것은 널리 알려진 사실이다. "은유가 한 사물을 다른 사물의 관점에서 말하는 방법이라면, 환유는 한 개체를 그 개체와 관련 있는 다른 개체로써 말하는 방법이다".[4] 따라서 환유적 사고를 통해 드러나는 시어는 하나의 사물이 인접한 다른 대상으로 대체된다.[5] 오규원은 의미의 확장과, 그것이 드러내는 수많은 관습적 인식과 관념을 경계했다. 이러한 오규원의 언어 인식은 유고시집 『두두』에 이르러 "최소 언어"[6]의 투명성에 이른다. 오규원은 「나와 모래」를 통해 '날이미지시론'에 대해 직접적으로 언급한다. 「나와 모래」에서도 수많은 보조관념으로 대체되는 것이 원관념이라고 말한다. 오규원은 "끝없이 다른 그 무엇"으로 대체되는 원관념에 대한 불편함을 드러낸다. 하나의 대상으로서 '모래'는 하나인데 그것이 의미하는 관념은 너무 많다. 모래는 "역사적으로, 문화적으로, 존재적으로" 다양한 관점을 가지고 "가가호호, 가당, 가혹, 간혹, 갈망, 걸귀, 경멸, 고의, 과실, 기서, 내연, 노스탤지어, 노카운트, 다다, 다신교, 독선, 마마, 망극, 모의, 모정, 무명, 무모, 무상, 백수, 불화, 빈궁, 빈약, 사디즘, 사탄, 선교, 섭리, 속죄, 순례, 숭고, 숭고미, 숭고추, 시 그리고 또 시, 신성, 안티, 앙가주망, 애흘,

---

다. 이 말을 바꾸면 은유는 비교적 시간적인 특성이 강하고 환유는 비교적 공간적 특성이 강하다는 말이 된다. 그런가 하면 은유와 환유는 그 특성을 밝혀내는 방법이나 과정에서도 큰 차이를 보인다. 은유에서 유사성을 밝혀내는 데에는 무엇보다도 유추 과정이 필요하다. 우리는 유추를 통하여 두 대상 사이에서 어떤 본질적인 유사성이나 공통점 또는 차이점을 찾아낸다. 한편 환유에서 인접성을 찾아내는 데에는 유추보다는 연상 작용이 훨씬 효과적이다(김욱동, 『은유와 환유』, 민음사, 1999, 262~263쪽 요약 정리).

4) 위의 책, 194쪽.

5) 보편적으로 "텍스트는 그것을 이루고 있는 시니피앙의 다각적이고도 물질적·감각적인 성격에 의해 무한한 의미생산이 가능한 열린 공간이다". 그러나 오규원은 은유적 사고에서 환유적 사고로 이행함으로써 시니피앙과 시니피에의 관계를 제한한다(롤랑 바르트, 김희영 역, 『텍스트의 즐거움』, 동문선, 1997, 9쪽 참조).

6) 이광호, 「'두두'의 최소 사건과 최소 언어」, 『두두』 해설, 문학과지성사, 2008, 63쪽.

양가, 양태, 언감생심, 여념, 우울, 유예, 융합, 인종, 입신, 자생, 자멸, 적, 전락, 전생, 정실, 정조, 주종, 주화론, 천상, 천하, 추잡, 추태, 커닝, 컨디션, 코뮈니케, 쾌락, 통한, 퇴락, 파멸, 평화, 풍요, 프로그램, 프로세스, 하세, 할거, 해방, 호모, 혼돈, 환멸, 홍청, 홍청망청…………" 등의 다양한 대상으로 전이된다. 전이된 대상은 또 다른 관념을 만든다. 오규원이 경계하려고 했던 바는 바로 이와 같은, 전이된 대상의 관념화였다. 오규원은 대상에 대한 관습적 인식과 관념화를 경계함으로써 대상이 지니고 있는 투명한 본질에 접근하려고 했던 것이다.

오규원의 언어는 구상적 인식의 언어와 해체적 언어를 지나 현상적 언어로 변모한다. '날이미지'를 통해 재현되는 현상적 언어는 널리 알려진 바와 같이 환유적 구조를 지니고 있으며 형이상학적 세계를 지향한다. 오규원은 대상에 대한 일체의 판단을 유보하고 현상에 집중한다.

> 한 아이가 공기의 속을 파며 걷고 있다
>
> 한 아이가 공기의 속을 열며 걷고 있다
>
> 한 아이가 공기의 속에서 두 눈을 번쩍 뜨고 있다
>
> 한 아이가 공기의 속에서 우뚝 멈추어 서고 있다
>
> 한 아이가 공기의 속에서 문득 돌아서고 있다
>
> —「오후와 아이들」(『토마토는 붉다 아니 달콤하다』) 전문

「오후와 아이들」에 드러나는 오후와 아이의 모습에는 판단이 전제되어 있지 않다. 아이는 그저 "공기의 속을 파"거나 "열며 걷고 있"을 뿐이다. 그리고 그 아이는 "두 눈을 번쩍 뜨"거나 "우뚝 멈추"거나 "문득 돌아"설 뿐이다. 그리고 아이 역시 특정한 성격을 부여받은 존재가 아니다. 물론 오규원이 드러낸 오후와 아이의 모습이 의미의 무화를 지향하는 것은 아니다. 오규원의 시 역시 언어로 이루어졌다는 점에서 의미를 완전하게 탈색시킬 수는 없으며 '무의미'를 지향하고 있는 것이 아니기 때문이다. '날이미지시' 역시 언어로 이루어져 있고, 언어로 이루어져 있기 때문에 의미로부터 전적으로 자유로울 수 없음을 시인은 인지하고 있다.[7] 「오후와 아이들」에서 관형어의 도움을 받지 않은 '아이'는 그저 아이일 뿐이지 특정한 의미로 구체화된 아이가 아니다. 그러나 이미 '아이'라는 시어 속에는 아이가 주는 수많은 원형들이 숨겨져 있음을 부인할 수는 없다. 오규원 역시 언어가 태생적으로 지닐 수밖에 없는 의미 구조를 인지하고 인정한다.

> 이쯤에서 나는 오해의 소지가 있는 한 가지를 적어두고 싶다. 나는 언어가 의미를 떠날 수 있다고 믿지 않다(주변 축에 은유를 두는 까닭도 그 때문이다). 그러므로 분명히 나도 의미화를 지향하고 있다. 단지 내가 표현하고자 하는 것이 명명하거나 해석에 의해 의미가 정해져 있는 형태가 아닌 다른 것일 뿐이다. 내가 표현하고 싶은 것은 사변화되거나 개념화되기 이전의 의미인 '날[生]이미지'다. 그 '날이미지'는 정해져 있는 것이 아니라, 활동하는 이미지일 뿐이므로 세계를 함부로 구속하거나 왜곡하거나 파편화하지 않는다. 그리고 그것을 살아 있는 '세계의 인

---

7) 오규원, 『날이미지와 시』, 문학과지성사, 2005, 108쪽 참조.

식'이면서 또한 '세계의 언어'인 '현상'의 형태로 나타난다. 나는 그런 현상으로 된 '날이미지시'를 쓰고 싶어한다.[8]

오규원은 언어가 가지고 있는 의미 자체의 무화를 추구하는 것이 아니라 고정된 의미를 지향하는 관습적 인식과 관념을 거부하고자 한다. 여기에 더해 인간 중심의 사고를 벗어나고 노력하는 것이다. 오규원은 이점에 대해 "의미하기는 하되 무엇무엇이라고 한정적으로 정하지 않아서 그 자체로 살아 있는 의미"[9]라고 밝히고 있다. 오규원의 후기시에서 투명성이 강조되는 이유는 바로 이러한 점 때문이다. '날이미지'는 기존의 관습적 관념으로부터 자유롭기 때문에 언어는 의미로부터 자유롭게 된다. 그러나 은유로서의 언어는 열려있는 '투명성'을 지니지 않는다. 은유는 하나의 시어가 다의성을 가진다 하더라도 그것이 곧 의미의 열린 구조가 되지는 않는다. 그것은 단지 여러 가지의 해석적 가능성을 열어놓은 것에 불과하다. 즉, 은유적 체계의 언어는 각각의 고정된 관념 중에서 하나를 선택하는, 선택의 문제이지 열려있는 의미를 지향하는 것이 아니기 때문이다.

원관념과 보조관념의 관계가 어렵게 느껴지는 것은 보조관념이 전적으로 개방된 의미 구조를 지니고 있어서가 아니다. 그것은 단지 원관념과 보조관념의 거리가 멀기 때문에 발생하는 것이다. 현대의 시 이론은 원관념과 보조관념의 거리가 멀수록 좋은 작품이라고 말한다. 이때의 먼 거리는 원관념으로부터 보조관념을 유추하기가 어렵다는 것을 뜻하는 것이다. 물론 은유적 체계 안에서의 언어 역시 다양한 방법으로의 해석이 가능한 것이기는 하다. 그러나 이

8) 위의 책, 같은 쪽.

9) 위의 책, 같은 쪽.

때의 다양성은 그것 자체가 전적으로 개방된 구조를 갖지는 않는다. 은유적 체계 안에서의 원관념과 보조관념은 어떤 방식으로든 특정한 의미를 지향한다는 점에서 제한적일 수밖에 없다. 오규원의 '날이미지'는 고정된 관념화를 거부하고자 하는 시도이다. 다음에 제시한 시 역시 '날이미지시'의 환유적 구조의 특성을 드러내고 있다.

길가의 벤치에
한 소년이 앉아 있다

머리 위에는
태양이 혼자 가는
하늘이 얹혀 있다

그 하늘에는
벤치가 놓여 있지 않다

아이스크림 가게도
차려져 있지 않다

붕어빵 가게도
골목도

민박도
여자도
마련되어 있지 않다

—「아이스크림과 벤치」(『토마토는 붉다 아니 달콤하다』) 전문

이 작품에서 시인이 사용하고 있는 시어 역시 특정한 의미를 환기하는 것들이다. '벤치, 소년, 태양, 하늘, 아이스크림, 붕어빵, 골목, 민박, 여자' 등의 시어는 이미 그것의 관습적 인식과 관념을 지니고 있는 것들이다. 벤치는 휴식을, 소년은 순수를, 태양은 이상향 또는 신화적 공간을, 붕어빵은 남루함을 의미하며 골목, 민박, 여자 역시 각각 특정한 심상을 전달한다. 그러나 오규원이 재현한 세계는 위에서 언급한 관습적 인식과 관념적 세계를 향해 복무하지 않는다. 그것들은 오규원이 의도한 바와 같이 대상 자체로 존재할 뿐이지 관습적 인식과 관념적 의미 구조를 형성하지 않는다. 이와 같이 관념적 세계를 거부함으로써 오규원의 시는 투명한 세계를 향해 나아가게 된다.

오규원의 '날이미지시'는 관형어와 부사어의 절제를 통해, 투명성과 관습적 인식을 벗어나려는 언어적 노력을 구체화하기도 한다. 관형어와 부사어의 사용을 절제하거나 선택적으로 사용함으로써, 관형어와 부사어가 지시하는 시어의 의미를 탈각시키는 것이다. 관형어와 부사어는 대상과 서술어를 한정지음으로써 대상과 서술어에 대해 제한적 상징을 부여한다. 관형어와 부사어가 특정 단어(대상)와 행위의 결과인 서술어를 수식함으로써 의미를 확대하고 심화시키기 때문이다. 오규원은 관형어와 부사어를 절제함으로써 그것이 지시하는 대상의 투명성을 극대화하기도 한다.

> 되새의 부리가 오늘은 덩굴장미 밑으로 와서
> 마른 쥐똥나무 울타리 위로 날았다
> 붉은빰멧새가 오늘은 뜰 밖의 덤불 속으로
> 자주 길을 뚫었다 아직
> 숲으로 돌아가지 않은 박새 한 마리가

외롭게 뜰 구석 조팝나무에서 흔들렸다
이백이 넘는 쑥새의 무리가 집 옆
빈 들깨밭에서 까맣게 바람에 날렸다

—「우주 4」(『길, 골목, 호텔, 그리고 강물소리』) 전문

허공에서 생긴
새들의 길은
허공의 몸 안으로 다시
들어갑니다
몸 안으로 들어간
길 밖에서
다른 새가 날기도 하고
뜰에서
천천히 지워질 길을
종종종
만들기도 합니다

—「새와 길」(『토마토는 붉다 아니 달콤하다』) 전문

잔물결 일으키는 고기를 낚아채 어망에 넣고
호수가 다시 호수가 되도록 기다리는
한 사내가 물가에 앉아 있다
그 옆에서 높이로 서 있던 나무가
어느새 물속에 와서 깊이로 다시 서 있다

—「호수와 나무: 서시」(『새와 나무와 새똥 그리고 돌멩이』) 전문

그대 몸이 열리면 거기 산이 있어 해가 솟아오르리라, 계곡의 물이 계

곡을 더 깊게 하리라, 밤이 오고 별이 몸을 태워 아침을 맞이하리라

—「그대와 산: 서시」(『두두』) 전문

「우주 4」에 등장하는 "되새의 부리, 덩굴장미, 마른 쥐똥나무 울타리, 길, 숲, 박새 한 마리, 뜰 구석 조팝나무, 쑥새의 무리, 빈 들깨밭"은 각각의 대상물이 가지고 있는 의미가 다른 대상의 의미에 기대어 형성되지 않는다. 비유를 통해 의미가 대체되지 않을 뿐만 아니라 각각의 대상을 특정한 의미로 한정짓는 관형어와 부사어의 수식관계를 형성하지도 않는다. 수식관계나 대체된 대상을 통해 의미가 형성되지 않기 때문에 대상에 대한 시인의 의도와 언어는 명료해진다. 물론 "까맣게"가 "바람에 날렸다"를 수식하고 있기는 하지만 해당 문장의 경우는 서술어에 특정한 의미를 부여하려는 목적보다는, 단순히 쑥새의 무리가 날아오르는 풍경의 실제를 드러내고자 할 뿐이다. 즉, "까맣게"가 지니고 있는 심상적 의미에 기대어 "바람에 날렸다"의 의미가 개별화되는 것이 아니라 현상으로서의 "쑥새의 무리"일 뿐인 것이다.

「새와 길」에서 "허공에서 생긴/새들의 길"은 "허공의 몸 안으로 다시/들어"간다. 이때 '길'은 "새들의" 길이며 "새들의 길"은 "허공에서 생긴" 길이다. '길'을 수식하는 문장은 의미를 형성하기 위해 등장한 것이 아니라 단순하게 배경과 현상을 드러내는 수식어일 뿐이다. 구체적 현장 속의 현상으로서의 '길'인 것이지 수식어를 통해 의미의 전이가 이루어진 '길'이 아닌 것이다. '길'은 그 자체로 '날이미지'를 드러낼 뿐이다.

「호수와 산: 서시」는 "호수가 다시 호수가 되도록" 기다린다는 사유가 드러나기도 하고, '높이'와 '깊이'를 통해 나무에 의미를 부여하기도 한다. 이것은 일견 대상에 대한 투명성으로부터 벗어나

있는 것처럼 느껴진다. 그러나 "호수가 다시 호수가 되도록"은 호수라는 실존적 대상에 대한 호명이며, 관념적 의미를 지니고 있는 '높이'와 '깊이'는 나무의 형태와 맞닿음으로써 대상의 투명성을 확보한다.

「그대와 산: 서시」는 명징한 문장 구조를 통해 명료한 세계를 보여준다. 결국 명징한 문장 구조를 통해 재현된 명료한 세계는 대상을 중심으로 하고 있는 세계만 남겨놓음으로써 투명성으로서의 '날이미지'를 확보한다.

관형어와 부사어는 피수식어의 의미를 강조하는 역할을 하거나 특정한 심상을 불러일으키게 만든다. 수식어는 피수식어를 꾸며줌으로써 개별화된 의미와 정서를 환기하게 된다. 그러나 수식어를 통해 환기된 의미와 정서는 대상 본연의 이미지와 동화된 것일 수 없다. 그것은 시인의 의도에 의해 선택된 것이기 때문에 대상 본연의 모습이라기보다는 시인에 의해 1차적으로 가공되어 의미와 의도의 전이가 진전된 결과물이다.

오규원은 고정된 관습적 인식과 관념을 거부함으로써 인간 중심의 사고로부터 벗어나려고 했다.[10] 대상이 지니고 있는 관습적 인식과 관념은 인간 중심의 사고로부터 비롯된 것이다. 대상의 의미는 대상 자체의 의미가 아니라 인간에 의해 재단된 의미에 불과한 것이다. 물론 대상을 언급하고 호명하는 언어가 이미 인간의 것이라

10) 1980년대 후반부터, 나는 인간 중심의 사고에서 벗어나야겠다고 생각했다. 이러한 사고의 흔적은 그 무렵 쓴 여러 작품에도 나타나 있다. 그러나 이런 생각이 보편화된 것은 1990년대 초부터이다. 나는 나(주체) 중심의 관점을 버리고, 시적 수사도 은유적 언어체계를 주변부로 돌리고 환유적 언어체계를 중심부에 놓았다. 그리고 관념(관념어)을 배제하고, 언어가 존재의 현상 그 자체가 되도록 했다. 그리고 현상 그 자체가 된 언어를, 즉 사변화되거나 개념화되기 전의 현상화된 언어를 '날이미지'라고 하고, 날이미지로 된 시를 '날이미지시'라고 이름 붙였다(오규원, 『날이미지와 시』, 문학과지성사, 2005, 7쪽).

는 한계를 지니고 있기는 하지만 호명된 대상에 대한 인간 중심의 관습적 인식과 관념적 해석을 벗어나고자 한 시도는 의미가 있다.

대방동의 조흥은행과 주택은행 사이에는 양념통닭집이 다섯, 호프집이 넷, 왕족발집이 셋, 개소주집이 둘, 레스토랑이 셋, 카페가 넷, 자동판매기가 넷, 복권 판매소가 한 군데 있습니다. 마땅히 보신탕집이 둘 있습니다. 비가 오면 모두 비에 젖습니다. 산부인과가 둘, 치과가 셋, 이발소가 넷, 미장원이 여섯, 모두 선팅을 해 비가와도 반짝입니다.

빨간 우체통이 둘, 학교 담장 밑에 버려진 자전거가 한 대, 동작구 소속 노란 청소차가 둘, 영화 포스터가 불법으로 부착된 벽이 셋, 비디오 가게가 여섯, 골목에 숨어 잘 보이지 않는 전당포 안내 표지판과 장의사 하나, 보도블록 위에 방치된 하수도 공사용 대형 원통 시멘트관 쉰여섯이 눈을 뜨고 있습니다. 아, 그리고 X X ↓ ↓ ↓ 표 가변 차선 표시등 하나도!

—「대방동 조흥은행과 주택은행 사이」(『길, 골목, 호텔, 그리고 강물소리』) 부분

생각하면, 피부도 자연의 일부……
드봉 미네르바
브라 스스로가 가장 아름다운 바스트를 기억합니다
비너스 메모리브라
국회의원 선거 이후 피기 시작한
아이비 제라늄 4, 5월이 가고
꽃과 여인, 아름다움과 백색의 피부,
그곳엔 닥터 벨라가 함께 갑니다, 원주통상
6월이 되었는데도 계속 피고 있다
착한 아기 열나면 부루펜시럽으로 꺼주세요

여소야대 어쩌구 하는 국회가
까샤렐—빠리쟌느의 패셔너블센스
개원되고 5공비리니 광주특위니
사랑의 심포니—상일가구
말의 성찬이 6월에서 7월로 이사하면서
LEVI'S THE BEST JEANS IN THE WORLD
가지가 부러지고 잎이 상했는데도
태림모피는 결코 많이 만들지 않습니다
그리고 최고가 아니면 만들지 않습니다
제라늄은 계속 피고 있다 베란다에서
송수화기 들지 않고 전화를 걸 수 있습니다

—「제라늄, 1988, 신화」(『사랑의 감옥』) 부분

「대방동 조흥은행과 주택은행 사이」는 대상을 제시하고 「제라늄, 1988, 신화」는 대상을 관념화하여 해석한다. 「대방동 조흥은행과 주택은행 사이」는 도시적 풍경을 보여주고 있다. 이때 드러난 도시적 풍경은 충분히 비극적 관념을 드러낼 수 있는 것들이지만 일체의 해석이 없이 현상으로만 존재한다. 대방동 조흥은행과 주택은행의 사이에 존재하는 수많은 상점과 도시적 풍경은 그것들이 드러내는 현상 이상도 이하도 아니다. 그곳에 존재하는 가로수, 빌딩의 창문, 여관, 여인숙, 햇빛, 양념통닭집, 호프집, 왕족발집, 개소주집, 레스토랑, 카페, 자동판매기, 복권 판매소, 보신탕집, 산부인과, 치과, 이발소, 미장원, 우체통, 자전거, 청소차, 벽, 비디오 가게, 전당포 안내 표지판, 장의사, 시멘트관, 가변 차선 표시등, 보도블록 등은 의미화되지 않은 존재들이다. 오규원이 드러낸 이러한 풍경은 도시적 속성을 지니고 있는 것이며 이것은 도시의 비극성과 연결될 수 있는 것들이다. 그러나 오규원은 어떠한 판단도 내리지 않는다. 오규원은 자신이 바라본 시적 대상에 대해 판단을 유보하고 있다. 오규원은 도시에서의 삶을 논할 때 일상성의 비극에 대한 판단을 내리지 않는다. 물론 오규원 시에 드러나는 현대성이 일상에 대한 비극을 나타낸 것은 맞다. 그러나 시인은 일상에 대한 자신의 생각을 드러내기보다는 보여주는 방법을 택한다. 시인이 말하지 않고 보여주는 것만으로도 일상의 비극은 재현될 수 있다. 그러나 「대방동 조흥은행과 주택은행 사이」에 열거된 도시적 대상은 일상성의 문제를 환기하지 않는다. 이때 나타나는 도시적 대상물은 단지 제시된 것에 지나지 않는다. 바로 여기에 오규원이 노리는 '날이미지시'의 효과가 있다. 만약 「대방동 조흥은행과 주택은행 사이」의 대상물들이 특정한 관념적 세계를 지향하는 은유적 체계를 지니고 있었다면 그것은 이미 하나의 의미 구조를 향해 나아가게 되었을 것이다. 오규원은 관념화되지 않은 대상을 통해 이와 같이 열린 의미 체계로서의 환유적 세계를 드러내고자 했던 것이다. 물론 「대방동 조흥은행과 주택은행 사이」에 등장하는 대상물 역시 언어로 이루어진 것이니만큼 언어가 지니고 있는 기본적인 의미 체계로부터 자유로운 것은 아니다. 또한 언어의 의미 체계가 환기하는 최소한의 관념으로부터 완벽하게 자유로운 것 역시 아니다. 그러나 이때의 의미 체계는 사물을 인지할 수 있는 최소한의 소통 차원에서의 의미 체계이다. 예를 들어서 '개소주집'의 경우, 우리는 흔히 삶과 죽음을 떠올릴 수 있다. 개의 죽음을 통해 보약을 만드는 과정을 통해 삶과 죽음의 의미를 환기할 수 있기 때문이다. 그러나 「대방동 조흥은행과 주택은행 사이」에서 '개소주집'은 개소주집이라는 장소를 인지할 수 있도록 하는 언어의 전달 체계 이외의 관념을 배제한다. 따라서 「대방동 조흥은행과 주택은행 사이」의 개소주집은 삶과 죽음이라는 특정한 관념을 드러내지 않고 열린 의미 구조를 향하게 되는 것이다.

「제라늄, 1988, 신화」의 경우에는 작품에 등장한 상품과 현상이 은유적 체계를 통해 특정한 관념을 드러낸다. 여기에 등장하는 상품은 단순한 물건으로서의 대상이 아니다. 이때 등장한 상품은 그것의 실제적 가치와 더불어 사회적 상징을 동시에 지니고 있는 존재들이다. 상품은 현대의 속성을 대변하는 것이므로 현대의 비극적 삶을 재현한다. 「제라늄, 1988, 신화」에 등장하는 대상물은 현대적 삶의 속성에 기대어 끊임없이 비판하고 풍자하고 비아냥거린다. 더욱이 '제라늄'이라는 화초와 현대의 삶을 대비시킴으로써 시인의 의도는 더욱 명백해진다. 제라늄은 긍정적 대상임과 동시에 현대 문명사회로부터 상처받는 존재이다. 제라늄과 현대 문명사회의 대비는 「제라늄, 1988, 신화」의 의도된 관념을 더욱 도드라지게 만들어 주는 요소이다. 오규원은 제라늄이 등장하는 부분을 의식적으로 들여 씀으로써 시적 의도를 명백하게 드러낸다.

「제라늄, 1988, 신화」와 같은 은유적 체계의 언어와 달리 환유적 체계의 언어는 인접성에 의해 시어를 선택하고 의미를 부여한다는 측면에서 관념을 배제한다고 볼 수 있다. 은유적 체계의 언어는 특정한 의미의 시어 A를 유사한 의미를 드러낼•수 있는 시어 B로 대치함으로써 A가 지니고 있는 관념을 복제한다. 시어로 발현된 B는 A와 다른 형태의 시어지만 A의 의미를 재현하기 위해 선택되었기 때문에 A의 대치된, 또 다른 형태에 다름 아니다.[11]

---

11) 오규원은 다음과 같이 은유와 환유의 체계를 정리하였다(오규원, 『날이미지와 시』, 문학과지성사, 2005, 21쪽).

	언술 방향	구 조	국 면	시 각	의 미
은 유	유사성	여러 세계의 칵테일	대치관념 또는 사물	해석적 지각	관념적
환 유	인접성	인접 세계에 의한 정황	사실적 정황	감각적 정황	표상적

오규원은 『현대시작법』에서 시적 언술을 묘사와 진술로 나누고, 특히 묘사의 중요성에 대해 강조하고 있다. 오규원은 "시를 쓰는 사람이 만약 묘사(description)의 중요성을 모른다면, 그것은 마치 그림을 그리는 사람이 데생이 미술에서 어떤 의미를 지니는지 모르는 것과 유사하다"[12]고 밝히고 있다. 이어서 그는 "시는 묘사되는 것(Geschreibende)"[13]이라는 파이퍼의 말을 인용하여 묘사의 중요성에 대해 강조한다.

묘사를 중요하게 생각하는 오규원의 태도를 감안한다면, '날이미지'로 재현된 시적 세계를 묘사의 관점에서 이해하려는 시각도 존재할 수 있다. 그러나 오규원이 강조한 묘사는 환유적 체계에서처럼 관념화된 의미를 제거하려는 것이 아니다. 즉, 시적 언술로서 오규원이 강조한 묘사는 재현된 대상의 의미를 제거하려는 노력이 아닌 것이다. 그렇다고 묘사를 은유적 체계 안에서 설명하려고 했던 것도 아니다. 시적 언술로서의 묘사는 은유적 체계나 환유적 체계 이전의, 재현된 세계에 대한 방법론이다. 환유적 체계가 묘사를 통해 드러날 수 있는 것은 맞지만 묘사이기 때문에 환유적 체계를 지니고 있는 것은 아니다.

2) 대상과 의미의 표현 양상

오규원 시의 초기 언어는 관념적 세계의 구체적 대상화의 과정을 드러내고자 한 구상적 세계였다. 중기의 언어가 해체적 성향을 드러내고 있지만 이때 언어는 해체되어 무화된 것이 아니라 구체적 세계를 드러내는 것이다. 따라서 오규원의 시는 초기와 중기에

12) 오규원, 『현대시작법』, 문학과지성사, 1993, 64쪽.

13) 위의 책, 65쪽.

이르기까지 구체적 대상에 대한 재현이라는 측면이 강하게 드러났다. 후기에 이르러 오규원의 시는 형이상학적 성향을 드러낸다는 점에서 또 다른 변화를 맞는다. 물론 후기시의 경우에도 '날이미지'의 모습으로 드러나는 대상을 통해 구체화를 지향한다. 그러나 후기시의 경우는 남겨진 대상이 즉물적 상태를 지향한다기보다는 존재와 같은 본질을 지향한다고 볼 수 있다. 후기시의 경우 대상이 함의하는 시적 의미는 투명성을 지향하게 되고, 대상과 대상이 환기하는 본질만이 시 안에 남게 된다. 이때 대상은 사회적 의미화의 과정을 따라가는 관념적 세계가 아니다. 대상은 관념적 의미를 제거한 상태에서 관습적 인식의 세계를 벗어나게 되는 것이다. 그러나 '날이미지시'는 무의미를 지향하지 않는다는 점에서 무의미시와는 다른 양상을 보여준다.

무의미시가 의미를 무화시킴으로써 의미 본연에 대한 거부감을 드러내는 것이라면 '날이미지시'는 의미 자체를 거부하지 않는다. '날이미지시'는 의미를 거부하는 것이 아니라 대상으로부터 우리의 관습적 인식을 제거하려는 노력이다. 대상이 먼저 있고 나서 그것을 지칭하는 언어가 생겨났다. 무의미시는 대상에 대한 의미 자체를 거부함으로써 생성되는 의미의 공백을 지향한다. 이때 나타나는 것은 의미가 탈각된 세계이며 독자는 공(空)의 세계를 경험하게 된다. 이에 반해 '날이미지시'는 의미 자체를 거부하지 않는다. 다만 관습적 인식의 의미를 거부함으로써 언어가 지니기 쉬운 고정관념으로부터 벗어나려는 노력을 기울인다.

밤새 나뭇가지 끝에 앉았던 새 한 마리
새벽 하늘로 날아갔다
—「저기 푸른 하늘 안쪽 어딘가 많이 곪았는지 흰 고름이 동그랗게 하늘 한구

석에 몽오리가 진다 나무 위의 새 한 마리 집에 가지 못하고 밤새도록 부리로 콕 콕 쪼고 있다. 밤새 쪼다가 미쳤는지 저기 푸른 하늘 많이 곪은 안쪽으로 아예 들어간다」(『길, 골목, 호텔, 그리고 강물소리』) 전문(이하 「저기 푸른 하늘」)

「저기 푸른 하늘」은 현상과 대상만 남아 있다. 여기에 등장하는 '밤, 나뭇가지, 새, 새벽 하늘' 등의 시어는 해당 언어가 가지는 본연의 의미에 충실하다. '밤'은 단지 시간적 공간으로서의 밤일뿐이다. 밤이 주는 보편적인 상징계에 의존하지 않음으로써 이 시의 배경을 특정한 의미로 한정 짓지 않는다. "나뭇가지 끝에 앉았던 새 한 마리" 역시 마찬가지여서 나뭇가지 위에 앉아 있는 현상적 사실로서의 새 한 마리일 뿐이다. 새는 특정한 감정이 이입된 화자나 대상과 동일시되지 않는다. 새벽 하늘 역시 마찬가지이다. 새벽 하늘이 지니고 있는 의미 역시 시간적 배경일 뿐이다. 물론 밤과 새벽 하늘의 경우에 그것 자체가 지니고 있는 관습적 인식이 없는 것은 아니다. 밤은 이미 그 안에 어둠이 환기하는 인식을 지니고 있다. 새벽 하늘 역시 마찬가지여서 특정한 관습적 인식을 환기한다. 그러나 정제된 언어와 정황을 통해 드러나기 때문에 위에서 언급한, 최소한의 관습적 인식은 투명한 세계가 되는 것이다. 시어가 지니고 있는 최소한의 관습적 인식은 최소의 대상과 사건을 형상화하는 방법을 통해 극복된다. 오규원의 시가 '날이미지'를 추구한다고 해서 언어 자체가 지니고 있는 최소한의 의미까지 사라지는 것은 아니다. 오규원의 시 역시 언어를 매개로 하고 있고 있기 때문에 언어가 지니고 있는 기본적인 의미로부터 자유로울 수 없음은 자명하다. 그러나 오규원은 언어가 지니고 있는 최소한의 의미만을 통해 '날이미지시'를 구현하려고 한다.

허공으로 함부로 솟은 산을
하늘이 뒤에서 받치고 있다
하늘이 받치고 있어도
산은 이리저리 기운다 산 밑에서
작은 몸을 바로 세우고
집들은 서 있다

—「안과 밖」(『길, 골목, 호텔, 그리고 강물소리』) 부분

한 여자가 길 밖에
머리를 두고
길 안으로 간다
여자의 치마 끝에서
길이 몇 번 펄럭거린다
작고 둥근 자갈과
작고 둥근 자갈 위의 길을 지나
은행나무에 걸린
허공 아래로 간다
길 밖에서
메꽃이 하나 이울고
여자가 허공을 거기에 두고
길에 파묻힌다
허공에 기대고 있던 아이가
여자의 치마를 길 밖으로
잡아당긴다

—「여자와 아이」(『토마토는 붉다 아니 달콤하다』) 전문

관습적 인식을 거부하는 시인의 발성은 '날이미지시론'을 통해 작품을 쓰기 시작한 『길, 골목 호텔 그리고 강물소리』를 통해 구체화된다. 같은 시집에 실린 「안과 밖」은 객관화된 시적 정황을 통해 '날이미지'를 형상화한다. 물론 「안과 밖」에도 관습적 인식을 동반한 시어가 있다. "함부로 솟은"과 "작은"이 바로 그것이다. "함부로 솟은"은 산의 성격을 규정지으며, "작은"은 몸을 한정하며 집의 세계를 의미화한다.

『길, 골목, 호텔 그리고 강물소리』는 시적 대상으로서 자연을 주목하고 있는데, 이때 자연은 시적 주체와 결합하여 드러난다. 자연과 시적 주체의 결합은 『길, 골목, 호텔 그리고 강물소리』 다음에 출간된 『토마토는 붉다 아니 달콤하다』에 이르러 약화되는 양상을 보여준다.

> 나무가 있으면 허공은 나무가 됩니다
> 나무에 새가 와 앉으면 허공은 새가 앉은 나무가 됩니다
> 새가 날아가면 새가 앉았던 가지만 흔들리는 나무가 됩니다
> 새가 혼자 날면 허공은 새가 됩니다 새의 속도가 됩니다
> 새가 지붕에 앉으면 새의 속도의 끝이 됩니다 허공은 새가 앉은 지붕이 됩니다
> 지붕 밑의 거미가 됩니다 거미줄에 날개 한 쪽만 남은 잠자리가 됩니다
> 지붕 밑에 창이 있으면 허공은 창이 있는 집이 됩니다
> 방 안에 침대가 있으면 허공은 침대가 됩니다
> 침대 위에 남녀가 껴안고 있으면 껴안고 있는 남녀의 입술이 되고 가슴이 되고 사타구니가 됩니다
> 여자의 발가락이 되고 발톱이 되고 남자의 발바닥이 됩니다
> 삐걱이는 침대를 이탈한 나사못이 되고 침대 바퀴에 깔린 꼬불꼬불

한 음모가 됩니다

침대 위의 벽에 시계가 있으면 시계가 되고 멈춘 시계의 시간이 되기도 합니다

사람이 죽으면 허공은 사람이 되지 않고 시체가 됩니다

시체가 되어 들어갈 관이 되고 뚜껑이 꽝 닫히는 소리가 되고 땅속이 되고 땅속에 묻혀서는 봉분이 됩니다

인부들이 일손을 털고 돌아가면 허공은 돌아가는 인부가 되어 뿔뿔이 흩어집니다

상주가 봉분을 떠나면 묘지를 떠나는 상주가 됩니다

흩어져 있는 담배꽁초와 페트병과 신문지와 누구의 주머니에서 잘못 나온

구겨진 천 원짜리와 부서진 각목과 함께 비로소 혼자만의 오롯한 봉분이 됩니다

얼마 후 새로 생긴 봉분 앞에서 집으로 돌아가는 길이 달라져 잠시 놀라는 뱀이 됩니다

뱀이 두리번거리며 봉분을 돌아서 돌 틈의 어두운 구멍 속으로 사라지면 허공은 구멍이 됩니다

어두운 구멍 앞에서 발을 멈춘 빛이 됩니다

어두운 구멍을 가까운 나무 위에서 보고 있는 새가 됩니다

―「허공과 구멍」(『새와 나무와 새똥 그리고 돌멩이』) 전문

사물에 대한 관습적 인식과 관념적 인식을 거부하려는 시인의 태도는 생전의 마지막 시집이었던 『새와 나무와 새똥 그리고 돌멩이』에서 더욱 극명하게 드러난다. 이 시집은 전편의 제목이 「허공과 구멍」과 같이 두 개의 사물로 연결되어 있다. '날이미지시론'을 확립하고 시를 쓰기 시작한 때인 『길, 골목, 호텔 그리고 강물 소

리』 이후에 이러한 특성이 나타나기 시작하였는데, 『새와 나무와 새똥 그리고 돌멩이』에 이르러서는 전편에 걸쳐 이와 같은 특성이 나타날 정도로 대상에 집착하는 면모를 보여준다. '날이미지시'를 쓰면서 점점 대상에 집중하는 모습은 명징하고 투명한 세계의 극단으로 나아가고자 하는 시인의 의도이다. 두 개의 대상을 통해 이루어지는 사물의 모습은, 관념은 물론이고 시적 정황까지도 의도적으로 배제되어 있다. 오규원의 후기시는 이처럼 최소한의 정황만을 남겨놓음으로써 대상은 더욱 투명한 상태를 지향하게 된다.

「허공과 구멍」은 존재 자체가 시가 되는 모습을 드러낸다. 허공에 나무가 있으면 그것은 다른 어떤 관념이 아니라 나무가 되고 나무에 새가 와서 앉으면 허공은 다른 어떤 것이 아니라 사물 그대로의 새가 앉은 나무가 된다. 이때 허공에 존재하는 것들은 다른 관념으로 대치되지 않는다. 오규원은 허공에 사물을 놓고 사물만을 바라본다. 오규원은 '허공'이라는 공간과 '구멍'이라는 공간 사이에 수많은 사물을 놓는다. 이때 사물들은 전이의 과정을 통해 의미의 전환을 만들어내지 않고 병렬식으로 구성되어 '날이미지'로서의 존재가 된다. 각각의 사물들에 관념적 의미 구조를 부여했을 경우에는 각각의 사물이 유기적인 의미구조를 통해 하나의 세계를 향하여 관념적 세계를 드러냈을 것이다. 그러나 병렬식으로 놓인 사물들은 대상의 존재 자체에 집중하기 때문에 의미화보다는 생생한 현장을 이미지화할 뿐이다. 이때 생성된 이미지는 당연히 의미가 거세된, 날것 그대로의 이미지이다.

강과 나 사이 강의 물과 내 몸의 물 사이 멈추지 못하는 강의 물과 흐르지 못하는 강의 둑 사이 내가 접히는 바람과 내가 풀리는 강물 소리 사이 돌과 풀 사이 풀과 흙 사이 강을 향해 구불거리는 길과 나를 향해 구불거리는 길 사이 온몸으로 지상에 일어서는 돌과 지하로 내려서는 돌 사이 돌 위의 새와 새 위의 강변 사이 물이 물에 기대고 있는 강물과 풀이 풀을 붙잡고 있는 둑 사이 내 그림자는 눕혀놓고 나만 서 있는 길과 갈대를 불러 모아 흔들리는 강 사이

—「강과 나」(『새와 나무와 새똥 그리고 돌멩이』) 전문

김종택의 집을 지나 이순식의 집과 정진수의 집을 지나 박일의 집 담을 지나 이말청의 집 담장과 심호대의 집 담장을 지나 박무남의 집 담벽과 송수걸의 집 담벽과 이한의 집 담벽을 지나 강수철의 집 벽과 천길순의 집 벽을 지나 박규수의 집 담벽을 지나 허인자의 집 벽을 지나 한오상의 집 벽과 최일중의 집 벽을 지나 권기덕의 집 벽과 장녹천의 집 벽과 최점선의 집 벽을 지나 이수인의 집 담벽과 이무제의 집 벽을 지나 조민강의 집 담을 지나 박방래의 집 담벽과 오재식의 집 담벽과 신영식의 집 담벽과 전태욱의 집 담벽을 지나 허면의 집 목책과 이종의 집 철책을 지나 김일수의 집 담과 윤난서의 집 담과 김실의 집 벽을 지나 김숙전의 벽과 박성식의 벽과 오재만의 벽과 안범의 벽과 홍숙자의 벽과 고석의 벽과 최수덕의 벽과 문정삼의 벽과 윤인행의 벽을 지나 김대수의 벽 우만식의 벽 이별의 벽 강진국의 벽 방말자의 벽 조인만의 벽 김영덕의 벽 황규장의 벽 한수태의 벽 박상숙의 벽 오희상의 벽 원호영의 벽 이강본의 벽 전무연의 벽 김말영의 벽 권오향의 벽 남희선의 벽을 지나

—「사람과 집」(『새와 나무와 새똥 그리고 돌멩이』) 전문

「강과 나」와 「사람의 집」에서 호명된 것은 의미를 드러내지 않고 실재화된 모습만을 보여준다. 대상에 의미를 부여하고, 의미가 부여된 대상을 호명하는 것은 인간의 의지에 불과한 것이다. 인간에 의해 호명된 대상은 인간의 의지가 의도하는 방식으로 왜곡된 세계

를 드러내게 된다. 공간만 남게 된 위의 작품에서 오규원은 의도를 철저히 배제함으로써 호명된 세계가 드러내는 왜곡을 최소화한다. 호명된 세계는 시인의 의도에 다름 아니다. 아래의 작품 「물물과 나」를 통해 오규원은 자의적으로 호명된 세계가 허구임을 보여준다.

> 7월 31일이 가고 다음날인
> 7월 32일이 왔다
> 7월 32일이 와서는 가지 않고
> 족두리꽃이 피고
> 그 다음날인 33일이 오고
> 와서는 가지 않고
> 두릅나무에 꽃이 피고
> 34일, 35일이 이어서 왔지만
> 사람의 집에는
> 머물 곳이 없었다
> 나는 7월 32일을 자귀나무 속에 묻었다
> 그 다음날 다음날을 등나무 밑에
> 배롱나무 꽃 속에
> 남천에
> 쪽박새 울음 속에 묻었다
>
> —「물물과 나」(『토마토는 붉다 아니 달콤하다』) 전문

7월 32일이나 33일, 34일, 35일은 실제로 호명되지 않는 시간이지만 실재하는 시간이다. 또한 7월 31일로 호명된 시간은 7월 31일이란 실체가 존재하는 것이 아니라 인간이 호명하여 의미가 부여된 것에 불과한 것이다. 오규원은 「물물과 나」를 통해 존재의 진

실에 대해 언급하고 있다. 모든 존재는 그것 자체로 의미를 지닌다. 그러나 인간은 존재를 호명함으로써 인간 중심적인 의미를 부여하려고 한다. 그러나 이때 부여된 의미는 인간의 호명에 의해 주관적으로 주어진 것일 뿐이다. 오규원이 '날이미지시'를 통해 드려내려고 했던 것은 바로 이와 같은, 호명되기 이전의 존재인 것이다. 오규원은 호명되기 이전의 존재를 드러냄으로써 존재가 지니고 있는 의미의 본질에 접근하려고 한다. 오규원의 이와 같은 노력은 두두시도(頭頭是道) 물물전진(物物全眞)이라는 말로 집약된다. 오규원이 「물물과 나」를 통해 보여주려고 했던 것도 인간의 호명으로부터 독립된, 존재 자체의 모습이었다.

그러나 이상과 같은 의미 있는 평가에도 불구하고 '날이미지'의 투명성이 언제나 긍정적인 인식만을 유발시키지는 않는다. 후기의 '날이미지시'들의 각각의 시적 정황은 대상과 상황의 투명성을 확보하고 있음이 분명하다. 그러나 투명성을 지향하는 시적 정황들이 기계적 인식을 유발시킬 여지도 있다. 이 경우, 이미지를 단편적으로 나열했을 때처럼 시적 정황만이 남겨졌다는 인상을 줄 가능성이 있기도 하다. 때문에 '날이미지'로서 시인의 의도는 성공적이지만 시적 표현과 감흥의 측면에서의 성공은 그것과 별개의 판단을 내릴 수도 있다.

2. 자연 인식의 변모

오규원은 초기시에서 관념의 구상화를 추구했다. 그러나 구상화된 세계는 아직까지 구체적 실체를 지니는 실제의 존재라기보다는 추상적 세계에 가까운 것이었다. 구상화를 재현하려고 했지만 그것이 곧 사실적인 것을 재현하려고 했던 것은 아니었다. 오규원의 관념의 구상화는 사실적인 것을 재현한다기보다는 관념을 대상화하여 표현한 것이었다. 관념을 구상의 세계로 완전히 치환함으로써 관념의 소멸을 추구한 것이 아니라 관념을 대상화함으로써, 관념을 마치 실체를 지니고 있는 대상처럼 사용하였다. 즉, 오규원 초기시가 보여준 관념의 구상화는 관념 자체가 소멸한 것이 아니라 관념을 하나의 사물처럼 대상화한 것이었다. 그러나 근본적인 관념적 이미지가 완전히 사라진 것은 아니었다. 그런 이유로 인하여 오규원의 시는 관념의 구상화를 추구했음에도 불구하고 추상적인 세계가 남아 있었던 것이다.

후기시의 경우는 초기시와는 반대의 모습을 보여준다. 후기시의 자연은 형이상학적 세계를 드러낸다는 점에서 초기시와 유사하지만, 실존으로서의 모습을 통해 형이상학이 재현된다는 점은 다르다. 후기시의 자연은 삶의 현장에 존재하는 실체로서의 자연이다. 물론 이때의 자연은 형이상학적 인식을 나타내는 것이다. 오규원은 관념적 구상화와 즉물적 세계에 대한 인식을 지나 대상에 대한 본질에 가까이 갔다. 대상의 본질을 추구함으로써 형이상학적 인식을 드러내려고 하였다. 형이상학적 인식의 대상으로 오규원이 선택한 것은 자연이었다. 자연을 통해 형이상학을 드러내고자 했던 오규원의 선택은 의식적인 것이든 무의식의 소산이든 지극히 자연스러운 것이었다. 그것은 오규원이 초기시부터 자연에 대해 지속적으로 관심을 기울여 왔기 때문이다.

초기시의 관념적 세계는 자연의 이미지와 맞물려, 구체적 실존이 아니라 관념적 세계를 드러낸 것이다. 그런 점에서 후기시에서 보여준, 실존으로서의 자연의 모습은 시적 인식의 구체화라는 측면에서 새로운 변화이자 돌파구이다. 물론 오규원의 자연을 형이상학적 세계의 재현과 관련한 것으로만 인식해서는 안 된다. 그에게 자연은 시 세계를 향한 도구가 아니라 시 세계의 본질에 다름 아닌 것이기 때문이다. 자연에 대한 오규원의 관심은 초기시를 통해 지속적으로 드러난다. 이러한 자연에 대한 관심은 자연스럽게 중기시의 물신사회에 대한 비판으로 이어졌고, 후기시에 이르러서는 자연 자체의 본질에 더더욱 집중하는 양상을 보여준다. 후기시의 자연은 구상화된 관념이 배태한 추상이 아니라 '날이미지'를 통해 드러나는 투명성의 세계 자체이다. 투명성을 지향하는 후기시의 자연은 자연이라는 대상 자체에 집중하게 되기 때문에 자연 자체의 의미가 더욱 강조될 수밖에 없다.

오규원의 '날이미지시'에서 자연은 필연적인 존재이다. 현대인이 호명하는 모든 것은 인간에 의해 이름과 의미가 부여된 것들이다. 인간에 의해 붙여진 이름과 의미는 결코 그것들의 본질을 나타내는 것이 아니다. 현대 문명사회의 즉물적 성격 역시 대상의 본질을 보여주지 않는다. 현대 문명사회는 언제나 본질을 탐구한다기보다 대상의 표면을 통해 드러나는 즉물적 세계를 지향한다. 자연이 삶의 본질과 맞닿아 있는 존재라는 것은 부인할 수 없는 사실이다. 그렇기 때문에 오규원의 '날이미지'가 자연으로 귀결되는 것은 자연스럽다. 오규원이 지향하는 자연은 합리적인 것이 아니라 삶의 본질로서의 존재이다. "17세기 이후, 자연은 점차 합리적인 것으로 생각"[14]되었다. 결국 17세기 이후의 '합리적인 자연'은 자연과 분리되어 "불변의 원리에 따라 움직이는 정확하고 거대한 기계로 생각되었다".[15] 오규원은 합리적인 자연과 분리된 자연을 추구함으로써 후기시의 세계를 진전시킨다. 오규원의 '날이미지시'는 본질

---

14) 이상섭, 『문학용어비평사전』, 민음사, 241쪽.

15) 위의 책, 같은 쪽.

적인 자연을 통해 재현됨으로써 투명성을 획득한다. '날이미지시'에 이르러 오규원이 즉물적 대상이 아닌, 자연에 관심을 기울인 것은 주관적 판단이 부여되지 않은 대상의 본질에 자연이 더 가까이 있기 때문이다. '날이미지시'는 단순히 대상에 대한 날 것 그대로의 이미지나 무의미를 지향하는 것이 아니다. '날이미지시'는 대상의 투명성을 지향하는 정제된 양식이며 삶의 본질을 밝히기 위한 노력의 산물이다.

1) 시적 대상의 재현과 자연 인식

『길, 골목, 호텔 그리고 강물소리』는 도시에서 자연으로 시적 세계가 이동했다. 오규원은 초기시부터 줄곧 자연물, 특히 식물적 상상력을 통해 세계를 드러냈다. 그러나 오규원의 시는 그동안 자연과 관련된 세계보다 현대 도시문명과 관련된 세계가 더 많은 주목의 대상이 되어왔다. 해체적 언어 등의 특성을 드러냄으로써 모더니즘적 경향을 공고히 한 이 시기는 오규원 중기시의 중요한 지점을 차지한다. 그러나 오규원은 후기시에 이르러 다시 자연에 대해 관심을 집중한다.

『길, 골목, 호텔 그리고 강물소리』는 길과 골목 호텔과 같은 도시적 공간으로부터 강물소리라는 자연물로 이동한다. 이때 접속사 '그리고'가 '길, 골목, 호텔'과 '강물소리'를 이어준다. 후기시에서 오규원이 강조하려고 했던 세계는 접속사 '그리고'의 다음에 나오는 세계이다.[16] 오규원의 시가 도시적 정서를 기반으로 한 것에서

---

16) 오규원의 변화는 시기적으로 94년을 전후해서 일어난다. 더 정확하게 말한다면, 95년에 나온 시집 『길, 골목, 호텔 그리고 강물소리』를 전환점으로 하고 있는데, 그 변화의 내용이 이미 시집 제목에 함축되어 있다. 『길, 골목~』에 오기까지 오규원은 길, 골목, 그것도

'날이미지'로 전환되었음은 주지의 사실이다. 오규원은 '날이미지'의 대상으로 자연을 선택했다. 오규원이 '날이미지'의 대상으로 인공이 아니라 자연을 선택한 것은 당연하다. 앞서 밝힌 바와 같이 인공적인 것들은 이미 인간의 의지가 개입된 것이기 때문에, 대상이 지니는 본연의 의미를 추구하는 '날이미지'의 대상으로는 자연이 적합하다. 아울러 후기시로 전환되는 단초는 『사랑의 감옥』이지만 이와 같은 '날이미지'의 특성이 본격화된 시집은 『길, 골목, 호텔 그리고 강물소리』이다.

오후 2시 나비가 한 마리
저공으로 날았다 나비가 울타리를
넘기 전에 새가 한 마리
급히 솟아올랐다 하강하고 잠자리가
네 마리 동서를 천천히
가로질러 갔다 동쪽의 자작나무와 서쪽의
아카시아나무 사이의 이 칠십 평의

도시의 그것들에 빠져 있었던 시인이다. 호텔 역시 마찬가지다. (…중략…) 길, 골목, 호텔은 도시의 오늘을 대변하는 표상인데, 과장이 허락된다면, 오규원은 그것들과 더불어 살아왔다고 해도 좋을 것이다. 특히 87년의 『가끔은 주목받는 생이고 싶다』의 경우 그전의 『사랑의 감옥』과 더불어 광고시 혹은 시에서의 광고성 문제가 본격적으로 제기된, 전형적인 과장성 시학의 시대였다고 할 수 있다. 보자 『가끔은~』에 실린 많은 시들, 예컨대 「롯데 코코아파이 C.F.」「자바자바 셔츠」「NO MERCY」 등등은 광고 시대를 풍자하고 있는 광고시로서 바하만의 「맛있는 것 없음(Keine Delikatessen)」에 비견해도 별로 꿀릴 게 없는 작품들이다. 그것들은 말하자면 길, 골목, 호텔을 바라보고 길, 골목, 호텔 속에서 나오는 시들이다.

그러나 바로 이 시집을 계기로 오규원은 변한다. 그 변화는 길, 골목, 호텔과 함께 '그리고 강물소리'가 병치되어 있다는 점에서 우선 감지된다. 『가끔은~』에 이르기까지 주로 도시적 서정성, 소시민의 일상성에 대한 반란, 그것도 광고 문투를 통한 야유와 풍자의 언어에 기반을 둔 언어 반란이 그 시적 세계였던 시인에게 비교적 낯선, 보이지 않던 풍경으로서 하늘, 강물 등등이 보이게 된다(김주연, 「시와 구원, 혹은 시의 구원」, 『문학과 사회』, 1999년 가을호, 1205~1206쪽).

우주는 잠시 잔디만 부풀었다

—「뜰의 호흡」(『길, 골목, 호텔, 그리고 강물소리』) 부분

그때 나는 강변의 간이 주점 근처에 있었다
해가 지고 있었다
주점 근처에는 사람들이 서서 각각 있었다
한 사내의 머리로 해가 지고 있었다
두 손으로 가방을 움켜쥔 여학생이 지는 해를 보고 있었다
젊은 남녀 한 쌍이 지는 해를 손을 잡고 보고 있었다
주점의 뒷문으로도 지는 해가 보였다
한 사내가 지는 해를 보다가 무엇이라고 중얼거렸다
가방을 고쳐 쥐며 여학생이 몸을 한 번 비틀었다
젊은 남녀가 잠깐 서로 쳐다보며 아득하게 웃었다
나는 옷 밖으로 쑥 나와 있는 내 목덜미를 만졌다
한 사내가 좌측으로 주춤주춤 시야 밖으로 나갔다
해가 지고 있었다

—「지는 해」(『길, 골목, 호텔, 그리고 강물소리』) 부분

한 소년이 나무를 끌어안고
앞을 보고 있다 햇빛이
벽처럼 앞을 가리고 있다
앞이 파도치는지 나무가 파도치는지
두 팔로 나무를 가슴에 바짝 끌어안고
눈을 찡그리고 한 소년이 나무 뒤로
한쪽 귀를 따로 숨기고 있다
나무는 앞을 보지 않고 처음부터

위를 본다 그곳은 사람이
살지 않는 하늘이다
그림자들은 아예 하늘을 보고 눕는다
돌들은 그래도 어깨를 바람 속에 내놓고
구름 시간을 익힌다
한 소년이 그러나 나무를 끌어안고
앞을 보고 있다 앞을 바라보는
두 눈의 동자는 칠흑이다

—「소년과 나무」(『길, 골목, 호텔, 그리고 강물소리』) 전문

오규원이 재현하는 대상과 공간은 하나의 현상으로 존재할 뿐이다. 재현된 대상과 공간은 의미화를 지향하지 않고 눈앞에 드러난 풍경을 이미지리화한다. 「뜰의 호흡」에 제시된 "오후 2시"의 시간은 특별한 의미로서의 시간이 아니다. 그것은 단지 "오후 2시"라는 시간적 공간인 뿐이다. "오후 2시"는 "나비 한 마리/저공으로 날았다"는 문장과 결합하여 대상과 시간을 객관화시킨다. 이때 "오후 2시"는 물론이고 "나비 한 마리" 역시 특정한 의미를 환기하지 않는다. 환유적 특성이 드러나는 오규원의 시는 재현된 정황이 다른 정황을 상징적으로 드러내지 않는다. 은유의 원리가 아닌, 환유의 원리를 사용하고 있는 오규원의 시에 등장하는 오후 2시와 나비 한 마리는 인접성에 의해 대체된 환유적 표현이다. 따라서 그것은 재현된 세계가 곧 의미를 지향한다고 볼 수 있다. 하나의 사물 A가 다양한 의미인 B나 C 등으로 전이되는 것이 아니라 A와 인접한 것으로 대체된 것이기 때문에 그것은 다의적 상징의 세계가 아니다. 환유적 세계는 시인이 드러내고자 하는 세계가 은유적 상징으로 재현되지 않기 때문에 간결하고 정제된 세계로 드러난다. 이러

한 환유적 특성은 오규원의 시가 후기시로 접어들면서 간결한 이미지와 정신의 세계를 드러내는 것과 무관하지 않다.

「지는 해」의 경우에도 정황의 재현만 있을 뿐이지 시인의 판단은 유보되어 있다. 나는 "강변의 간이 주점 근처에" 있을 뿐이며 해는 단지 지고 있을 뿐이다. 해를 보고 있던 한 사내는 "지는 해를 보다가 무엇이라고 중얼"거릴 뿐이고 여학생과 젊은 남녀 한 쌍은 지는 해를 그저 보고 있을 뿐이다. 그리고 그들은 웃고 목덜미를 만지고 시야 밖으로 나간다. 이때 재현된 석양 무렵의 풍경은 석양이 주는 원형적 심상으로부터 비껴 있다. 석양을 배경으로 한 각각의 정황이 특별한 시적 의미를 재생산하는 것이 아니라 재현된 풍경 자체가 시적 감상의 질료가 된다.

「소년과 나무」에 나타난 "나무는 앞을 보지 않고 처음부터/위를 본다"는 인식은 진술의 형태를 취하고 있지만 그것이 드러내는 것은 관념적 사유의 세계뿐만이 아니다. 환유적 정황으로 재현된 세계 안에 존재하는 그와 같은 관념적 사유의 세계는 곧 사실적 세계의 재현에 다름 아닌 것이기도 하다. 이때 나무가 앞을 보지 않고 처음부터 위를 본다는 것은 관념적 사유로서 의미를 포함하고 있는 것이기도 하지만 그것이 꼭 진술을 통해 드러나는 상징적 의미로 작용하는 것은 아니다. 위를 바라보는 나무가 도달한 곳 역시 진술로서의 "사람이 살고 있지 않은 하늘"이지만 결국 오규원이 드러낸 소년과 나무의 세계는 "한 소년이 그러나 나무를 끌어안고/앞을 보고 있"는 세계이며 두 눈의 동자가 칠흑인, 환유적으로 표현된 세계이기 때문이다.

오규원의 환유적 세계는 이처럼 표현된 세계 자체가 시적 세계를 이루며, 이때 느끼게 되는 감각적 심상은 그것 자체로 감상적 질료로 작용한다. 때문에 독자들은 재현된 세계를 통해 상징적 의미 구조를 읽어내는 것이 아니라 재현된 이미저리 자체를 받아들이게 된다.

초기시의 자연이 포괄적 세계를 드러내는 추상성인 데 반해 후기시의 자연의 모습은 실체로서의 존재이다. 다분히 현실에 기반을 둔 자연의 모습이다. 현실에 뿌리를 둔 자연의 모습이기 때문에 초기시에서 보여주었던 추상성은 약화될 수밖에 없다. 따라서 후기시의 형이상학적 세계는 관념적 추상과는 거리가 멀다. 후기시의 형이상학적 세계는 현실에 기반을 둔 것이다.

강이 허리를 꺾이는 곳에서는 산이
뒤로 물러섰다 그래도 산의
머리는 하늘과 닿고 산이
물러선 자리는 텅 비고 절벽이 생겨
곳곳의 물이 거기 모여
반짝였다 산을 따라가지 못한
절벽은 그러나 자주 몸을 헐며
서서 물을 받는다 팍팍한 그 붉은 황토에
동그랗게 숨구멍을 뚫고 물총새가
절벽과 함께 몸을 두고
새끼를 기른다 그래서 절벽에 붙어
강을 굽어보는 물총새가
긴 부리로 가볍게 해를 들고
있을 때도 있다 절벽 끝에 사는
키 작은 망개나무와 싸리나무가 하늘의
별과 달을 들어올릴 때도 있다

—「물과 길 4」(『길, 골목, 호텔, 그리고 강물소리』) 전문

식탁 위 과일 바구니에는
포도 두 송이
오렌지 셋
그리고
딸기 한 줌

창 밖의 파란 하늘에는
해가 하나 노랗게 물려 있고

식탁 위 과일 바구니에는
주렁 두 개와
둥글 셋
그리고
우툴 한 줌

창 밖의 한쪽에는
비비추꽃이 질 때도 보랏빛이고

—「식탁과 비비추: 정물 a」(『토마토는 붉다 아니 달콤하다』) 전문

「식탁과 비비추: 정물 a」에 드러난 자연의 모습에서 더 이상 초기 시의 비극적 자연의 모습은 드러나지 않는다. 그곳에는 대상과 현상으로서의 자연의 모습이 있을 뿐이다. 「물과 길」에 드러난 자연에 여전히 '팍팍한' 모습이 내재하기는 하지만 자연은 비극적인 인식을 환기하는 대상으로서가 아니라 실재하는 현상만을 드러낸다. 비극성이 나타나지 않는 이유는 시적 대상과 세계에 대한 시인의 태도가 초월적이기 때문이다. 오규원은 더 이상 시적 대상과 현상을 통해

드러나는 세계의 비극성에 대해 좌절하지 않는다. 그 대신 오규원은 세계에 대해 초월적 태도를 견지함으로써 모든 비극을 초극하려는 의지를 보여준다. 이때 보여주는 오규원의 시적 방법론은 앞서 말한 바와 같이 대상과 상황의 본질인 투명성만을 제시하는 것이다. 시적 대상과 상황에 대하여 관형어와 부사어 등을 통해 의미를 만들고 부여하는 대신에 시적 대상과 상황의 본질에 집중함으로써 시적 세계에 대해 초월적 태도를 확보하는 것이다. 「식탁과 비비추: 정물 a」의 경우에도 객관화된 대상과 상황만을 남겨놓음으로써 의미를 초극하려 했다. 초기시의 자연이 비극적 주체로서의 우리 자신이라면 후기시의 자연은 우리가 도달해야 하는 초월적 대상이다.

후기시에 이르러 나타나는 이미지 중에서 가장 특징적인 것은 '길'과 '나무'이다. '길'과 '나무'은 초기시에서도 지속적으로 나타났던 대상이다. 그러나 후기시에 등장하게 된 이들 시어는 초기시에서 보여주었던 추상성의 세계와 유사하지 않다. 이와 같은 시어의 특성은 '길'과 '나무'에만 국한된 것이 아니라 후기시를 이루는 시어 전반에 해당된다. 오규원 후기시의 시어는 초기시와 닮아 있지만 대상에 대한 시인의 태도는 전혀 다르다. 후기시의 시어는 구체적 대상을 재현하는 데 바쳐진다.

초기시에 드러난 '길'의 의미가 외부 세계를 향한 통로였다면 후기시의 '길'은 초월적 세계를 향한 것이다. 그러나 '길'은 초월적 세계를 향하는 통로로써의 기능만을 드러내지는 않는다. 때로는 '길' 자체가 초월적 세계가 되기도 하고, '길'이 놓인 곳이 곧 초월적 세계가 되기도 한다. '길'을 바라보는 시인은 굳이 길 너머의 세계를 지향하지는 않는다. 오규원은 길 위에 놓인 삶이 곧 초월적 세계일 수 있음을 깨닫는다. '나무'는 대상의 본질에 접근하는 후기시의 특성처럼 나무라는 존재 자체로 드러난다. 이때 '나무'는 식물성이 나타내는 연약함이나 패배자의 의미를 환기하지 않는다. '나무' 역시 '길'과 마찬가지로 초월적 세계를 드러낸다.

> 무릉(武陵)에는 네거리에 사람이 없는 검문소가 하나 있다
> 안과 밖으로 검문은 스스로 행해야 한다
> 오른쪽은 절과 심산으로 가는 길이다
> 왼쪽은 강으로 이어진 길이며
> 앞은 논밭과 약초를 기르는 사람들의 길이다
> 우리가 무릉으로 들어온
> 뒤는 주천(酒泉)을 건너온 다리이다
>
> —「무릉: 다시, 김현에게」(『길, 골목, 호텔, 그리고 강물소리』) 부분

「무릉: 다시, 김현에게」에서 오규원이 바라본 세계는 '검문소'가 있는 현실임과 동시에 '절과 심산과 강'으로 이어진 이상이기도 하다. 그러나 이때의 '길'은 현실을 지나 이상을 향해 가는 통로로서만 기능하지 않는다. '주천(酒泉)'을 지나 이른, 그래서 오른쪽과 왼쪽, 앞을 두고 있는 '길'은 그것 자체로 초월적 세계가 된다. 무릉의 유일한 입구인 주천의 다리를 통해 무릉의 길 위에 놓인 시인에게 무릉은 도달해야 하는 곳이 아니다. 시인이 인식하고 있는 무릉은 앞으로 가야 할 어느 곳에 있는 것이 아니다. 때로는 현재 놓인 길 자체가 무릉이 되기도 한다. "무릉은 사람이 지키지 않는 검문소가 있는/네거리의 전후좌우에" 있기 때문이다. 그리고 그곳에는 초월적 존재가 아닌 인간이 "아직은 열한 가구가 산다". 오규원은 초월적 세계인 무릉을 지향했지만 '길'을 통해서만 그곳에 갈 수 있다고 보지는 않았다. 초월적 세계는 지향해야 하는 곳이지만 그곳은 '길' 너머에만 존재하는 곳이 아니다. 초월적 세계인 무릉은 '길' '너머'일

수도 있지만 바로 '이곳'일 수도 있기 때문이다.

한 소년이 나무를 끌어안고
앞을 보고 있다 햇빛이
벽처럼 앞을 가리고 있다
앞이 파도치는지 나무가 파도치는지
두 팔로 나무를 가슴에 바짝 끌어안고
눈을 찡그리고 한 소년이 나무 뒤로
한쪽 귀를 따로 숨기고 있다
나무는 앞을 보지 않고 처음부터
위를 본다 그곳은 사람이
살지 않는 하늘이다
그림자들은 아예 하늘을 보고 눕는다
돌들은 그래도 어깨를 바람 속에 내놓고
구를 시간을 익힌다
한 소년이 그러나 나무를 끌어안고
앞을 보고 있다 앞을 바라보는
두 눈의 동자는 칠흑이다

—「소년과 나무」(『길, 골목, 호텔, 그리고 강물소리』) 전문

나무 몇 그루가 묵묵히 가지 속에
자기 몸을 밀어넣고 있다

그 나무들 위에 절[寺]이 한 채 얹혀 있다

나무의 가지 끝까지 올라간 물이

나무에서 절 안으로 길을 내고 있는지
가지가 닿은 벽의 곳곳에 이끼가 끼어 있다

양광은 하늘에 가득하고
부처는 절 안에 있고
사람은 절 밖에서 나무에 잡혀 있다

바람이 불어도 절은 뒤에 있는
하늘에 붙어
흔들리지 않는다

—「절과 나무」(『토마토는 붉다 아니 달콤하다』) 전문

우뚝 나무 한 그루 서 있다
언덕 위에 서 있다

허공을 파고 있는
그 나무 꼭대기에는 새가 한 마리
가끔 몸을 기우뚱하며
붉은 해를 보고 있다
날개가 달린 그 나무의 가지

—「나무」(『토마토는 붉다 아니 달콤하다』) 전문

「소년과 나무」의 나무는 "사람이/살지 않는 하늘"을 본다는 점과 "나무를 끌어안고/앞을 보고" 있는 소년의 "두 눈의 동자가 칠흑"이라는 점에서 비극적 현실 속에 놓여 있다. 그러나 시 속에 드러난 나무는 하늘이라는 초월적 공간을 바라보는 대상이거나 칠흑인

소년이 끌어안은 대상이라는 점에서, 비극적 존재로 읽히기보다는 초월적 존재로 읽힌다. 비극은 더 이상 시적 대상 안에 내재하지 않는다. 오규원은 외부의 비극을 품음으로써 초월적 세계로 진입하게 된다.

「절과 나무」의 나무는 자신의 위에 '절[寺]'을 얹음으로써 세계를 초월한 존재가 된다. 비극은 존재하지 않고 해탈과 초월에 접어든 세계가 나무를 둘러싼 세계를 이룬다. 이때 나무와 절과 바람과 하늘은 완벽한 풍경이 되어 삶을 초극하는 풍경을 만들어낸다.

「나무」는 나무와 새가 합일을 이룬 지점에 붉은 해가 존재한다. 「나무」는 시적 대상물들이 합일을 이루었다는 점과 함께 각각의 대상에 대한 판단을 유보하고 투명성을 지향했다는 점 등으로 인하여 초월적인 존재가 되며, 본질과의 친화력을 획득한다.

이처럼 '나무'를 바라보는 시인의 인식 역시, 초월적 세계가 곧 길 위에 존재할 수도 있음을 간파한 것과 같은 방식으로 변화했다. 초기시의 자연은 비극적 세계 인식에 놓인 비극적 존재였다. '나무' 역시 비극적 존재로서의 기능했는데, 후기시에 드러난 '나무'는 더 이상 비극으로 기능하지 않는다. '나무'는 존재 그 자체이며 세계를 드러내는 중요한 대상일 뿐이다. '나무'라는 대상은 더 이상 시인의 의도에 따라 호명되어 의미화하는 존재가 아니다. '날이미지시론'을 통해 시적 대상이 본질을 향해 나아갔듯이 '나무' 역시 시적 대상과 현상의 본질로서 존재하게 된 것이다.

2) 자연친화적 삶과 '날이미지'의 언어

『두두』에 이르러 오규원은 두두시도(頭頭是道) 물물전진(物物全眞)의 세계인, 모든 존재 하나하나가 도이며 사물 하나하나가 진리인 세계의 극단을 드러낸다. 『두두』는 투명성을 지향하는 시의 언어를 지니고 있다. 따라서 모든 존재와 사물 하나하나에 관심을 기울이는 두두시도 물물전진은 오규원의 시 세계가 지향했던 지점을 극명하게 드러내는 말이다. 오규원은 유고 시집 『두두』에서 시어의 관념을 탈색시킴으로써 '날이미지'를 투명한 지점의 극한으로 몰아붙인다. 『두두』의 언어는 그만큼 정제된 언어를 통해 시 세계를 보여주고 있는데, 경우에 따라서 그것은 선(禪)의 세계로 이해할 수 있는 오해의 소지도 있다. 그러나 이광호가 지적한 바와 같이 오규원의 정제된 언어는 선시(禪詩)의 깨달음과는 다른 것이다.[17] 그렇다면 오규원의 후기시에 드러나는 투명성의 언어는 묘사의 정제된 형태인가라는 의문이 생긴다. 일체의 관념을 거부하고 재현된 세계를 드러낸다는 점에서 그것은 진술보다는 묘사적 글쓰기의 성격에 더 가까운 것이지만 결코 묘사적 글쓰기는 아니다. 투명한 언어로 이루어진 후기의 시가 시적 대상을 재현한 것이기는 하지만 그 언어가 묘사적 특성을 지향한다고 볼 수는 없다. 묘사가 이미지의 재현에 관한 것이라면 후기시에 드러나는 투명성의 언어는 대상의 본질에 대한 것이다. 대상의 본질을 향한 투명성의 언어는 굳이 그것이 묘사된 세계일 필요는 없다. 투명성의 언어로 이루어진 '날이미지'는 그것이 진술이든 묘사이든 상관없이 의미를 비우는 지점을 향하면 되는 것이다. 후기시가 진술로서의 특성이 덜 드러나는 이

---

17) 오규원이 짧은 시 형식을 시도했다고 해서, 그것이 일종의 선시(禪詩)적인 것의 시도로 받아들여진다면 그 역시 또 다른 오해를 낳게 될 것이다. 문자로 표현될 수 없는 것을 문자를 통해 표현하기 위한 '불립문자'의 세계, 돌발적인 기지와 침묵과 여백을 통해 섬광과도 같은 오도(悟道)의 경지를 보여주는 것이 선시라면, 오규원의 '두두시'는 그러한 깨달음의 경지를 목표로 하고 있는 것이 아니다. 오규원의 '두두시'가 보여주는 것은 언어 너머를 통해 다른 진리의 차원에 도달하는 것이 아니라, 최소의 이미지를 통해 '두두'의 동사적(動詞的) 사건성 자체를 드러내는 작업이다(이광호, 「'두두'의 최소 사건과 최소 언어」, 『두두』 해설, 문학과지성사, 2008, 65쪽).

유는 '날이미지'를 향한, 의미를 비우는 작업에 진술보다는 대상의 이미지를 드러내는 방식이 더 효과적이기 때문이다.

> 그대 몸이 열리면 거기 산이 있어 해가 솟아오리라, 계곡의 물이 계곡을 더 깊게 하리라, 밤이 오고 별이 몸을 태워 아침을 맞이하리라
>
> —「그대와 산: 서시」(『두두』) 전문

> 라일락 나무 밑에는 라일락 나무의 고요가 있다
> 바람이 나무 밑에서 그림자를 흔들어도 고요는 고요하다
> 비비추 밑에는 비비추의 고요가 쌓여 있고
> 때죽나무 밑엔는 개미들이 줄을 지어
> 때죽나무의 고요를 밟으며 가고 있다
> 창 앞의 장미 한 송이는 위의 고요에서 아래의
> 고요로 지고 있다
>
> —「고요」(『두두』) 전문

> 아이 하나 있습니다
> 강가에
>
> 아이 앞에는 강
> 아이 뒤에는 길
>
> —「아이와 강」(『두두』) 전문

> 나비 한 마리 급하게 내려와
> 뜰의 돌 하나를 껴안았습니다
>
> —「봄과 나비」(『두두』) 전문

뜰 앞의 잣나무로 한 무리의 새가

날아와 자리를 잡고 앉는다

그래도 잣나무는 잣나무로 서 있고

잣나무 앞에서 나는 피가 붉다

발가락이 간지럽다

뒷짐 진 손에 단추가 들어 있다

내 앞에서 눈이 눈이 온다

잣나무 앞에서 나는 몸이 따뜻하다

잣나무 앞에서 나는 입이 있다

—「잣나무와 나」(『두두』) 전문

위에서 제시한 『두두』의 시편은 모두 겉으로 드러난 이미지의 세계를 재현하고 있다. 그러나 이러한 이미지는 일반적인 묘사적 특성과는 다른 측면이 있다. 각각의 시편이 보여주는 대상과 정황은 명징하며, 사물의 본질을 벗어난 자의적 판단을 드러내지도 않는다. 오규원은 일체의 관념과 주관적 묘사를 드러내지 않음으로써 대상과 정황을 객관화시킨다. 또한 객관화된 이미지 역시 다양한 표현법을 통해 이미지를 확대하거나 의미를 확장하지 않는다. 풍요로운 시적 이미지는 시의 외연을 풍요롭게 하지만 이미지는 인간의 자의적인 판단에 의해 만들어진 것이므로 기존의 관습적 인식과 관념을 드러내기 때문이다. 묘사의 어법을 따르고 있기는 하지만, 오규원이 후기시에서 보여주려고 했던 것은 묘사가 아니라 의미를 제거하여 드러난 대상의 본질이다. 결국 후기시에 드러난 오규원의 묘사는 의미를 무화시키기 위해 대상의 본질에 접근하고자 하는 '날이미지시'에의 의지라고 볼 수 있다.

'날이미지시'는 본인이 밝힌 바와 같이 의미를 비우는 것이지 무의미는 아니다.[18] 오규원의 시는 시적 대상과 정황까지 무화되는 것이 아니라 대상과 정황의 본질을 지향한다고 볼 수 있다. 대상과 정황이 명백할 뿐만 아니라 언어 자체가 지니고 있는 원형까지 무화시키지는 않기 때문이다. 오규원은 언어가 지니고 있는 원형을 제거하려고 하는 것이 아니다. 본인 스스로도 "바닥까지 다 비운다고 생각하지"[19] 말 것을 주문한다. 오규원은 "존재를 통해서 말한다".[20] 결국 오규원이 드러내고자 하는 것은 시의 중심에 놓일 수 있는, 존재로서의 대상과 대상의 본질이다. 그는 언어로 이루어진 세계에서 주관이 존재하지 않는 글쓰기란 불가능하다고 말한다.[21]

---

18) 통상적으로 모든 시는 의미를 채운다. 의미는 가득 채울수록 좋다. 날이미지시는 의미를 비운다. 비울 수 있을 때까지 비운다. 그러나 걱정 마라. 언어의 밑바닥은 무의미가 아니라 존재이다. 내가 찾는 의미는 그곳에 있다. 그러니까 바닥까지 다 비운다고 생각하지 마라. 나는 존재를 통해서 말한다(오규원, 「날이미지시에 관하여」, 『문학과 사회』, 2007년 봄호; 『시와 반시』, 2007년 가을호, 38쪽 재인용).

19) 위의 글, 같은 쪽.

20) 위의 글, 같은 쪽.

21) 원천적으로 주관의 개입 없는 시쓰기란 불가능하다. 그러므로 주관의 개입 없는 시란 존재하지도 않는다. 모든 시에서의 주관은 어디에 자리를 잡고 있느냐가 문제일 뿐이다. 날이미지시에도 주관이 개입한다. 그러나 그 주관은 현상에 충실한 현상의 의식으로 존재한다. 그러므로 날이미지시의 주관은 현상화된 주관이며 날이미지시는 주관까지도 현상화하는 시다(위의 글, 같은 쪽).

오규원은 '날이미지시'는 주관까지도 현상화하는 것이라고 말한다. 주관의 현상화는 오규원의 시를 이해하는데 매우 중요한 개념이다. 오규원은 초기시부터 후기시에 이르기까지 모든 시적 대상을 현상화 또는 대상화시켰다. 초기시의 관념은 구상화되었고 중기시의 시적 소재는 구체적 대상으로 발현되었다. 후기시에서도 현상화와 대상화를 통해 형이상학적 세계와 초월적 세계를 실재화시켰기 때문이다.

오규원은 『두두』를 통해 대상이 도달할 수 있는 투명한 세계의 극단을 보여준다. 대상이 지니는 의미를 탈각시켜 만들어낸 세계는 대상에 대한 고정관념을 갖지 않는다. 물론 인간의 생각은 언어라는 매개체를 통해 드러나는 것이기에 언어가 가지고 있는 관념을 완벽하게 극복할 수는 없다. 언어가 인간이 만들어낸 것이기 때문에 언어에는 이미 인간의 관념적 사고가 내재해 있을 수밖에 없기 때문이다. 그렇다고는 해도 대상에 부여된 의미를 무화시키려는 오규원의 노력은 일정 부분 성과를 거두고 있다.

호명된 대상의 본질에 최대한 접근하려는 오규원의 노력은 곧 인간이 만들어놓은 존재로부터 벗어나려는 노력에 다름 아니다. 대상의 본질에 접근하려면 최대한 대상에 접근하여 대상 자체를 바라보아야 한다. 이러한 상황은 역설적인 것이지만 인간이 언어에 의지하여 대상을 바라볼 수밖에 없는 상황하에서는 어쩔 수 없는 부분이기도 하다. 결국 인간이 부여한 최소한의 명칭만으로 대상을 바라보았을 때, 대상은 관념적 세계를 벗어나 그나마 본질에 최대한 접근할 수 있다.

길 위에 돌멩이 하나
무심하게 발이 차네
발에 차인 돌멩이

길 옆 풀들이
몸으로 가려 숨기네
그 순간
내 발 아프네

—「풀과 돌멩이」(『두두』) 전문

「풀과 돌멩이」를 통해 재현된 '돌멩이'와 '발'은 우리의 관념 속에 있는 의미를 통해 모습을 드러내지 않는다. 물론 '돌멩이'와 '발'이 가지고 있는 기본적인 정보와 의미까지 무화된 것은 아니지만, 시인은 '돌멩이'와 '발'을 의미화된 존재로 호명하지 않음으로써 일체의 관념을 거부한다. 이때 남겨진 것은 길 위에 놓여 발에 차인 '돌멩이'의 실체와 돌멩이를 차서 아픈 '발'이라는 실체일 뿐이다. '돌멩이'와 '발' 사이에 남겨진 것은 돌멩이를 찬 순간과 아픔뿐이다. 호명한 대상과 상황은 인간의 의지대로 움직여 의미화하지 않고 '돌멩이'와 '발'이라는 실존을 통해 의미를 전달한다.

아침에는 비가 왔었다
마른번개가 몇 번 치고
아이가 하나 가고
그리고
사방에서 오후가 왔었다
돌풍이 한 번 불고
다시 한 번 불고
아이가 간 그 길로
젖은 옷을 입고 여자가 갔다

—「오후」(『두두』) 전문

오후는 인간이 만들어낸 관념으로서의 시간 개념이다. 따라서 「오후」는 출발부터 인간의 관념으로 비롯된 것이다. 그러나 오규원은 인간이 만들어낸 관념적 오후를 객관화하여 관념이 제거된 순간과 지점으로 만들어 버린다. 이때 '오후'는 오후가 가지는 관념으로부터 벗어나, 정점을 지난 해가 저물녘을 향해 가는 순간의 정서만을 환기하게 된다. 물론 이때의 정서 역시 인간이 관념화한 것이라고 볼 수도 있겠지만 이때 드러나는 세계는 우리가 '오후'라고 호명하기 이전에 이미 존재했던 것일 뿐이다. 객관적인 시간 개념으로서의 '오후'는 인간의 호명 이전에 존재한 것일 뿐만 아니라 그것에 대한 감각 역시 인간의 호명 이전부터 존재했던 것이다. 오규원은 시 안에 드러난 객관적인 정황과 '오후'의 객관화된 시간을 결합하여 시적 정서를 드러낸다. 오규원의 '날이미지시'가 대상에 접근하는 방식은 관념화된 호명 이전의 의미와 그렇게 호명된 것들의 결합을 통해 구조화한다.

아이 하나 있습니다
강가에

아이 앞에는 강
아이 뒤에는 길

—「아이와 강」(『두두』) 전문

눈이 자기 몸에 있는 발자국의
깊이를 챙긴다
미처 챙겨가지 못한 깊이를 바람이
땅 속으로 밀어 넣고 있다

—「바람과 발자국」(『두두』) 전문

「아이와 강」에 등장하는 '강'과 '길'이나 「바람과 발자국」의 '깊이'는 관념이나 '선(禪)'적인 의미나 사유로 판단하기 쉽다. 그러나 이것은 관념이나 '선'이 아니라 실재하는 대상의 재현이다. 오규원은 사유를 통해 말하지 않고 이미지를 통해 드러낸다. 위의 두 편의 시에서도 각각의 정황과 시어는 이미지가 드러낸 세계를 통해 의미를 나타낸다.

물론 앞에서도 밝힌 바와 같이 『두두』는 '선'에 대한 인식으로 읽힐 오해의 여지가 있는 것은 사실이다. 그러나 『두두』는 선시가 아니다. 선시는 "문자로 표현될 수 없는 것을 문자를 통해 표현하기 위한 '불립문자'의 세계, 돌발적인 기지와 침묵과 여백을 통해 섬광과도 같은 오도(悟道)의 경지를 보여주는 것"[22]이다. 선시는 대상과 세계에 대한 시인의 생각과 관념으로부터의 깨달음을 통해 출발한다. 『두두』를 통해 보여준 오규원의 시적 세계는 깨달음에 대한 직접적인 발언이 아니다. 여전히 오규원은 대상의 재현을 통해 시적 세계를 드러내려고 한다. 따라서 오규원의 시적 언어는 말하지 않고 '드러냄'을 통해 발화한다. "오규원의 '두두시'가 보여주는 것은 언어 너머를 통해 다른 진리의 차원에 도달하는 것이 아니라, 최소의 이미지를 통해 '두두'의 동사적(動詞的) 사건성 자체를 드러내는 작업이다".[23] 오규원은 투명성을 향해 나아가지만, 투명성으로의 지향이 곧 관념 지향을 의미하지는 않는다. 오히려 오규원은 이미지를 향해 나아간다.[24]

---

22) 이광호, 「'두두'의 최소 사건과 최소 언어」, 『두두』 해설, 문학과지성사, 2008, 65쪽.

23) 위의 글, 같은 쪽.

24) 존재와 이미지에 대해 오규원은 다음과 같이 밝힌다. "모든 인간이 던지는 종국적인 질문은 '나'라는 존재로 향하게 되어 있다. '나'가 곧 세계이며 그 세계의 시작과 끝인 탓이다. '나'가 부재하는 세계란 인간과 관계를 맺고 있지 않는 시간과 공간이다. 한 시인이 세계를 투명하게 인식하고자 한다면 그것은 곧 '나'의 존재를 올바르게 파악하고자

나비 한 마리 급하게 내려와

뜰의 돌 하나를 껴안았습니다

—「봄과 나비」(『두두』) 전문

잎이 가지를 떠난다 하늘이

그 자리를 허공에 맡긴다

—「나무와 허공」(『두두』) 전문

밭에서 일하는 여자의

치마 밑까지 파며

굴착기 소리 천천히 강을 건너온다

—「여자와 굴삭기」(『두두』) 전문

「봄과 나비」의 뜰의 돌을 껴안은 나비는 '선'적인 의미를 지니고 있는 존재가 아니라 현상으로서의 "뜰의 돌 하나"를 껴안은 '나비'일 뿐이다. 이때 나비는 현상을 드러낸 주체로서의 대상일 뿐이지 '선'의 세계를 구현하는 존재는 아니다.

「나무와 허공」에는 시적 대상이 만들어내는 현상과 공간이 존재할 뿐이다. 선적인 요소로 이 시를 파악하고자 하는 경우에 "가지

하는 노력이다. 세계란 '나'의 형식이며 본질이며 허상이며 실상이어서 '나'를 가장 잘 비추는 거울인 탓이다. 시인의 작품 또한 하나하나가 세계이므로 그 세계 또한 시인의 안에서는 구조이며 밖에서는 '나'를 비추는 거울이다. 그러므로 그 거울은 정교할수록 그리고 투명할수록 좋다. 시인은 그러나 이미지로 사고한다. 아니 좀 더 정확하게 말해보자. 시인은 이미지가 사고하도록 돕는 자이다. 이미지란 시인의 언어만이 아닌 까닭이다. 그러므로, 세잔식으로 말한다면, 시인은 이미지의 의식이다. 그러므로 나는 이미지의 의식이다. 그리고 이미지가 세계의 구조를 결정하는 한에서 나는 세계의 구조를 결정하는 의식이다."(오규원, 「나는 '이미지의 의식'이다」, 『새와 나무와 새똥 그리고 돌멩이』 문학과지성사, 2005, 표4)

를 떠난 잎"과 "허공"은 깨달음을 동반하는 대상일 테지만 오규원이 만들어놓은 대상과 공간은 깨달음으로서의 선이 아니라 이미지를 통해 드러난 심상을 보여주는 시적 정서의 재현이다.

「여자와 굴삭기」 역시 재현된 이미지의 심상을 통해 시인의 의도가 나타난다. 시인은 여자와 굴삭기 그리고 치마 밑과 강에 대해 일체의 판단을 내리지 않는다. 이때 드러나는 심상은 객관화된 세계를 통해 내면화되는 세계이다. 오규원이 만든 이미지는 시인의 내면을 지향하지 않고 외부를 지향한다. 이때 겉으로 드러난 이미지인 외부는 관념을 거부한 것이다. 그러나 이미지는 읽는 이로 하여금 각각 개별화된 정서를 느끼게 한다. 하지만 개별화된 정서가 주관적 관념을 의미하지는 않는다. 이때의 이미지는 읽는 사람 각자가 느끼는 심상과 정서를 의미한다. 그리고 이 순간에 전달되는 심상과 정서는 이미지를 받아들이는 단계로서의 행위이기 때문에 관념화된 의미로 전이되지는 않는다.

오규원이 보여준 대상에 대한 투명성은 초기시의 관념의 구상화로부터 지속되어온, 관념의 소멸에 대한 귀결점이다. '날이미지시'가 초극하려고 했던 것은 언어의 안과 밖에 내재해 있는 모든 관념이었다. 묘사된 세계인 이미지가 곧 대상의 본질은 아니다. 그러나 때로는 이미지조차 끊임없이 대상을 전이시킴으로써 새로운 의미와 관념을 재생산한다. 때문에 오규원은 대상만을 남겨놓고, 이미지를 최대한 경제적으로 운용하여 불필요한 의미와 관념의 재생산을 차단하고자 했다. 『두두』를 마지막으로 오규원의 언어에 대한 여정은 끝을 맺는다. 오규원은 누구보다 언어에 대해 예민한 감각과 노력을 기울여 왔다. 또한 오규원만큼 시론과 시 세계를 일치시킨 경우도 드물다.[25] 오규원은 '날이미지시'와 시론에 대해 지속적으로 검토와 해명을 거듭해 왔다. 그렇기 때문에 오규원의 시는 시와 시론의 관계가 먼저 해명되어야 한다. 그리고 투명성을 향한 오규원의 노력이, 시가 지녀야 하는 감흥의 문제까지 수용하고 있느냐에 대한 문제 제기가 있을 수 있다. '날이미지'를 통해 투명성을 확보하고자 한 오규원의 노력이 많은 성과를 거둔 것은 분명하지만, 언어를 통해 전달될 수 있는 시적 감흥이 반감된 측면도 없지는 않다. 지금까지 '날이미지시'에 대한 몇몇 문제 제기가 있었지만 논의를 진전시키지는 못했다. '날이미지시'의 문제점에 대한 논의는 다음 연구자가 심화시켜야 할 것이다.

25) "오규원의 후기시와 시론 사이의 상관성은 투명하고 확고해 보인다. 우리 시사에서 그에 선행하는 예로는 김춘수가 있을 뿐이다. (…중략…) 김수영의 시는 자신의 시론보다 더 멀리 나아갔으며, 신동엽의 시는 자신의 시론이 위치한 자리보다 훨씬 좁다. 황동규의 시론은 (…중략…) 자신의 시보다 더 빨리 전화(轉化)하였다."(권혁웅, 「날이미지시는 날이미지로 쓴 시가 아니다」, 『시와 반시』, 2007년 가을호, 56쪽)

| 제5장 | 자연 인식의 변화와 시적 방법론

오규원은 현대 한국 시사에서 모더니즘을 대표하는 시인 중의 한 사람이다. 그는 언어에 대한 지속적인 탐구를 통해 자신의 시적 영역을 확장했다. 오규원의 시 세계는 언어와 긴밀한 관계를 유지한다. 그에게 언어를 구조화한다는 것은 형식적인 것만을 의미하지 않는다. 오규원에게 언어는 시적 세계를 형상화하기 위한 직접적이고 적극적인 수단이다. 이때 기표인 언어는 기의를 위한 수단에 머물지 않고 그 자체로서 시적 의미와 직접적으로 연결된다. 오규원은 '관념의 구상화'와 '언어의 해체와 현대성', '날이미지' 등을 통해 끊임없이 시 세계의 변화를 모색한다. 그런 점에서 언어와 언어의 변모는 그의 시를 이해하는 데 중요한 단서를 제공한다. 또한 그의 시는 언어에 대한 탐구와 변모뿐만 아니라 현대적 시·공간과 의식을 모색했다는 점에서 현대성과 밀접한 연관을 맺고 있기도 하다.

오규원의 초기시는 관념의 구상화를 위해 일관된 시적 지향점을 보여준다. 오규원은 관념을 구체화시키기 위해서 관념어를 대상화하여 사용한다. 그는 관념을 다른 사물이나 이미지로 변주하여 구체화시키는 것이 아니라 관념어 자체를 대상화한다. 오규원의 초기시는 관념어 자체를 대상화함으로써 구상화된 세계를 획득한다. 이때 관념적 인식이 구상화된 세계 안으로 들어옴으로써 비가시적인 것이 가시화된다. 관념어는 주체가 되어 가시적 세계를 보여주는 다른 시어와 능동적으로 결합하기도 한다. 대상화된 관념은 구체적인 시적 정황 속에서 추상의 세계를 극복하고 구상적 세계를 지향한다. 그러나 대상화된 관념은 관념어 자체를 제거한 것이 아니기 때문에 구상적 세계를 완벽하게 보여주지는 않는다. 오규원의 초기시는 현대적 시·공간이 구체적으로 나타나지는 않지만, 언어와 시적 대상을 현대적 인식을 통해 바라본다는 점과, 언어를 치밀하게 '사용'하고 '구조화'한다는 점에서 현대성을 획득한다.

오규원은 영상 조립 시점과 심상적 시점을 활용하여 세계에 대한 부정적 인식을 심화시키기도 한다. 영상 조립 시점은 분절되고 이질적인 정황의 결합을 통해 새롭고 낯선 시적 정황을 만들어낸다. 전통적으로 시적 정황은 연속된 세계와 언술을 통해 표현된다. 그러나 오규원은 영상 조립 시점의 분절된 정황을 적극적으로 이용하여 현대성의 비극을 드러낸다. 영상 조립 시점은 가시권의 정황뿐만 아니라 비가시권의 정황을 통해서도 표현되기 때문에 내면화된 의식 세계를 표현하는 데 효과적이다. 오규원은 영상 조립 시점을 통해 가시권의 정황과 비가시권의 정황을 자연스럽게 결합시킨다. 이렇게 영상 조립 시점으로 만들어진 시적 정황은 낯선 세계를 재현하여 새로운 시적 인식을 전달한다.

오규원은 영상 조립 시점과 함께 심상적 시점을 주된 시적 언술로 사용한다. 주관적 묘사의 형태를 갖는 심상적 시점은 비가시적

인 심리적 내면 세계를 통해 나타난다. 심상적 시점은 연쇄적이라는 측면에서 서로 연결되어 있는 세계를 드러내지만 비가시적인 심리적 내면을 주관적 묘사를 통해 보여준다는 점에서 낯선 심상을 보여준다. 심상적 시점은 파편화된 가시권의 세계를 결합하지 않았다는 점에서 영상 조립 시점과 차이점을 보이지만 낯선 인지 충격의 효과가 극대화될 수 있다는 점에서 유사성을 지니고 있기도 하다.

오규원의 시는 영상 조립 시점을 사용한 작품 이외에도 이미지의 전이가 낯설게 이루어진 경우가 많다. 이렇게 전이된 정황은 독립된 영역을 확보하여 독자에게 낯선 인지 충격을 준다. 오규원의 시적 연상은 순차적으로 연결되어 연속적인 세계를 보여줌과 동시에 분절적인 세계를 표현하기도 한다. 이와 같이 연속되어 있으면서 동시에 분절되어 있는 세계는 기시감과 미시감을 동시에 발생시킨다. 연결된 세계를 통해 기시감을 형성하게 되고 분절된 정황을 통해 미시감이 형성된다. 기본적으로 오규원의 시적 특질은 미시감으로부터 기인한다. 오규원 시는 환상과 관념을 미시적 요소와 결합하여 낯선 시적 정황을 만들어내기도 한다.

오규원의 시는 지속적으로 자연에 대한 인식을 드러낸다. 자연은 그동안 오규원의 시에서 주목 받지 못했던 요소이다. 자연에 대한 오규원의 관심은 특히 초기시와 후기시에 집중적으로 나타난다. 오규원 초기시의 자연 인식은 부정적 모습을 동반한 관념으로부터 비롯된다. 오규원의 초기시는 자연을 현대와의 대립에서 패배한 약자의 모습으로 인식함과 동시에 부조리한 현대의 반대 지점에 위치한 존재로 인식한다. 오규원 초기시의 자연은 비극적인 심상을 보여줌으로써 낯선 시적 정황을 환기시킨다. 낯선 시적 정황을 통해 재현된 자연의 모습은 미시감을 확보함으로써 자연이 지니고 있는 보편적인 상징과 심상을 넘어선다. 오규원은 미시감을 통해 자연을 이성과 감각의 영역으로 치환한다.

초기시에 나온 자연의 실체 중에서 오규원이 주목한 것은 식물 이미지이다. 식물 이미지 중에서도 오규원은 나무에 집중하고, 식물 이미지와 인접한 것으로 뜰에 주목한다. 초기시에 등장하는 나무와 뜰은 외부의 공포나 힘에게 저항할 수 없는 존재이거나 세계의 밖에 놓여 있는 존재이다. 아울러 식물에 비해 빈도가 낮기는 하지만 동물을 비롯한 여타의 자연물도 다수 등장한다. 이때의 자연 역시 연약한 존재로 등장하는데, 식물과 마찬가지로 긍정적 세계보다는 부정적 세계 인식을 전달한다.

『순례』에 이르러 오규원의 시선은 외부를 향한다. 『분명한 사건』이 내재화된 세계를 지향한 반면 『순례』는 외부에 존재하는 세계에 대해 관심을 나타낸다. 오규원의 이러한 관심은 길과 들을 통해 찾아 볼 수 있다. 외부 세계를 지향하는 모습은 현대 도시문명에 대한 관심을 적극적으로 표명하고 있는 중기시로의 이행을 유추할 수 있는 단초를 제공하기도 한다. 그러나 『순례』는 첫 번째 시집인 『분명한 사건』과 더욱 강한 친화력을 보인다. 『순례』에서 오규원은 길과 들을 통해 외부를 지향했을 뿐, 그곳을 향해 나아가지는 않았다. 『순례』의 세계는 더 이상 뜰 안에 머물지 않고 길과 들을 통해 다른 세계로 나아가기를 원한다. 그러나 오규원 초기시의 시적 자아는 여전히 길과 들에 머물러 있다.

오규원은 중기시에 이르러 외부 세계에 대해 적극적인 관심을 드러낸다. 이 시기는 구체적 현실이 본격화된 때이다. 중기시에 해당하는 시집은 『왕자가 아닌 한 아이에게』, 『이 땅에 씌어지는 서정시』, 『가끔은 주목받는 생이고 싶다』 등이다. 『사랑의 감옥』의 경우에 중기시의 특징이 일부 나타난다는 점에서 중기시의 범주에 넣을 수도 있지만 오규원 자신이 후기시로 분류한 바 있고, 자의식을 가지고 환유적 인식을 처음 드러냈다는 점에서 후기시로 분류해야 한다. 일부 시가 중기시의 연장선상에 있는 것이기는 하지만 후기시의 시적 인식을 의도했다는 점에서 후기시는 『사랑의 감옥』부터 검토되어야 한다. 중기시의 특징은 구체적 현대 체험이 본격화되었다는 점과 구체적 시·공간을 획득했다는 점이다. 중기시에서 구체적 공간으로 오규원이 선택한 것은 현대의 도시이다. 오규원의 중기시는 도시의 실체를 통해 현대 문명사회에 대한 비판적이고 비극적인 인식을 보여준다.

오규원의 중기시는 시·공간의 구체성을 획득하고 있다. 이에 비해 초기시의 시·공간은 포괄적인 양상을 보인다. 초기시가 사실적인 삶의 양상을 보여준다기보다 추상적인 모습을 강조하고 있기 때문이다. 이에 반해 중기시는 구체적인 시간과 공간을 통해 우리 삶의 현재를 사실적으로 나타낸다. 오규원의 시·공간 인식은 초기에서 중기로 넘어오면서 분명한 변모 양상을 드러낸다. 초기시의 모호한 시간이 구체적 시간으로 바뀌게 되고, 공간 역시 추상적인 것에서 실체를 지니는 공간으로 전이된다.

그동안 오규원의 시는 현대 도시문명의 삶을 제시하고 있는 중기시가 많이 다뤄졌다. 특히 즉물적 세계와 해체적 언어의 특성이 드러나는 작품을 중심으로 많은 논의의 진전이 이루어졌다. 오규원의 중기시는 주지하듯이 즉물적 상상력과 물신 시대인 현대 도시문명에 대한 비판이 주조를 이룬다. 그중 『가끔은 주목받는 생이고 싶다』는 형식적 측면의 새로움에서 많은 주목을 받은 바 있다. 중기시가 보여주고 있는 현대 도시문명의 구체적 삶을 통해 오규원은 삶의 실존과 비극을 실제에 가깝게 재현한다. 그러나 삶의 비극은 적극적인 투쟁의 모습으로 나타나는 것이 아니라 현실의 울타리 안에서 비극을 견디고 드러내는 방식으로 나타난다. 오규원은 말하지 않고 보여줌으로써 비극적 삶에 대해 웅전한다.

오규원의 중기시는 반어와 역설, 패러디가 주요한 표현법으로 사용되었다. 반어와 역설, 패러디는 현대문학의 중요한 표현법이다. 반어, 역설, 패러디는 기본적으로 풍자나 야유, 조롱 등을 통해 비판적 인식을 전달하며, 현대의 비극적 속성을 재현하는 데 효과적이다. 그런 점에서 현대 문명사회에 대한 비극적 인식을 보여주는 오규원의 시에 반어, 역설, 패러디가 주요한 표현법으로 사용되는 것은 자연스러운 일이다.

오규원의 시는 반어적 형태가 분명하지 않은 경우에도 반어의 효과를 전달하는 경우가 많다. 중기시에서 그가 주로 다루고 있는 현대 문명사회의 비극적 특성이 이미 반어적일 수밖에 없기 때문이다. 현대 문명사회는 풍요로움에도 불구하고 이미 비극적 삶의 양상을 지니고 있다. 현대의 속성은 이와 같은 이율배반을 전제로 하기 때문에 그 안에 반어적 속성을 함의하고 있다. 오규원의 시에서 반어가 두드러지게 나타나는 이유는, 이러한 속성을 지니고 있는 현대문명을 작품 안에 적극적으로 수용하기 때문이다.

역설의 경우는 반어와 달리 구체적 정황을 통해 드러나는 경우가 많지 않다. 오규원이 사용하는 역설은 형이상학적인 세계를 지향한다. 그런 점에서 오규원 중기시의 역설은 존재론적 역설과 관련이 있다.

패러디스트로서 오규원이 선택한 시적 세계는 상품과 광고이다. 그에게 상품과 광고는 현대 문명사회와 자본주의의 비극을 드러내는 데 중요한 소재이다. 그에게 자본주의의 상품과 광고는 현대 문명사회의 비극을 대표적으로 보여주는 대상이다. 이러한 상품과 광고를 통해 재현된 오규원의 작품은 그것들이 모방한 세계인 현대에 대해 비판적 태도를 견지한다. 오규원은 상품과 광고뿐만이 아니라 카페의 메뉴판과 시장의 풍경까지 패러디의 대상으로 삼는다. 그는 적극적으로 현대 도시문명을 끌어들임으로써 그 안에 놓인 현대인의 비극적인 실존을 적나라하게 보여주고자 한다. 상품을 패러디의 대상으로 삼을 때에도 상품이 전달하는 보편적인 이미지를 모방하는 것에 그치지 않는다.

후기시에 이르러 오규원의 시는 '날이미지시론'을 통해 보다 정교하게 구조화된다. 후기시의 범주에 들어가는 시집은 『사랑의 감옥』, 『길, 골목, 호텔 그리고 강물소리』, 『토마토는 붉다 아니 달콤하다』, 『새와 나무와 새똥 그리고 돌멩이』, 『두두』이다. 앞에서도 언급했듯이 『사랑의 감옥』은 중기시의 특성이 남아 있다는 점에서 중기시의 범주에 넣을 수도 있는 시집이지만 환유적 시쓰기가 구체화되기 시작한 시집이라는 점에서 후기시로 분류해야 한다. 이 시기는 초기시와 마찬가지로 자연을 주요한 시적 대상으로 삼았다. 후기시에 나타난 자연은 '날이미지시론'에 기반한 초월적 존재로서의 자연이다. 이때 자연은, 의미를 탈각시키고 대상에 집중하려는 시적 경향과 맞물려 자연 자체의 모습이 강조된다. 의미를 탈각시키려는 '날이미지시론'은 선시로 오해를 받는 경우도 있다. 그러나 초월적 자연이 곧 선적인 요소를 지향하거나 드러내는 것은 아니다.

후기시의 자연은 '날이미지'를 통해 관념이 무화된 투명성을 보여준다. 이 시기에 나타난 자연의 실체 중에서 가장 두드러진 것은 길과 나무이다. 길은 초기시에서도 주요한 소재로 등장했다는 측면에서 공통적이다. 초기시의 길이 외부 세계를 향한 통로였던 반면, 후기시의 길은 초월적 세계를 지향하는 공간이면서 동시에 그곳 자체가 초월적 세계이기도 하다는 점이 다르다.

초기시의 자연은 비극적 세계 인식 위에 놓여 있다. 나무 역시 비극적 존재로서 기능한다. 그러나 후기시의 나무는 더 이상 비극으로 기능하지 않는다. 나무는 여전히 오규원의 세계를 드러내는 중요한 대상이지만 비극을 포함한 관념으로부터 벗어난다. 후기시에 이르러 나무는 관념이 제거된 대상으로서 본질의 투명성을 획득한다.

이 시기의 오규원의 언어는 구상적 인식의 언어와 해체적 언어를 지나 현상적 언어의 세계로 변모한다. '날이미지'를 통해 재현되는 현상적 언어는 환유적 구조를 지니고 있으며 시적 대상과 현상이 투명하게 남겨진 세계를 지향한다. 오규원은 언어가 가지고 있는 일체의 판단을 유보하고 현상과 사물 자체에 집중한다. 오규원의 '날이미지시론'은 의미의 무화를 지향하지 않고 관념적 의미가 제거된 대상의 투명성을 추구한다.

『두두』에 이르러 오규원은 대상에 대해 한층 정제된 언어 의식을 보여준다. 그것은 두두시도(頭頭是道) 물물전진(物物全眞), 즉 모든 존재 하나하나가 도이며 사물 하나하나가 진리인 세계를 향해 나아가기 위한 시적 방법론이었다. 존재와 사물의 본질에 다가서고자 했던 오규원의 시는 『두두』를 통해 투명성의 극단을 보여준다. 후기시의 중요한 특성인 '날이미지'는 의미를 비우는 것이 아니라 있는 그대로 보여주려는 노력의 산물이다. 대상의 본질을 통해 대상에 접근하고자 하는 노력이 '날이미지시'인 것이다. 그런 점에서 오규원의 후기시가 투명하고 명징한 언어적 감각을 견지한 것은 당연하다.

언어에 대한 탐구를 통해 끊임없이 시적 방법론에 대해 고민했던 오규원의 시가 우리 시사에 던지는 의미는 크다. 오규원의 시는 초기시부터 후기시에 이르기까지 스스로 마련한 시적 지향점을 향해 나아가고자 노력했고, 그것은 비교적 성공적이었다. 그러나 대상에 대한 투명성에 집중함으로써 시적 감흥까지 제거된 것이 아니냐는 점은 논란의 여지가 있다. 시가 언어의 구조물인 것은 분명한 사실이지만 시는 동시에 미적 인식의 대상이다. 그런 점에서 오규원 시의 시적 방법론에 대한 또 다른 문제 제기와 논의가 필요하다.

이 책은 오규원의 초기시와 후기시에 나타난 자연 인식의 특성과 변화를 파악하고, 오규원 시의 변모 양상을 분석하고자 했다. 아울러 초기시에서 중기시로 이행되는 시·공간에 대한 인식과 표현 방식을 현대성의 관점에서 분석했다. 자연 인식과 시·공간 인식에 대한 연구는 오규원 시에 대한 새로운 관점을 부여한다. 오규원의 시는 기존의 논의를 넘어서는 다양한 측면에서의 연구가 절실히 요구된다. 오규원이 언어에 천착했던 시인이니만큼 언어학을 통한 접근도 가능하다. 언어학 등과 관련한 연구는 다음 연구자에게 과제로 남긴다.

제2부

오규원 동시의 '날이미지'적 특성과 자연 인식

ㅡ오규원 동시집 『나무 속의 자동차』를 중심으로

오규원 동시의 '날이미지'적 특성과 자연 인식

: 오규원 동시집 『나무 속의 자동차』를 중심으로

1. 시적 대상과 객관적 세계 인식

동시는 보편적으로 어린이의 정서와 세계를 드러낸 작품을 지칭하며, 어린이를 주된 독자층으로 삼는다. 그러나 동시를 어린이만을 위한 장르라고 단정 지을 수는 없다. 동화가 어린이뿐만 아니라 성인 독자에게도 유효한 가치와 의미를 지니고 있는 것처럼 동시 역시 성인 독자에게 충분한 시적 감흥을 전달할 수 있다. 일반적으로 동시는 어린이를 대상으로 성인이 쓴 것을 의미하는데, 이것과는 별개로 어린이 스스로가 쓴 것을 아동시로 분류하기도 한다. 물론 동시와 아동시 모두의 중심에 어린이의 세계가 있음은 자명하다.

동시의 세계는 대체적으로 순수함을 근간으로 한다. 그런 점에서 동시는 때 묻지 않은 세계를 드러낸다고 여기는 경우가 많다. 또한 어린이가 주된 독자이므로 동시는 쉽게 읽히고 이해되어야 한다는 것이 일반적인 생각이다. 동시는 의미가 쉽게 파악될 수 있는 어법을 통해 전달되는 경우가 많다. 동시에 대한 이와 같은 생각이 보편적 설득력을 지니고 있는 것임은 부인할 수 없다. 동시의 독자가 어린이이기 때문에, 동시가 어린이의 눈높이에 맞춰서 쓰여야 한다는 것은 지극히 자연스러운 일이다.

그러나 동시에 대한 이러한 생각이 타당한 것이기는 하지만, 시인의 생각이 직설적으로 드러나는 경우가 많다는 점에서 아쉬움을 남기기도 한다. 특히 진술이 주된 시적 언술로 등장할 때, 동시는 직설적이고 교훈적인 태도를 보이기도 한다. 동시를 포함한 모든 운문은 삶에 대한 사유와 철학을 드러내는 것이지 철학적인 언어로 표현되는 것은 아니다. 따라서 "간혹 예외가 있기는 해도, 공리적인 목적을 위해 쓰여진 운문은 언제나 문학적 가치가 없는"[1] 경우가 많다. 그런 점에서 동시를 포함한 아동문학 작품의 경우에, 그것이 성인의 눈높이와 잣대에 의해 판단된 것인지 검토하는 것은 매우 중요하다. 지나치게 쉽게 쓰이거나 교훈적인 내용이 드러나는 주된 이유는 그것이 성인의 관점에서 바라본 경우가 많기 때문이다. 동시 역시 "윗사람이 아랫 사람에게 말하는 방식을 사용하기보다 어린이의 시각"[2]에서 말해야 한다.

어른의 시선으로 어린이의 세계를 규정짓지 않는 오규원의 동시는 그런 점에서 의미를 갖는다. 오규원의 동시에 나타난 세계는 어른의 시선으로 해석된 세계가 아니라 객관적인 관점으로 관찰하고 발견한 세계이다. 세계를 해석하지 않으려는 시인의 태도는 어린이의 세계를 표현할 때 나타날 수 있는 상투성을 끊임없이 배반한다. 오규원의 동시는 삶에 대한 사유를 직접적으로 드러내기보다는 사물과 현상을 제시함으로써, 동시에 대한 객관적인 시적 인식과 세계를 전달한다.[3]

---

1) 존 로 타운젠드, 강무홍 역, 『어린이책의 역사1』, 시공주니어, 1996, 170쪽.

2) 존 로 타운젠드, 강무홍 역, 『어린이책의 역사2』, 시공주니어, 1996, 527쪽.

사물과 현상을 직접 제시하여 대상의 본질을 재현하려고 했다는 점에서 그의 동시는 자신의 시론인 '날이미지시론'[4]과 맞닿아 있다. 물론 『나무 속의 자동차』[5]에 수록된 동시들의 상당수가 시인

3) 오규원은 『현대시작법』에서, 사람들이 시에 대해 "시인의 철학이 언어로 구상화되어 있다는 식의 주장을, 시란 철학적으로 표현해야 하는 것으로 오해"하고 있다고 말한다. 그리고 "시란 물론 시인의 철학을 포함하고 있지만, 반드시 시가 철학적으로 또는 철학적인 언어로 표현되는 것은 아니"라고 밝히며, "오히려 시는 언어 예술인 만큼 철학적인 또는 전문적인 용어들이 지닌 개념적 의미나 추상성을 회피해야만 하는 것"이라고 주장한다. 오규원은 철학적인 언어나 "전문어로 써야만 좋은 시가 된다는 착각 또는 오해"로 "형이상학적 시(mataphysical poem)에 대한 잘못된 이해"를 지적한다(오규원, 『현대시작법』, 문학과지성사, 1993, 34~35쪽 요약 정리).

마리아 니콜라예바는 다음과 같이 말한다. "아동문학 작가들은 아동기가 어떤 것인지가 아닌, 아동기는 어떠해야 한다는 것을 독자들에게 이야기하는 경향이 있다는 것이다. 이것은 아동문학이 하나의 예술로 서는 것을 방해하지는 않지만, 강력한 교육학적 취지를 전제하게 한다. 아동문학의 맥락에서 '일반' 혹은 '성인' 문학으로 세분화하지 않고 우리가 통상 문학이라고 부르는 것과 구별하는 기준으로 아동문학의 문학-교육의 혼합을 이용하는 일은 불합리하다. 사실상 모든 문학을 예술 형식과 교육적 수단 '모두'로, 혹은 오히려 이데올로기적인 수단이라고 보는 것이 훨씬 더 합당하다. 이런 점에서 볼 때 아동문학은 특별한 것이 아니다. 이념적이거나 교육적 의도가 아동문학에서 더 명시적인 것 같지만 이는 정도의 문제이지 본질이 그런 것은 아니다."(마리아 니콜라예바, 조희숙 외 역, 『아동문학의 미학적 접근』, 교문사, 2009, 1~2쪽)

4) 오규원은 자신이 '날이미지시'에 대해 관심을 갖게 된 계기를 다음과 같이 밝히고 있다.

"80년대 후반부터, 나는 인간 중심의 사고에서 벗어나야겠다고 생각했다. 이러한 사고의 흔적은 그 무렵 쓴 여러 작품에도 나타나 있다. 그러나 이런 생각이 본격화된 것은 90년대 초부터이다. 나는 나(주체) 중심의 관점을 버리고, 시적 수사도 은유적 언어체계를 주변부로 돌리고 환유적 언어체계를 중심부에 놓았다. 그리고 관념(관념어)을 배제하고, 언어가 존재의 현상 자체가 되도록 했다. 그리고 현상 그 자체가 된 언어를, 즉 사변화되거나 개념화되기 전의 현상화된 언어를 '날이미지'라고 하고, 날이미지로 된 시를 '날이미지시'라고 이름 붙였다."(오규원, 『날이미지와 시』, 문학과지성사, 2005, 7쪽)

이것으로 볼 때 오규원은 동시집을 출간하기 전부터 '날이미지'와 관련한 시론을 정리했다고 볼 수 있다. 오규원은 동시집에 수록된 40편중에서 30편은 과거에 쓴 것인데, 그중 절반가량을 고쳤으며 10편은 새로 쓴 것이라고 『나무 속의 자동차』에서 밝히고 있다. 따라서 『나무 속의 자동차』에 수록된 작품들이 전적으로 '날이미지시론'에 입각해서 쓰인 것은 아닐 지라도, 어떤 방식으로든 '날이미지시론'의 영향 아래 놓였음을 짐작해 볼 수 있다.

5) 오규원 동시집 『나무 속의 자동차』는 1995년 민음사에서 처음 출간되었다. 이후 문학과지성사에서 2008년에 재출간되었다. 이 글은 문학과지성사의 판본을 중심으로 작성되었다.

의 20대와 30대 초반 시절에 쓰인 것을 감안한다면, 그의 동시를 '날이미지시론'과 직접적으로 연계하여 생각할 수는 없을 것이다.[6] 그러나 오규원 동시집이 처음 출간된 때가 1995년이고, 그때 충분히 수정, 보완되었다는 점을 감안한다면 '날이미지'에 대한 시인의 의도와 그의 동시가 무관하다고 볼 수는 없다.

아울러 오규원의 동시는 시 작품에서와 마찬가지로 자연에 대한 인식을 통해 시적 세계관을 심화시키기도 한다. 자연이라는 소재 자체를 특별한 것이라고 할 수는 없을 것이다. 그러나 오규원의 자연은 대상의 본질을 드러내려고 했던 '날이미지시론'과 연결됨으로써 특별한 의미를 부여받는다.

2. 대상의 본질과 '날이미지'적 특성

오규원의 동시는 대상을 있는 그대로 재현함으로써 주관적 인식을 배제하려고 노력했다. 이것은 그의 '날이미지시'와 밀접한 관련을 맺고 있는 것이다. 오규원은 '날이미지시론'을 통해 "존재의 현상 그 자체"를 탐구하고자 노력했다. 오규원의 시는 1991년에 출간된 6번째 시집 『사랑의 감옥』[7] 이후에 후기시의 세계로 이행되었으며,[8] 1995년에 출간된 7번째 시집 『길, 골목, 호텔 그리고 강

---

6) 이 점에 대해 오규원은 다음과 같이 말한다.

"사실대로 말하자면, 이 동시집 『나무 속의 자동차』는 훨씬 훗날에 펴내게 계획되어 있었습니다. 따로 묶어 간직하고 있던 작품의 대부분은 제가 20대와 30대 초반의 나이에 썼지만, 나이가 들고 마음의 여유가 생기면 그 때 다시 고쳐 써서 낼 작정이었던 것입니다. 그러니까 처음 계획대로라면 앞으로 약 10년 후에 나오게 될 책이 이렇게 빨리 나오게 되었습니다."(오규원, 『나무 속의 자동차』, 문학과지성사, 2008, 120쪽)

7) 오규원, 『사랑의 감옥』, 문학과지성사, 1991.

8) 오규원 시의 시기 구분은 연구자마다 차이가 있다. 이연승(「오규원 시의 변모과정과 시쓰

물소리』[9]부터 '날이미지시론'을 심화시켰다. 이런 점을 놓고 보았을 때 오규원의 동시는 '날이미지시론'이 정립되기 이전에 쓰인 것이 다수를 차지하고는 있지만 '날이미지시론'에 입각한 시인의 태도와 상당 부분 연관을 맺는다. 실제로 그는 자신의 동시에 대한 이러한 생각을 다음과 같이 밝히고 있기도 하다.

> 저는 동시를 동심을 노래하는 것으로도, 동심으로 노래하는 것으로도 보지 않습니다. 저는 동시를 동심으로 볼 수 있는 시의 세계라고 생각하는 사람이므로, 이 차이가 제 작품의 여기저기에 나타나 있습니다. 동심을 노래하는 것은 시의 세계가 동심으로 한정될 염려가 있고, 동심으로 노래하는 것은 시의 세계가 노래라는 말에 간섭을 받을 염려가 있습니다. 그래서 보다 포괄적이고 보다 시적인 시각으로 동시의 자리를 잡은 것입니다. 이렇게 하는 것이 동시에게 훨씬 큰 세계를 마련해 주는 것이라고 저는 믿고 있습니다.[10]

기 방식 연구」, 이화여대 박사논문, 2002)은 초기시(『분명한 사건』, 『순례』), 중기시(『왕자가 아닌 한 아이에게』, 『이 땅에 씌어지는 서정시』, 『가끔은 주목받는 생이고 싶다』), 후기시(『사랑의 감옥』, 『길, 골목, 호텔 그리고 강물소리』, 『토마토는 붉다 아니 달콤하다』)로 분류하였으며, 엄정희(「오규원 시 연구: 시와 형이상학의 관계 고찰」, 단국대 박사논문, 2005)는 제1기(『분명한 사건』, 『순례』, 『왕자가 아닌 한 아이에게』), 제2기(『이 땅에 씌어지는 서정시』, 『가끔은 주목받는 생이고 싶다』), 제3기(『사랑의 감옥』, 『길, 골목, 호텔 그리고 강물소리』), 제4기(『토마토는 붉다 아니 달콤하다』)로 분류했다.

위와 같은 분류는 시인의 생전에 이루어진 것이라 일부 시집이 누락되어 있다. 필자는 오규원 자신이 밝힌 분류를 토대로 하여 그의 시를 초기시, 중기시, 후기시로 나누었으며 구체적인 시기별 구분은 다음과 같다. 초기시는 『분명한 사건』(1971), 『순례』(1973)이며 중기시는 『왕자가 아닌 한 아이에게』(1978), 『이 땅에 씌어지는 서정시』(1981), 『가끔은 주목받는 생이고 싶다』(1987)이고, 후기시는 『사랑의 감옥』(1991), 『길, 골목, 호텔 그리고 강물소리』(1995), 『토마토는 붉다 아니 달콤하다』(1999), 『새와 나무와 새똥 그리고 돌멩이』(2005), 『두두』(2008)이다. 『사랑의 감옥』의 경우는 중기시의 특성이 남아 있다는 점에서 과도기적 특성을 지니고 있기도 하지만 후기시의 특성이 구체화되기 시작한 시집이라는 점에서 후기시로 분류했다(조동범, 「오규원 시의 현대성과 자연 인식 연구」, 중앙대 박사논문, 2010, 2~3쪽 요약 정리).

9) 오규원, 『길, 골목, 호텔 그리고 강물소리』, 문학과지성사, 1995.

동심은 어린이의 마음속에 자리 잡은 생각이다. 따라서 이미 그것에는 어린이의 세계에 대한 관습적 인식과 해석이 담겨있을 수밖에 없다. 오규원은 이와 같은 마음속의 생각이 직접 노출되는 것을 경계했다. 이러한 오규원의 시적 인식은 '날이미지시론'에 이미 나타난 것인데, 그는 '날이미지시론'을 통해 대상의 본질에 집중하고자 했으며 그 안에 담긴 인간의 관념을 제거하고자 노력했다. 오규원은 묘사를 주요한 시적 언술로 사용해 왔다. 동시에서도 그의 그러한 태도는 변함이 없다. 그래서 그는 "동시를 동심으로 볼 수 있는 세계"라고 말한다. 이때 '보다'라는 행위는 바라봄으로써 드러난 대상을 통해 시적 의미를 제시하는 것이다. '보다'라는 행위에 인간의 고정된 생각이 끼어들어서는 안 된다. 오규원은 바라봄으로써 더 큰 세계와 만날 수 있다고 믿는다. 시가 되었든 동시가 되었든 인간의 관념을 통해 세계가 재현되었을 때, 그것은 인간이 지니고 있는 인식의 테두리 안에서 세계를 형성할 수밖에 없다. 그러나 대상의 본질에 집중하여, 대상의 실체를 있는 그대로 재현했을 경우에는그것의 시적 세계가 무한히 확장된다.

오규원은 '날이미지시론'을 통해 인간 중심의 사고로부터 벗어나고자 했다. 오규원의 동시 역시 그와 같은 시적 태도와 연관을 맺고 있다. 인간의 고정관념에 의해 시적 세계가 갇히게 될 때, 그것은 무한히 확장될 수 있는 어린이의 상상 세계를 가로막는 오류를 저지를 수밖에 없다. 결국 성인이 생각하는 동심이라는 것 역시 성인의 인식 테두리 안에 갇힌 것일 수밖에 없으며, 그것은 어린이에게 하나의 고정관념으로 작용하게 된다. 그런 점에서 인간 중심의 사고를 벗어나고자 하는 오규원의 노력은 의미를 갖는다.

---

10) 오규원, 『나무 속의 자동차』, 문학과지성사, 2008, 124쪽.

인간 중심의 사고를 벗어나고자 함으로써 오규원의 동시는 시적 대상이 지니고 있는 본질에 다가설 수 있었다. '날이미지시론'은 대상 자체의 본질에 집중하기 때문에 오히려 시적 상상력을 확대시킬 수 있다. 특히 동시를 읽는 어린이의 사고는 성인의 그것보다 유연하기 때문에, '날이미지시론'과 같이 대상에 집중함으로써 오히려 고정된 의미로부터 벗어날 수 있다. 어린이는 시적 대상과 마주할 때 성인과 달리 의도와 의미를 먼저 생각하지 않는다. 어린이의 상상력이 때로 기발한 것도 이러한 특성 때문이라고 할 수 있다. 그런 점에서 대상의 본질을 있는 그대로 파악하고자 하는 오규원의 노력은 동시의 경우에도 매우 적절한 것이라고 볼 수 있다.

시적 대상을 판단하고 규정하여 의미를 제시하는 것은 시적 진술에 대한 오해로부터 비롯된 것이다. 흔히 진술을, 생각과 관념을 직설적으로 드러내는 것이라고 파악한 경우가 많다. 그러나 진술은 시적 대상을 판단하고 규정짓지 않을 뿐만 아니라 생각이나 관념과도 다른 것이다. 그런 점에서 오규원의 '날이미지시론'이 경계하는 것은 시적 진술이 아니다.

시는 마음속의 생각을 직설적으로 드러내는 작업이 아니다. 시는 표현된 대상을 통해 '마음속의 생각과 관념'을 '보여주어야 하는 것'이다. 당연히 '생각'과 '관념'은 중요한 시적 언술인 진술과 동일한 것이 아니다. 시적 진술을 '생각'이나 '관념'과 동일한 것으로 파악할 때 진술에 대한 오류가 나타나게 된다. 진술은 생각이나 관념과 달리, "논증이나 설명과 같이 논거를 명시적으로 드러내놓지 않"[11]기 때문이다.

오규원의 동시 중에서 '날부분은 『나무 속의 자동차』의 2부와 4부

11) 오규원, 『현대시작법』, 문학과지성사, 1993, 135쪽.

에서이다. 2부의 경우에 대상과 현상의 본질만을 드러내려고 노력하고 있으며, 특히 4부의 경우에는 현상마저도 배제하려는 태도를 보인다. 따라서 4부는 대상의 본질만을 드러내려는 노력을 통해 '날이미지'적 특성을 극대화한다.

하늘에는
새가
잘 다니는
길이 있고

그리고
하늘에는
큰 나무의 가지들이
잘 뻗는
길이 있다

들에는
풀이
잘 자라는
길이 있고

그 길을 따라가며
풀이 무성하고

풀 뒤로 숨어서
물이 가만 가만 흐르는

길이 있다

물 속에는
고기가
잘 다니는
길이
따로 있고

고기가 다니는
길을 피해
물풀이
자라는
길이 있고

물풀 사이로는
물새가
새끼를 데리고
잘 다니는
좁은
길이 있고……

—「길」 전문

2부에 수록된 「길」의 경우, 대상의 본질에 집중하려는 특성이 잘 드러나 있다. 아울러 사건과 현상을 제시하는 경우에도 해석적 시도를 통해 사물을 분석하려는 태도를 보이지 않는다. 그저 "길이 있고", 그 길은 "새가/다니는" 길이거나, "큰 나무의 가지들이/잘

뻗은"길이거나, "물이/가만 가만 흐르는" 길이거나, "고기가/잘 다니는" 길이거나, "물풀이/자라는" 길이거나, "물새가/새끼를 데리고/잘 다니는/좁은" 길일뿐이다. 이처럼 대상이 있고 그것들의 겉으로 드러난 사건과 현상만이 존재할 뿐이다. 시인은 자신의 의지를 표명하지 않은 채, 대상이 지니는 본질을 보여주고자 노력한다. 특히 4부의 경우는 사건과 현상을 최소화하고, 대상에 더욱 집중함으로써 '날이미지'적 특성에 더욱 다가선다.

어린 들쥐들이 한쪽 발을 핥으며
부시시 눈을 뜨는 소리
다시 눈을 감는 소리
그리고
겨우내 나뭇가지에 쌓였던
흰 눈이
돌아눕다가 미끄러져
사르르 떨어지는 소리

—「한 그루 나무에서 들리는 소리: 산에 들에 1」 부분

담장 위에 쌓이는 봄눈
나무 위에 쌓이는 봄눈
마당 위에 쌓이는 봄눈

(…중략…)

감았다 떴다 하는
새끼 고양이의 눈처럼

보드라운

봄

봄 하늘

봄 하늘의 봄눈

—「포근한 봄: 산에 들에 3」 부분

「한 그루 나무에서 들리는 소리: 산에 들에 1」에서 시인은 어린 들쥐의 소리에 주목한다. 시인은 들쥐가 "한쪽 발을 핥으며" 내는 "부시시 눈을 뜨는 소리"와 "다시 눈을 감는 소리" 그리고 "흰 눈이/돌아눕다가 미끄러져/사르르 떨어지는 소리"를 듣는다. 이때 듣는 주체는 시적 화자이지만 화자의 주관은 개입되지 않는다. 화자는 하나의 대상인 "소리"를 들을 뿐이다.

「포근한 봄: 산에 들에 3」 역시 "봄눈"이라는 대상에 집중한다. 이때의 "봄눈"은 담장과 나무와 마당에 쌓이는 "봄눈"일 뿐이지 시인의 인식이 개입되지 않는다. 다만 "감았다 떴다 하는/새끼 고양이의 눈처럼/보드라운"이라는 직유를 통해 눈에 대한 감각을 다른 대상에 이입시키기는 한다. 그러나 이때에도 "새끼 고양이의 눈"과 "봄눈"이 단지 '보드랍다'는 사실만을 환기할 뿐, '보드랍다'에 대한 시인의 의견을 드러내지는 않는다. 이처럼 오규원은 철저하게 시인 자신의 의지와 의견을 배제함으로써 시적 대상과 현상이 지니고 있는 본질 자체를 탐구하려고 한다. 이와 같은 특징으로 인하여 오규원의 동시는 어린이에게 다채로운 시적 세계를 제시할 수 있게 된다. 그는 동시가 동시의 틀에 갇혀서 어린이만의 눈과 마음으로만 볼 수 있거나, 어린이만의 세계에 갇히지 않기를 바랐다. 오규원은 대상과 현상의 본질에 주목하고, 그것을 있는 그대로 제시함으로써 대상과 현상이 전달하는 다의적 세계를 마련할 수 있었다.

3. '날이미지'적 자연 인식과 시적 국면

1) 식물성의 언어와 '날이미지'적 자연 인식

오규원의 시어 중에서 많은 비중을 차지하는 것은 식물과 관련된 것이다. 식물성은 오규원의 동시뿐만 아니라 시에서도 중요한 비중을 차지한다. 오규원은 특히 초기시와 후기시에서 자연 인식, 그중에서도 식물성을 통해 시적 세계를 심화시킨다. 초기시가 식물을 비롯한 자연 이미지를 통해 관념과 비극의 세계를 드러낸 것이라면, 후기시는 자연이라는 대상을 날 것 그대로 드러냄으로써 대상이 지니는 본질을 통해 시적 세계를 제시하려고 했다. 동시의 경우에도 자연의 세계를 '보여줌'으로써 자연이 전하는 세계의 본질을 탐구하려고 했다. 이때 자연은 시인에 의해 해석된 세계를 전달하지 않는다. 오규원 동시의 자연은 시인이 바라본 대상 자체로 존재하는, '바라봄'으로써 인식되는 세계이다.

모더니스트로서의 면모가 강했던 오규원의 동시집은 시인의 이성적 태도가 잘 드러나 있기도 하다. 오규원은 '날이미지시론'을 통해 자신의 시론을 정립했으며, 자신의 시론에 따라 시를 쓰기를 희망했고 실천했다. 오규원은 시를 제작성에 의해 만들어진 세계로 인식했다. 따라서 그에게 시는 자연발생적인 감정의 산물이 아니었다. 오규원의 동시 역시 이러한 시적 인식과 맥락을 같이한다. 오규원은 동시를, 동심을 표현하는 것으로 보지 않고 "동심으로 볼 수 있는 시의 세계"[12]로 인식한다. 오규원 동시의 핵심은 지은이나 시를 읽는 사람의 마음에 있는 것이 아니라 그들이 바라보는

12) 오규원, 『나무 속의 자동차』, 문학과지성사, 2008, 124쪽.

세계와 시적 대상 자체에 있는 것이다. 그리고 이것은, 그가 동시의 주된 소재로 다루고 있는 자연에 대한 인식에서도 마찬가지이다.[13] 오규원에게 자연은 삶의 변방에 놓인 주변부의 것이 아니다. 그는 대상의 원형을 드러냄으로써 자연의 본질을 나타내려고 했다. '날이미지시론'을 자신의 시론으로 삼은 오규원은 자연 역시 인간 중심으로 파악하지 않고 자연의 주체적인 본질을 탐구하고자 노력했다.

산에서 시를 쓰면
시에서 나는 산 냄새

소나무, 떡갈나무, 오리나무의 냄새
산비둘기, 꿩, 너구리, 오소리의 냄새

산에서 시를 쓰면
시에 적힌 말과 말 사이에
어느새 끼어 있는 그런 산 냄새

—「산」 전문

오규원의 동시는 자연과의 합일로부터 비롯되었으며, 그의 언어는 자연의 한가운데 존재한다. 오규원은 「산」에서 자신의 언어와 자연이 동화된 세계를 보여주려고 했다. 그는 "산에서 시를 쓰"고,

13) 오규원은 동시에서뿐만 아니라 시에서도 자연을 중요한 시적 대상으로 삼았다. 오규원의 시는 현대성이 많은 주목을 받았지만 자연에 대해서도 깊이 있는 인식과 관심을 기울였다. 특히 초기시와 후기시에서 보여준 자연 인식은 자연을 단순한 소재 차원에서 이용한 수준을 넘어서는 것이었다.

시에서 "산 냄새"가 난다고 말한다. 오규원이 인지하는 시적 언어는 "시에 적힌 말과 말 사이에" "어느새 끼어 있는" 자연의 냄새이다. 그것은 오규원 동시의 언어가 자연의 세계를 통해 적극적으로 발화되고 있음을 보여주는 사례이다.

오규원 초기시에 나타난 자연이 비극적 인식을 동반한 것인 반면, 오규원 동시에 나타난 식물성의 언어는 비극적 정서를 기반으로 하고 있지는 않다. 그러나 그렇다고 해서 시인이 인식하는 자연이 단편적인 감정 상태로서의 아름다운 자연의 세계인 것은 아니다. 앞서 밝힌 바와 같이 시인은 객관적인 시선으로 자연이라는 시적 대상을 바라보고 있다. 그러나 오규원이 자연을 비극이나 긍정의 대상으로 바라보고 있지는 않지만, 그의 동시에 나타난 자연이 외부보다는 내부를, 열에 들뜬 감정보다는 차분하게 가라앉은 사유의 감각을 환기하고 지향하는 것은 사실이다.

여름에는 저녁을
마당에서 먹는다
초저녁에도
환한 달빛

마당 위에는
멍석
멍석 위에는
환한 달빛
달빛을 깔고 저녁을 먹는다

(…중략…)

마을도
달빛에 잠기고
밥상도
달빛에 잠기고

여름에는 저녁을
마당에서 먹는다
밥그릇 안에까지
가득 차는 달빛

—「여름에는 저녁을」 부분

「여름에는 저녁을」을 바라보는 관점은 어린이의 시선에 국한되지 않는다. 이 시에서 저녁을 먹는 주체가 명확하게 제시된 것은 아니지만 그것이 어린이로 제한된 것이 아님은 분명하다. 저녁 식사의 주체는 가족 모두를 지칭하는 것이다. 오규원에게 동시는 단지 어린이에게 국한되어 일어나는, 혹은 어린이만이 바라보고 인식하는 세계가 아니기 때문이다. 동시를 통해 표현된 세계나 인식이 굳이 어린이를 중심으로 진행될 필요는 없다. 어린이의 삶의 영역이 언제나 어린이의 세계만으로 이루어진 또래 문화의 테두리 안에 한정된 것은 아니다. 어린이의 삶의 영역은 사실 어른의 그것과 큰 차이가 없다. 다만 이때 고려해야 하는 것은 그러한 세계를 어린이의 눈으로 보느냐 아니냐의 문제일 뿐이다.

2) 시적 국면과 자연 인식

자연은 동시에서 다루는 주요한 시적 대상이다. 그러나 보편적으로 자연은 인간의 관점에서 바라본 경우가 많다. 그것은 인간이 파악하고 부여한 의미를 지니고 있는 존재이다. 아울러 동시에 나타난 자연은 단순하고 보편적인 아름다움을 보여주는 경우가 많다. 이때의 자연은 그저 문명의 반대 지점에 놓인, 단편적인 세계관을 지닌 자연에 불과하다.

그러나 오규원 동시의 자연은 인간의 삶에 뿌리내리고 있으면서 동시에 인간의 관점을 극복하고자 한 대상으로서의 존재이다. 인간의 관점을 극복함으로써 자연은 그것 자체가 주체성을 확보하게 된다. 그렇게 되었을 때 자연은 인간의 삶을 포괄하는 하나의 온전한 세계를 만들 수 있게 된다. 오규원 동시의 자연은 인간의 삶과 밀착되어 있다. 일반적으로 자연은 현대 도시문명사회와 반대의 지점에 놓인 존재로 인식되는 경우가 많다. 그러나 자연은 결코 현대의 삶과 완전하게 분리되어 있는 것이거나 인간의 삶과 동떨어진 것이 아니다. 오규원 동시의 자연은 인간의 삶과 밀착됨으로써 보다 적극적인 현재성을 부여받는다.

앞에서 언급한 「여름에는 저녁을」에 등장하는 자연 역시 인간의 삶의 터전인 집을 중심으로 배치되어 있다. 집이 있고, 마당이 있고, 마당에는 멍석과 밥상과 밥그릇이 있다. 이처럼 오규원의 자연은 인간의 삶과 동떨어져 있는 것이 아니라 삶의 한가운데에서 인간과 끊임없이 관계를 맺는다.

꽃나무가 가진
쬐끄만
펌프
작아서
너무 작아서

얄미운 펌프

—「방」 부분

점심 무렵에는
산과
들에
좌아악 깔린 이불을
모조리
걷어 가 버렸다

—「3월」 부분

책상은 화분을 태우고
화분은 꽃을 태우고

—「책상과 화분과 꽃」 부분

서산에 밝은
별을 내걸고
거리에 내려와
밤은
가로등에
불을 밝힌다

—「밤 1」 부분

천천히 가다가
산이 좋고
물이 좋은

곶을 만나면
집과 집이
서로 정답게 껴안은
마을을
옹기 종기
매달아 놓고

—「강」 부분

오규원의 동시 중에서 상당수는 위에서 제시한 작품에서처럼 인간의 삶의 영역과 연관을 맺고 있다. 꽃나무에 대한 시인의 인식은 펌프와 연결되어 있으며 산과 들은 점심 무렵이라는 시간적 배경을 중심으로 배치되어 있다. 또한 꽃이라는 자연물은 화분에 담겨져 있는 것인데, 그것은 다시 책상 위에 놓인다. 아울러 별이 빛나는 밤은 인간의 거리로 내려와 가로등에 불을 밝히기도 한다. 이처럼 오규원은 자연물을 인간의 삶의 영역에 편입시킴으로써 자연이 인간의 삶과 분리된 것이 아니라는 점을 분명히 한다.

오규원의 자연이 인간의 영역 안에 놓이는 특성은 뜰을 통해서도 살펴볼 수 있다. 뜰은 식물성으로 이루어진 자연이지만 인공적으로 조성되었다는 점에서 그것은 인간의 영역 안에 놓인 지점이다. 이처럼 자연과 인간의 영역을 아우르는 뜰과 같은 대상을 통해, 오규원이 인식하고 있는 자연이 어떤 것인 지를 파악할 수 있다. 오규원 시에 등장하는 자연은 인간의 삶과 밀착된 경우가 많다. 그것은 뜰이나 길에서처럼 인간의 삶과 긴밀한 관계를 유지하고 있는 대상을 통해 나타난다. 그러나 자연은 인간의 삶의 영역에 존재하는 것뿐이다. 이 경우에도 인간 중심적인 사고는 개입되지 않는다.

그런데 오규원의 동시에 뜰이 등장한다거나 자연이 인간의 삶의 영역과 관련이 있다거나 하는 것들은 그의 시를 통해서도 살펴볼 수 있는 문제들이다. 오규원의 시에서도 뜰이라는 공간은 빈번히 등장한다. 이때 뜰은 인간의 영역이면서 동시에 외부를 향해 나아가지 못한 비극적 내부를 상징하기도 한다. 그러나 동시에서의 뜰은 고요와 평화로서의 공간이다.

봄과 여름 그리고
가을의 발자국이 찍힌
뜰에
어느새
조용하게
눈이 쌓이고 있다

사철나무들이
뜰 사방으로
울타리를 치고 서서
눈이 마음 놓고 쌓이도록
지키고 있다

쌓인 눈 밑에는
뜰에서 자란
감나무의 꿈과
돌배나무에서 익은
돌배나무의 꿈과
마을 아이들의 꿈도
잠들어 있다

봄을 위하여
다시 올
따스한 봄을 위하여
쉬지 않고
포근한 눈을
쌓는 겨울

봄을 위하여
포근한 눈에 싸여
잠깐 쉬는
모든 꿈들
그래서
겨울의 뜰은 조용하다

—「봄을 위하여: 봄에서 겨울까지 9」 전문

뜰에는 눈이 쌓이고 사철나무들은 마음 놓고 눈이 쌓일 수 있도록 눈이 내린 현장을 지키고 있다. 오규원 동시의 뜰은 그의 초기시와는 달리 부정적인 공간을 지향하지 않는다. 오규원의 초기시가 보여준 뜰은 황폐화된 공간이거나 상처받는 존재로서의 모습이었다. 오규원은 뜰을 인위적으로 만들어진 인간의 세계로 인식한다. 따라서 뜰은 온전한 상태의 자연이 자리할 수 없는 곳이며, 죽음이나 소멸, 폐허 등의 이미지를 동반한다. 그러나 오규원 동시의 뜰은 "마을 아이들의 꿈"이 잠들어 있는 공간이며, "포근한 눈"이 쌓이는 곳이고, "모든 꿈들"의 안식처이다. 오규원 동시의 뜰은 이처럼 안온하고 고요하고 평화로운 공간으로 기능한다.

4. '날이미지'와 자연 인식으로의 시 쓰기

오규원의 동시는 자연에 대한 인식을 심화시킨다는 점과 '날이미지'적 특성이 드러난다는 점에서 그의 시와 깊은 상관관계를 지닌다. 오규원 시의 자연은 비극적 속성을 지니고 있는 존재이면서 동시에 삶에 대한 관조적 태도를 심화시키는 존재로 등장한다. 시에 관조적 태도가 나타나는 경우, 시인의 인식이 직설적으로 표현되는 경우가 많다. 그러나 오규원 시의 관조적 태도에는 시인의 인식이 자리하지 않는다. 물론 그의 동시가 '날이미지시'에서처럼 '날이미지'적 특성을 극한까지 몰고 간 것은 아니었다. 그러나 동시의 경우에도 인식과 의도를 제거하여 대상의 본질이 주는 감각을 제시하려고 했음은 분명하다.

동시에서 시인의 인식과 의도를 제거한다는 것은 동시의 독자인 어린이에게 다채로운 시적 세계를 제시할 수 있다는 점에서 긍정적이다. 동시라고 해서 시인의 인식과 의도를 지나치게 강조하게 되면 어린이는 시인에 의해 재단된 세계 안에 갇히게 된다. 오히려 시인의 인식과 의도가 배제된 세계와 맞닥뜨리게 되었을 때, 어린이는 보다 다채로운 시적 세계와 만나게 된다.

오규원이 '날이미지시론'을 통해 자신의 시 쓰기를 공고히 했다는 것은 잘 알려진 사실이다. '날이미지시'는 오규원 후기시의 중요한 시적 세계를 형성한다. 오규원에게 '날이미지시'는 대상의 본질을 드러내고자하는 노력의 결과물이다. 그는 '날이미지시'가 보여주는 대상 자체를 통해 인간의 관념을 배제하려고 노력했다. 이와 같은 '날이미지시'에 대한 관심은 동시에서도 나타난다. 오규원의 동시는 그가 20대와 30대 초반의 나이에 쓴 것이 대부분이지만 퇴고의 과정 등을 거치며 정제된 시 형식을 획득한 것으로 보인다.

오규원은 동시집 『나무 속의 자동차』의 시인의 말에서 이와 같은 시적 의지를 직접 표명하기도 했다.

또한 오규원의 동시는 '날이미지'의 특성을 통해 대상의 본질을 간결하게 표현하려고 했음에도 곳곳에 배치된 비유법이 눈길을 끈다. 오규원 동시의 비유는 원관념과 보조`관념의 거리가 아주 멀지는 않지만 형태나 의미의 결합 상태가 매우 적절하고 신선하다는 점에서 빼어난 시적 효과를 발휘한다. 그것은 "꽃나무가 가진/쬐그만 펌프"(「방」 부분)와 같은 환유로 표현되거나, "어미 개의/젖꼭지에 매달려//젖을 빠는/새끼/강아지들처럼//작은 배들이/나란히/바닷가에/매달려 있다"(「바닷가 마을」 부분)와 같은 직유를 통해 나타나기도 한다. 아울러 나무가 수액을 끌어올리는 모습을 "나무 속의/작고작은/식수 공급차"라고 표현한 부분을 통해서는 언어에 대한 그의 첨예한 감각과 태도를 엿볼 수 있다.

『나무 속의 자동차』는 시인의 진술이 극도로 억제되어 있다. 그러나 마지막에 수록된 「따스한 겨울: 산에 들에 9」에서 시인은 직접적인 발화 방식을 통해 시인의 생각을 진술한다. 세계에 대한 긍정적 인식과 따스한 시선이 두드러지게 나타난 이 작품은, 동시를 통해 보여주고자 했던 오규원의 자연 인식이 잘 드러나 있다. 시인이 바라보는 풍경은 "하얀 눈/하얀 길/그래서 하얀 겨울"이며, 시인 자신이기도 한 "이 광경을 보고 있는/하늘은" 그리하여 "눈이 녹으면 또 눈송이"가 "즐겁게 즐겁게/수북수북/뿌리리라 생각한다". 그리하여 시인은 즐겁고 "따스한 겨울"을 통해 삶에 대한 관심과 애정을 적극적으로 보여준다.

동시에 나타난 오규원의 자연 인식이 긍정적인 것임은 자명하다. 그의 초기시에 나타난 자연의 경우는 그것이 상처받은 존재로 나타나기도 했지만 그에게 자연은 본향과도 같은 존재이다. 초기시에 비극적 존재로서의 자연과 더불어 오규원은 동시와 후기시를 통해 자연에 대한 깊이 있는 인식과 애정을 드러낸다. 특히 동시에 제시된 자연은 긍정과 회귀의 세계를 보여줌과 동시에 복원하고 싶은 삶의 순간을 표상하기도 한다.

참고문헌

<기본자료>

오규원, 『분명한 사건』, 한림출판사, 1971.

______, 『순례』, 민음사, 1973; 문학동네 개정판, 1997.

______, 『왕자가 아닌 한 아이에게』, 문학과지성사, 1978.

______, 『이 땅에 씌어지는 서정시』, 문학과지성사, 1981.

______, 『가끔은 주목받는 생이고 싶다』, 문학과지성사, 1987.

______, 『사랑의 감옥』, 문학과지성사, 1991.

______, 『길, 골목, 호텔 그리고 강물소리』, 문학과지성사, 1995.

______, 『토마토는 붉다 아니 달콤하다』, 문학과지성사, 1999.

______, 『새와 나무와 새똥 그리고 돌멩이』, 문학과지성사, 2005.

______, 『두두』, 문학과지성사, 2008.

______, 『오규원 시전집1』, 문학과지성사, 2002.

______, 『오규원 시전집2』, 문학과지성사, 2002.

______, 『나무 속의 자동차』, 문학과지성사, 2008.

<학위논문>

김지선, 「한국 모더니즘시의 서술기법과 주체 인식 연구: 김춘수, 오규원, 이승훈 시를 중심으로」, 한양대 박사논문, 2009.
류시원, 「오규원 시 연구」, 대구가톨릭대 박사논문, 2007.
엄정희, 「오규원 시 연구: 시와 형이상학의 관계 고찰」, 단국대 박사논문, 2005.
윤석정, 「오규원 시 연구: 시어(명사)의 변모 양상을 중심으로」, 중앙대 석사논문, 2009.
이상진, 「한국 현대 소비문화에 대한 시적 대응양상 연구」, 대구대 박사논문, 2005.
이연승, 「오규원 시의 변모과정과 시쓰기 방식 연구」, 이화여대 박사논문, 2002.
이정은, 「오규원의 '날이미지'의 구조적 특성 연구: 시집 『토마토는 붉다 아니 달콤하다』를 중심으로」, 동국대 석사논문, 2001.
정끝별, 「한국 현대시의 패러디 구조 연구」, 이화여대 박사논문, 1996.
함종호, 「김춘수 '무의미시'와 오규원 '날이미지시' 비교 연구: 발생이미지를 중심으로」, 서울시립대 박사논문, 2009.

<학술논문>

강웅식, 「문화산업 시대의 글쓰기와 '날 이미지'의 시: 오규원의 시를 중심으로」, 『돈암어문학』 제15호, 돈암어문학회, 2002.
김지선, 「장르 해체적 서술과 자아 반영성: 오규원, 김춘수 시를 중심으로」, 『인문학연구』 제34권 제3호, 충남대학교 인문과학연구소, 2007.
김진수, 「감각의 사실과 의미: 오규원의 시 세계」, 『현대비평과 이론』 제14권 제2호 통권28호, 한신문화사, 2007.
김홍진, 「오규원의 시적 방법론과 시세계」, 『한국문예비평연구』 제28권, 한국현대문예비평학회, 2009.
문혜원, 「오규원의 시론 연구」, 『한국문학이론과 비평』 제8권 제4호 제25집,

한국문학이론과 비평학회, 2004.
박남희, 「오규원 시의 영향관계 연구: 이상, 김춘수, 김수영 시와의 상호텍스트성을 중심으로」, 『숭실어문』 제19집, 숭실어문학회, 2003.
박선영, 「오규원 시의 아이러니와 실존성의 상관관계 연구」, 『국제어문』 제32권, 국제어문학회, 2004.
서진영, 「'시선'의 사유와 탈근대적 시간의식: 정진규와 오규원을 중심으로」, 『한국현대문학연구』 제22집, 한국현대문학회, 2007.
송기한, 「오규원 시에서의 "언어"의 현실응전 방식 연구」, 『한국어문학』 제50권, 한민족어문학회, 2007.
이연승, 「오규원 초기시의 창작 방법과 이미지 연구」, 『한국시학연구』 제5호, 한국시학회, 2001.
차정식, 「불멸에 이르는 불면: 오규원과 남진우의 '불면' 시」, 『기독교사상』 통권 593호, 대한기독교서회, 2008.

<평론>

강신주, 「해탈을 위한 해체론」, 『철학적 시 읽기의 즐거움』, 동녘, 2010.
강웅식, 「통곡조차 없는 시대와 시의 새로움」, 『문예중앙』, 1999년 가을호.
구모룡, 「두 겹의 삶」, 『현대시세계』, 1991년 가을호.
______, 「새로운 관계를 사는 내적 시선」, 『시와 사상』, 1999년 가을호.
권혁웅, 「언어의 로도스 섬에 대한 기록」, 『문예중앙』, 1996년 봄호.
______, 「날이미지시는 날이미지로 쓴 시가 아니다」, 『시와 반시』, 2007년 가을호.
금동철, 「사소함, 그리고 진실」, 『현대시』, 1995. 12.
______, 「서정의 아름다움과 위안」, 『시와 시학』, 1999년 가을호.
______, 「사물들 '사이'에 갇힌 단절의 세계」, 『현대시』, 2005. 9.
김대행, 「'보는 자'로서의 시인」, 『한국 현대시 연구』, 민음사, 1989.
김동원, 「물신 시대에서 살아남기 위하여」, 『문학과 사회』, 1988년 가을호.

______, 「세상에 그가 그득하다」, 『시와 반시』, 2007년 가을호.
김동원·박혜경, 「타락한 말, 혹은 시대를 헤쳐나가는 해방의 이미지」, 『문학정신』, 1991. 3.
김병익, 「물신 시대의 시와 현실」, 『왕자가 아닌 한 아이에게』 해설, 문학과지성사, 1978.
김용직, 「에고, 그리고 그 기법의 논리」, 『사랑의 기교』 해설, 민음사, 1975.
______, 「노린 바와 드러난 것들」, 『동서문학』, 1991년 가을호.
김은자, 「방법과 무법 사이」, 『문학과 비평』, 1988. 3.
김정란, 「살의 말, 말의 살 또는 여자 찾기」, 『오늘의 시』, 1992. 상반기.
김주연, 「시와 구원, 혹은 시의 구원」, 『문학과 사회』, 1999년 가을호.
김준오, 「현대시의 자기 반영성과 환유 원리」, 『작가세계』, 1994년 겨울호.
______, 「해체주의와 존재론적 은유」, 『순례』 해설, 문학동네, 1997.
김진석, 「외시로 돌아가는 자연, 자연으로 돌아가는 외시」, 『소외에서 소내로』, 개마고원, 2004.
김진수, 「'날이미지시'의 의미론적 차원」, 『문학과 사회』, 2005년 가을호.
김진희, 「출발과 경계로서의 모더니즘」, ≪세계일보≫, 1996. 1.
김치수, 「경쾌함 속의 완만함」, 『이 땅에 씌어지는 서정시』 해설, 문학과지성사, 1981.
김 현, 「아픔 그리고 아픔」, 『순례』 해설, 민음사, 1973.
______, 「깨어 있음의 의미」, 『문학과 유토피아』, 문학과지성사, 1980.
______, 「무거움과 가벼움」, 『가끔은 주목받는 생이고 싶다』 해설, 문학과지성사, 1987.
김홍진, 「부정의 정신과 '날이미지의 시」, 『현대시와 도시체험의 미적 근대성』, 푸른사상, 2009.
남진우, 「시원의 빛을 찾아서」, 『올페는 죽을 때 나의 직업은 시라고 하였다』, 열림원, 2000.
노혜경, 「물물과 높이, 두두와 그림자」, 『현대시』, 1999. 9.
류 신, 「자의식의 투명성으로 돌아오는 새」, 『현대문학』, 2000. 3.
문혜원, 「두두와 물물, 허공의 부드러운 열림」, 『문학동네』, 1999년 가을호.

______, 「길, 허공, 물물(物物), 그를 따라 떠나는 여행」, 『애지』, 2000년 가을호.
______, 「날이미지시의 특징과 변모 양상」, 『시와 반시』, 2007년 가을호.
박주택, 「대화와 신성, 조화와 생명」, 『현대시학』, 1999. 9.
박철희, 「인식의 갱신과 유추의 자유로움」, 『문학과 비평』, 1989년 겨울호.
박해현, 「물신 시대의 산책」, 『현대시학』, 1990. 3.
박혜경, 「무릉의 삶, 무릉의 시」, 『작가세계』, 1994년 겨울호.
승영조, 「죽음을 극복하는 두 길」, 『문예중앙』, 1991년 봄호.
______, 「언어의 세계화」, 『작가세계』, 1994년 겨울호.
신덕룡, 「생명시의 성격과 시적 상상력」, 『시와 사람』, 1999년 겨울호.
신범순, 「가벼운 언어의 폭풍 속에서 시적 글쓰기의 검은 구멍과 표류」, 『세계의 문학』, 1991년 가을호.
안수환, 「젖은 자의 시」, 『시와 실재』, 문학과지성사, 1983.
오규원, 「전문대학 문예창작과의 교육과정 개발연구」, 『예술교육과 창조: 예술적 정의와 평가』, 서울예술전문대학 한국예술문화연구소, 1986.
______, 「시적 서술의 이해: 시창작 교육의 현장 문제」, 『예술교육과 창조: 예술전문교육론』, 서울예술전문대학 한국예술문화연구소, 1987.
오생근, 「일상과 전위성」, 『현실의 논리와 비평』, 문학과지성사, 1994.
오연경, 「날(生) 이미지와 사건의 시학」, ≪동아일보≫, 2009. 1.
이광호, 「'길'과 '언어' 밖에서의 시쓰기」, 『사랑의 감옥』 해설, 문학과지성사, 1991.
______, 「에이론의 정신과 시쓰기」, 『작가세계』 1994년 겨울호.
______, 「'두두'의 최소 사건과 최소 언어」, 『두두』 해설, 문학과지성사, 2008.
이남호, 「자유와 부정과 사실에의 충실」, 『문학의 위족』, 민음사, 1990.
______, 「현실에 대한 관찰과 존재에 대한 통찰」, 『문학과 사회』, 1991년 가을호.
______, 「우주적 친화의 세계」, 『나무 속의 자동차』 해설, 민음사, 1995.
______, 「날이미지의 의미와 무의미」, 『세계의 문학』, 1995년 가을호.
이만식, 「도시적 감수성 쓰기 또는 읽기」, 『현대시사상』, 1995년 가을호.
이승하, 「시와 광고」, 『새로운 시론』, 동인, 2005.
이승훈, 「오규원의 시론」, 『한국 현대 시론사』, 고려원, 1993.

이연승, 「해방의 언어, 날(生) 이미지를 찾아가는 시적 여정: 오규원론」, ≪경향신문≫, 2001. 1.
이 원, 「분명한 사건으로서의 날이미지를 얻기까지」, 『작가세계』, 1994년 겨울호.
이유경, 「오규원의 『순례』편」, 『현대시학』, 1974. 1.
이종환, 「한국적 예술가의 초상」, ≪서울신문≫, 1990. 1.
이진우, 「한 현실주의자의 시작법」, 『현대시학』, 1991. 4.
이진홍, 「현상으로 말하는 존재와 존재의 경이로움」, 『시와 반시』, 1995년 가을호.
이창기, 「'날이미지'로 시를 살아가는, 한 시인의 현상적 의미의 재발견」, 『동서문학』, 1995년 여름호.
이하석, 「언어, 또는 침묵의 그림자에의 물음」, 『작가세계』, 1994년 겨울호.
이희중, 「시와 '나'의 기원」, 『창작과 비평』, 1999년 가을호.
임환모, 「삶과 죽음 그리고 존재의 깊이에 대한 시적 형상성」, 『시와 사람』, 2001년 겨울호.
전병준, 「침묵과 허공은 서로 잘 스며서 투명하다」, 『시와 반시』, 2007년 가을호.
정과리, 「관념 해체의 비극성」, 『문학, 존재의 변증법』, 문학과지성사, 1985.
______, 「안에서 안을 부수는 공간」, 『길 밖의 세상』 해설, 나남, 1987.
정끝별, 「서늘한 패러디스트의 절망과 모색」, ≪동아일보≫, 1994. 1.
정의홍, 「관념의 언어에서 현실의 비평까지」, 『현대시』, 1991. 12.
정채봉, 「보이지 않는 길을 걸어간다」, 『나무 속의 자동차』 해설, 민음사, 1995.
조강석, 「사물의 양감과 언어의 세계: 오규원의 후기 시를 중심으로」, 『문학과 사회』, 문학과지성사, 2008년 봄호.
조남현, 「즉자성에서 대자성으로」, 『월간조선』, 1985. 12.
조태일, 「성찰, 존재, 풍경, 생명을 위하여」, 『창작과 비평』, 1995년 가을호.
진순애, 「방법으로서의 사물 놀이, 혹은 타자로서의 길 놀이」, 『시와 반시』, 2007년 가을호.
진형준, 「관념과 언어, 그 이중의 싸움」, 『깊이의 시학』, 문학과지성사, 1986.
최현식, 「'사실성'의 투시와 견인」, ≪조선일보≫, 1997. 1.
______, 「데포르마시옹의 시학과 현실 대응 방식」, 『1960년대 문학 연구』, 깊은샘, 1998.

______, 「시선의 조응과 깊이, 그리고 '몸'의 개방」, 『토마토는 붉다 아니 달콤하다』 해설, 문학과지성사, 1999.
황현산, 「새는 새벽 하늘로 날아갔다」, 『길, 골목, 호텔 그리고 강물소리』 해설, 문학과지성사, 1995.

<국내저서>

권영민, 『한국현대문학사』, 민음사, 1993.
권혁웅, 『한국 현대시의 시작방법 연구』, 깊은샘, 2001.
금동철, 『한국 현대시의 수사학』, 국학자료원, 2001.
김성기 외, 『모더니티란 무엇인가』, 민음사, 1994.
김영철, 『현대시론』, 건국대학교 출판부, 1993.
김욱동, 『모더니즘과 포스트모더니즘』, 현암사, 1990
______, 『포스트모더니즘의 이론』, 민음사, 1992.
______, 『은유와 환유』, 민음사, 1999.
김재근, 『이미지즘 연구』, 정음사, 1973.
김준오, 『시론』, 삼지원, 1986.
______, 『도시시와 해체시』, 문학과 비평사, 1992.
______, 『현대시의 환유성과 메타성』, 살림, 1997.
______, 『문학사와 장르』, 문학과지성사, 2000.
______, 『현대시의 해부』, 새미, 2009.
김 현, 『수사학』, 문학과지성사, 1985.
나병철, 『근대성과 근대문학』, 문예출판사, 1995.
노여심, 『한국 동시문학의 창작방법』, 박이정, 2009.
목수현 외, 『광고의 신화, 욕망, 이미지』, 현실문화연구소, 1993.
문덕수, 『한국 모더니즘시연구』, 시문학사, 1981.
문혜원, 『한국 현대시와 모더니즘』, 신구문화사, 1996.
______, 『한국 현대시와 전통』, 태학사, 2003.

______, 『한국근현대시론사』, 역락, 2007.
박인기, 『한국 현대시의 모더니즘 연구』, 단국대학교 출판부, 1988.
백한울 외, 『상품미학과 문화이론』, 눈빛, 1993.
서준섭, 『한국모더니즘 문학연구』, 일지사, 1993.
신헌재 외, 『아동문학의 이해』, 박이정, 2007.
엄정희, 『오규원 시와 달콤한 형이상학』, 청동거울, 2005.
오규원, 『현실과 극기』, 문학과지성사, 1976.
______, 『언어와 삶』, 문학과지성사, 1983.
______, 『길밖의 세상』, 나남, 1987.
______, 『현대시작법』, 문학과지성사, 1993.
______, 『가슴이 붉은 딱새』, 문학동네, 1996.
______, 『날이미지와 시』, 문학과지성사, 2005.
오세영, 『한국근대시론과 근대시』, 민음사, 1996.
오태호, 『여백의 시학』, 하늘연못, 2008.
유종호, 『시란 무엇인가』, 민음사, 1995.
윤호병, 『문학의 파르마콘』, 국학자료원, 1998.
이광호 엮음, 『오규원 깊이 읽기』, 문학과지성사, 2002.
이만식, 『해체론의 시대』, 새미, 2009.
이미순, 『한국현대시와 언어의 수사성』, 국학자료원, 1997.
______, 『한국 현대문학 비평과 수사학』, 월인, 2000.
이상현, 『아동문학강의』, 일지사, 1987.
이승하 외, 『한국현대시문학사』, 소명출판, 2005.
이승훈, 『포스트모더니즘과 시론』, 세계사, 1991.
______, 『한국현대시론사』, 고려원, 1993.
______, 『모더니즘 시론』, 문예출판사, 1995.
______, 『한국현대시의 이해』, 집문당, 1999.
______, 『한국 모더니즘 시사』, 문예출판사, 2000.
이승훈 엮음, 『한국현대대표시론』, 태학사, 2000.
이연승, 『오규원 시의 현대성』, 푸른사상, 2004.

______, 『감성의 귀환』, 월인, 2009.
이오덕, 『시정신과 유희정신』, 창작과비평사, 1977.
이윤택, 『해체·실천·그 이후』, 청하출판사, 1988.
이정문·이병근·이명희 편, 『언어과학이란 무엇인가』, 문학과지성사, 1997.
이진경, 『근대적 시공간의 탄생』, 푸른숲, 1999.
장석주, 『20세기 한국문학의 탐험』, 시공사, 2000.
정끝별, 『패러디 시학』, 문학세계사, 1997.
______, 『천개의 시를 가진 시의 언어』, 하늘연못, 1999.
조영복, 『한국 모더니즘 문학의 근대성과 일상성』, 다운샘, 1997.
최지훈, 『동시란 무엇인가』, 비룡소, 1992.

<국외저서>

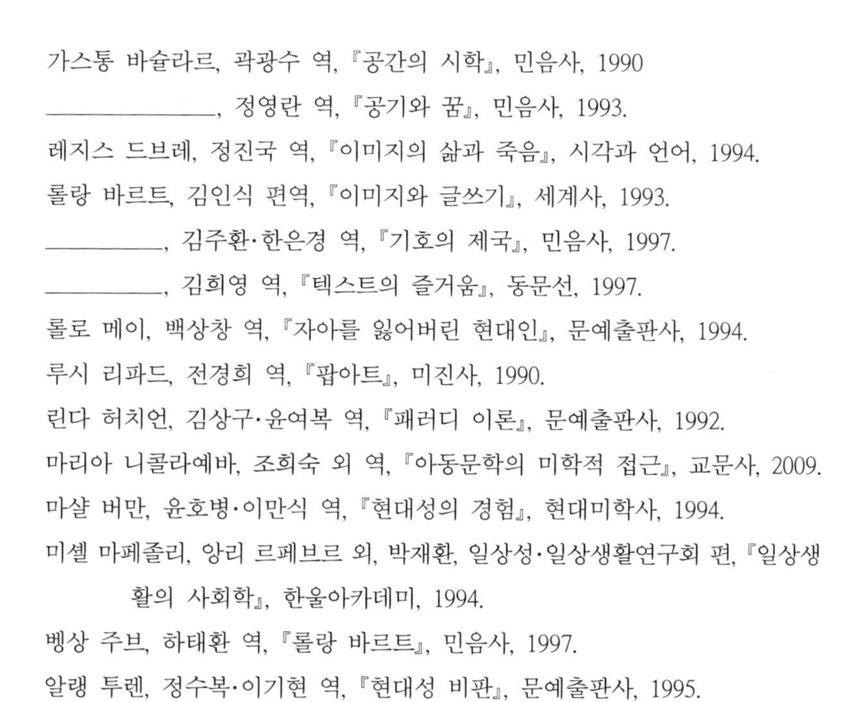
가스통 바슐라르, 곽광수 역, 『공간의 시학』, 민음사, 1990
______________, 정영란 역, 『공기와 꿈』, 민음사, 1993.
레지스 드브레, 정진국 역, 『이미지의 삶과 죽음』, 시각과 언어, 1994.
롤랑 바르트, 김인식 편역, 『이미지와 글쓰기』, 세계사, 1993.
__________, 김주환·한은경 역, 『기호의 제국』, 민음사, 1997.
__________, 김희영 역, 『텍스트의 즐거움』, 동문선, 1997.
롤로 메이, 백상창 역, 『자아를 잃어버린 현대인』, 문예출판사, 1994.
루시 리파드, 전경희 역, 『팝아트』, 미진사, 1990.
린다 허치언, 김상구·윤여복 역, 『패러디 이론』, 문예출판사, 1992.
마리아 니콜라예바, 조희숙 외 역, 『아동문학의 미학적 접근』, 교문사, 2009.
마샬 버만, 윤호병·이만식 역, 『현대성의 경험』, 현대미학사, 1994.
미셸 마페졸리, 앙리 르페브르 외, 박재환, 일상성·일상생활연구회 편, 『일상생활의 사회학』, 한울아카데미, 1994.
벵상 주브, 하태환 역, 『롤랑 바르트』, 민음사, 1997.
알랭 투렌, 정수복·이기현 역, 『현대성 비판』, 문예출판사, 1995.

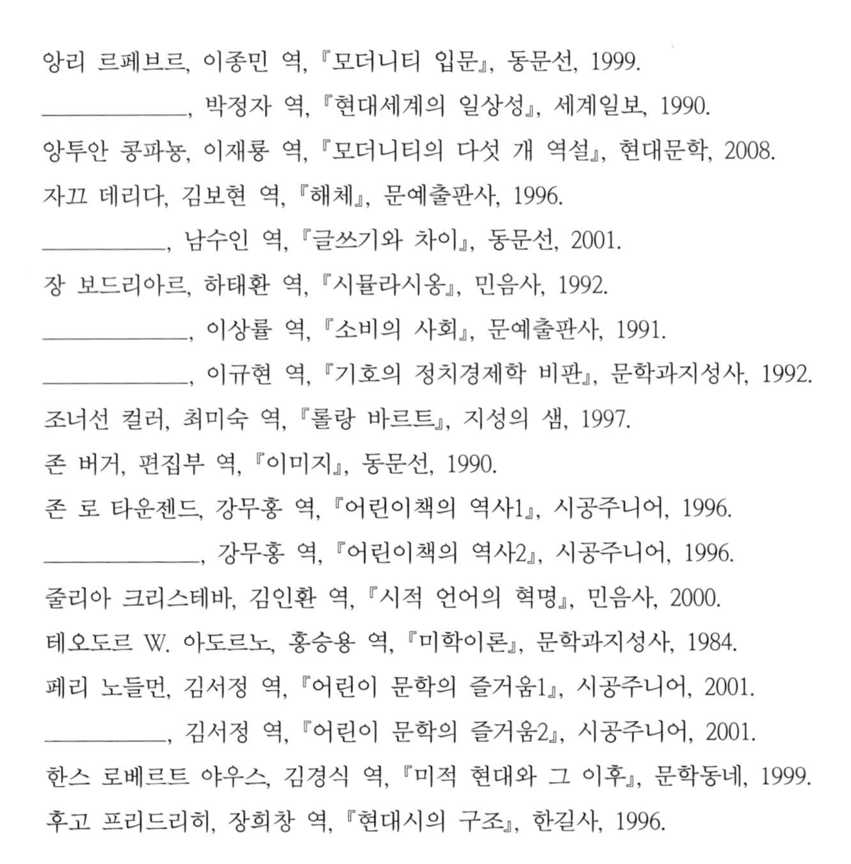
앙리 르페브르, 이종민 역, 『모더니티 입문』, 동문선, 1999.
__________, 박정자 역, 『현대세계의 일상성』, 세계일보, 1990.
앙투안 콩파뇽, 이재룡 역, 『모더니티의 다섯 개 역설』, 현대문학, 2008.
자끄 데리다, 김보현 역, 『해체』, 문예출판사, 1996.
__________, 남수인 역, 『글쓰기와 차이』, 동문선, 2001.
장 보드리아르, 하태환 역, 『시뮬라시옹』, 민음사, 1992.
__________, 이상률 역, 『소비의 사회』, 문예출판사, 1991.
__________, 이규현 역, 『기호의 정치경제학 비판』, 문학과지성사, 1992.
조너선 컬러, 최미숙 역, 『롤랑 바르트』, 지성의 샘, 1997.
존 버거, 편집부 역, 『이미지』, 동문선, 1990.
존 로 타운젠드, 강무홍 역, 『어린이책의 역사1』, 시공주니어, 1996.
__________, 강무홍 역, 『어린이책의 역사2』, 시공주니어, 1996.
줄리아 크리스테바, 김인환 역, 『시적 언어의 혁명』, 민음사, 2000.
테오도르 W. 아도르노, 홍승용 역, 『미학이론』, 문학과지성사, 1984.
페리 노들먼, 김서정 역, 『어린이 문학의 즐거움1』, 시공주니어, 2001.
__________, 김서정 역, 『어린이 문학의 즐거움2』, 시공주니어, 2001.
한스 로베르트 야우스, 김경식 역, 『미적 현대와 그 이후』, 문학동네, 1999.
후고 프리드리히, 장희창 역, 『현대시의 구조』, 한길사, 1996.

<영상자료>

김숙향 외, 『날(生)이미지의 시인 오규원』, 시네텔서울, 1997.
오규원 1주기 추모준비위원회 편, 『시인 오규원, 그리고 추억』, 오규원 1주기 추모준비위원회, 2008.